U0744016

崇贤文化丛书

王跃田　赵一君◎主编

浙江工商大学出版社

图书在版编目(CIP)数据

漫步家园 / 王跃田，赵一君主编．—杭州：浙江工商大学出版社，2013.12
(崇贤文化丛书)
ISBN 978-7-5178-0085-9

Ⅰ．①漫…　Ⅱ．①王…　②赵…　Ⅲ．①乡土文学—作品综合集—杭州市—当代　Ⅳ．①I218.551

中国版本图书馆 CIP 数据核字(2013)第 281121 号

漫步家园

王跃田　赵一君　主编

策划编辑　沈　娴
责任编辑　沈　娴　李相玲
封面设计　王妤驰
责任印制　汪　俊
出版发行　浙江工商大学出版社
(杭州市教工路 198 号　邮政编码 310012)
(E-mail:zjgsupress@163.com)
(网址:http://www.zjgsupress.com)
电话:0571-88904980,88831806(传真)
排　　版　杭州朝曦图文设计有限公司
印　　刷　浙江云广印业有限公司
开　　本　880mm×1230mm　1/32
印　　张　10.125
字　　数　197 千
版 印 次　2013 年 12 月第 1 版　2013 年 12 月第 1 次印刷
书　　号　ISBN 978-7-5178-0085-9
定　　价　28.00 元

浙江工商大学出版社营销部邮购电话　0571-88804228

目　录

第二章·人情

第三章·风味

第四章·山水

第五章 · 农趣

第六章 · 真味

序

小风景里的大风情——《崇贤文化丛书——漫步家园》

沈有松

崇贤只有 38.62 平方公里，在余杭区的镇街里怎么也不算大；崇贤紧邻运河，地理属性上同样贴着"江南""水乡""运河"的标签，让人联想到乌镇、塘栖等名镇，但崇贤却没有它们的名气与光环。偏居一隅，得一贤地；小小的崇贤，就是这样颇具个性，积存着力量。

自出校门之后，我吃的是崇贤饭，饮的是崇贤水，我很幸运，在崇贤工作与生活的数十年中深感其中的责任，当然，更有一份源于对崇贤了解而得的自信。忽得知"崇贤文化丛书"系列的第五本——《漫步家园》已经筹稿完毕，准备出版，立刻拿了书稿细细品读。

其实，书名起的是"漫步"，必然是要用最慢的步调去感受书里的篇篇文章，用最细腻的心情去窥探崇贤，体会崇贤这个江南小镇的美丽。初拾书时只想从中找寻、印证我心中崇贤的影子，却不曾想到收获了更多。这本书更像是一本游记，当然确实你也可以把它当作一本游记，不论你到没到过崇贤，知不知晓崇贤，这本书都能让你充分地、多面地认识崇贤，理性地、感性地分析崇贤。

《漫步家园》除了在“漫步”中一一道来崇贤的风土人情外，更在一步一景中识崇贤、议崇贤、观崇贤、赞崇贤。所谓“一千个读者眼里有一千个哈姆雷特”，不同人眼里的崇贤是不同的：有的人关注崇贤的风华，这里集合了水乡、田园、市井、工业等各个元素；有的人关注崇贤的过往，这里有沾驾桥上“北往南来均沾利济；水将山绕税驾凭临”的对联，独山为“金鳌山”的传说，革命年代鸭兰村感人的红色故事；有的人关注崇贤的美味，从大红袍荸荠、藕粉、慈姑到红烧蹄髈、杨梅、枇杷、茭白，丰富得直叫人垂涎；有的人关注崇贤农家生活的朴素原貌，从农忙时的采莲摸藕、耕田养蚕，到农闲时热闹的袭家兜、沾桥的桥头、三家村的早市；有的人更是从小小的崇贤里头更看出了时代的缩影——革命年代的烽火硝烟，改革开放后余杭区第一个亿元乡镇，正在大跨步开展融入主城、接轨副城建设的崇贤新城。

当然，这其中还有无数个平凡人的故事与经历：致力于文化工作的崇贤老人，下乡劳作落户崇贤的知识青年，来崇贤山水田园间采风的过客……他们生活在曾经与现在，他们生活在崇贤的街头巷尾，他们与时代碰擦着火花，他们与土地紧密地联系。正是他们组成了崇贤最生动的场景，书写了崇贤最动人的故事，若没有他们的存在，崇贤之魂便荡然无存。

家园，是故乡的另一种解读。中国人总有浓厚的故乡情结，甚至不论去过哪里，看过什么惊世美景，最后还是会直叹：美不过自己的故乡。那些书里曾描写的漫步着走出崇贤、走过崇贤、走进崇贤的人，我想他们都是在此找到一分安慰与恬静，认真地发掘崇贤每一处景的历史，悉心保存，集结成今天的《漫步家园》。

不久《漫步家园》将得以成功出版，这也意味着“崇贤文化丛书”全系列的出版工作将接近尾声。虽然出版是近一两年的事情，但所下的功夫、酝酿的情绪却是绵延了几十年之久。希望读到此丛书的人能从中体味出崇贤的风土人情，当然更希望人们能多来崇贤走走看看，发现更多与崇贤有关的美景，为崇贤的文化发展添砖加瓦。

漫步家園

第一章·热土

崇贤乡村印象

胡建伟

1973年7月13日我落户裘家兜，成了持有光荣证的知识青年，在经历了许多世事后，记录回忆，应该是一种惬意。

裘家兜

当时，沾桥人民公社的两个闹市区是最聚人气的地方：一个是桥头，即公社所在地；另一个是三家村因运河而兴，人气、名气应该都盖过了桥头和崇贤的前村。

沿运河而来的水，在三家村桥分流，一路右去，向独山方向；一路左行，去裘家兜。左行的河，当地人也叫不上名字，我且名之为“九曲港”。九曲港弯弯曲曲，蜿蜒向东，水草茂盛，船行处，有灰白水鸟惊起，复又隐于水草中。绿色涟漪荡开，有鱼聚集。两岸桑麻蓊郁，屋舍隐然。夏初的风，挟了一丝凉意，更含了莲荷的清香馥郁，令人想起满地的热闹和莲叶、莲花、莲房。九曲港沿线，便是裘家兜所在。裘家兜那时已称为三联大队。三联大队由五个自然村构成，即裘家兜、范家角、湾里塘、木桥头、杨家埭。我是杨家埭的人，社员做了差不多六年。人、事、物便有些印象。

裘家兜的土地肥沃，藕塘居多，便不排或少排藕，改种水稻。藕塘改成的稻田，淤泥很厚，一脚踏入，陷至大腿根。在裘家兜，凡是下田劳作的男女，腿上都光洁无毛，因为不多或浓密的毛，都已悉数为泥所粘。莲藕怕风，藕塘四周较高，若盆地，置身其中劳作，无凉爽之风，只有潮闷之气、灼热日头，“双抢”期间，人们都有炼狱般的体验。裘家兜的人在土地上的想法不算太多，水稻、莲藕、荸荠、慈姑、洋番薯、丝瓜、南瓜……水稻有粳稻、糯稻。糙米舂过，是日常的主粮。此米色暗无光泽，出饭率高，烧成饭，硬硬的饭粒没什么粉性，很耐饥，传说中的“干饭”便是这种饭，坚硬的干饭是农民体力的源泉。一般而言，饭量大力气就大。冰天雪地的冬季，运河西岸的柴家坝机埠红旗飘扬、人声鼎沸、喇叭高亢。人们挖泥、挑泥、筑坝，上上下下，来回奔跑，滴水成冰的日子，却是汗湿衣衫。饭是用新箩筐抬到工地的，排了队，盛饭，过秤，记账。小队会计很诧异地看着我，那时我的饭量一顿是二斤四两。吃了饭真有力气，爆发力、耐力都好，一百八十来斤的担子独挑没问题，一百二三十斤的担子挑着可以小跑。晚米和糯米，是稀罕物。晚米烧粥，或掺早粳米烧饭，那粥饭真是美味。有黏性的东西做成稀的，将有黏性的东西掺入没黏性的，便是裘家兜的一种生活发明和生活感悟。晚米做的团子就比早粳米做的好吃。当然，三种米中，糯米在那时属于等级最高的品种。糯米饭一般在小年夜烧。腊月廿三、廿四请灶家菩萨上天，家家户户烧糯米饭，有红南瓜糯米饭等。新年将至，糯米磨成粉做成腌菜馅的团子，或用上锅蒸熟了的糯米粉打年糕。打年糕是裘家兜的盛事，一家打，或几家合伙打。将夏天修船打过油泥灰的石臼清理干净，把蒸熟的米粉放到石臼里，精壮汉子脱了棉衣捋起袖子，舂起来。一圈一圈的男女围观的便不仅仅是米粉走向年糕过程了。打年糕需要壮汉，体现的是力与美，庆祝的是一年的收获，这便是糯米年糕的弦外之音。

在裘家兜，种藕、荸荠、慈姑、蕉藕，不叫种，都叫排。种藕讲究间隔距离。老把式在岸上抽一根"雄狮"或"大红鹰"香烟，心里便估算出了这个藕塘应该排几支种藕。扔了烟屁股，将种藕一支一支埋进淤泥里，这就是排藕了。不出一个月，绿波盈盈的水面便有嫣红的荷尖点点，然后绿叶如伞摇曳，然后蓬勃成一池清气与荷香。藕，做成藕粉。原始传统的做法是在黄砂缸里斜搁一块粗糙的磨石，将洗白的藕在石上用力擦，乳白的藕汁渐渐盈满黄砂缸，滤去藕渣，以白布包裹藕汁，系于竹杠，沥干，然后在竹匾上以刀削之，薄如纸的藕粉便铺满暗红色的竹匾，冬天的暖阳照一天，便是可以换钱的三家村甲级藕粉。荸荠、慈姑植于夏末秋初，收于冬春。荸荠鲜吃、风干后吃皆可。荸荠曾经做成罐头，曰"清水马蹄"，畅销欧美。刺骨寒风中用手刨冰摸荸荠，洗净了，晚饭后全家聚于竹匾旁，用废钢锯条磨成的锋利小刀削荸荠。在荸荠上施展功夫，动作娴熟快捷，上面一刀，下面一刀，再绕着一圈，三刀起落，将荸荠变为鼓形，置于清水桶中。裘家兜戏称此刀法为"两面三刀"。冬日的夜晚，冷是最大的感受，呵气成冰，手红肿，肤龟裂，虎口渗血。但荸荠是裘家兜微薄财政的一部分，唯有隐忍勤奋才有收获。翌晨，杭州罐头厂的员工已经设摊收购"清水马蹄"的半成品了。蕉藕这种植物，在裘家兜是人们的生财的副业。蕉藕一窝一窝地埋好后，慢慢地长出形如芭蕉的绿叶，恍若可观赏的花卉。霜降之后收获蕉藕，然后开始制作蕉藕汁。蕉藕磨制成汁水的过程与藕粉前期制作无异：去渣，沥干，再以清水调和成汁，然后将蕉藕汁放入柴灶上的黄锅旋子内，让旋子在滚水中急速旋转，待旋子停下，便可揭下一张嫩滑晶莹的粉皮了。粉皮是过年待客的佳肴，放了大蒜炒，辅以酱油，是色香味形兼备的上等农家菜。

裘家兜养猪养羊。猪羊比之鸡鸭鹅，就是大宗牲畜。一般而言，鸡鸭鹅的饲养成本不高，早晨从大棚里放出，让其自由觅食，晚上再将其呼回，少有用现在饲养家禽的方法的。因为那时人都吃不饱，哪管得了家禽？现在看来，裘家兜的猪羊饲养，实在是农家的一项重大的经济活动。当时，鸡鸭鹅禁养限养，而猪羊由于成本的因素更不可能多养。不过一般人家还是会养猪养羊，因为猪羊对家庭的活动和面子事关重大。此地年节风俗，尤其是嫁娶，都需要猪肉和羊肉，在重农抑商的年代，自产自给的经济方式便是裘家兜最牢靠的经济方式。人都吃穿有限的年代，猪羊的"福利待遇"也好不到哪里去。一头猪大致养一年。在这一年里，猪尽可以一天到晚地对人类哼哼着，在圈里吃喝拉撒睡。水葫芦等水生植物，包心菜等陆生植物，都是猪的饲料。人口多的人家，口粮的基数相对大，舂出的米多，糠也多，猪的口福也就好。

猪也会生病，猪要生了病，家庭对其的重视程度也许会超过对人。杨家埭有一位人称黑人阿华的，是一位参加过一江山岛战役的老兵，曾是马克沁重机枪手。阿华有次重感冒躺下了，他家的猪也不哼哼，不吃不喝地躺下了。阿华闻讯爬起来蹒跚着去找兽医。

猪养大了，自宰或去供销社出售。出售生猪，需要精心计算：卖了猪如何分配一年的收获，拿猪下水还是拿猪头，抑或猪头下水全拿，什么时候请什么人来吃饭喝酒啃猪头……这大约是一个月来家庭的主要议题。早晨，昏暗的灯光下，猪圈里挤满了人，主人今天给猪的饲料是实打实的青糠，这是猪从没有过的待遇。大限将至，吃平生最后一顿早餐，犹如待决犯人的断头餐。这么可口的青糠饲料，猪当然吃到撑，这是主人最开心的事情。看猪喘着粗气再也吃不下时，主人一声招呼，人们七手八脚把猪捆成四脚朝天，竹杠伺候，抬起猪，赶紧走。天还没完全亮，路显得更加崎岖不平。从裘家兜到三家村供销社，一路小跑，跌跌撞撞也就两支烟的工夫。时间就是金钱。和时间赛跑，希望也就在这分秒之间。待三五男人急匆匆地抬着一路嚎叫的猪赶到，还是晚啦，已经有二十几头猪井然有序地等待过秤。多日的计划，可能就毁于这时间把握的失误。第一或前六名，在时间的掐算上，猪都不会出什么问题。但如果排在太后面就会出问题。抽着大头“雄狮”烟，男人的眼睛怎么也离不开猪的肚子和屁股，心情在希望和绝望的急流中浮沉，等待便是这裘家兜男人的煎熬。终于轮到过秤了，男人先敬香烟，再赔笑，事情似乎越来越顺利。收猪人员点了烟抽着，忽然就说这猪早饭吃了这么多啊，说着俯身就去拍溜圆的猪肚子，猪又嚎叫起来，后来还开始扭动身子，待秤之猪肥厚的屁股一撅，黄褐色冒着白气的猪粪一段一段又一段地滚出……

过年杀猪是乡村的一大盛事。杀猪请人喝酒吃饭，便是自己的光荣。杀猪的消息早已发布出去，待到正式杀猪的日子，地上放好木架子杀猪刀具，人慢慢地聚拢，主人笑呵呵给大家散烟，自家杀猪不用卖猪那样费神焦虑，开心便那样没遮拦地写在脸上了。屠夫操刀主杀，东家摁猪腿辅佐。刀从猪喉部捅入，场面血腥。然后将猪放入装满滚水的大锅里烫毛，待刮尽了毛，复又将猪置于木架子上，用尖刀将猪脚挑开一个口子，再用铤杖从口子进去上上下下地捅。屠夫开始咬住了口子往猪里吹气，没多少时间，猪膨胀开来。最后有条不紊地将猪大卸八块，收拾猪头或整理下水。待暮气四合夜幕降临，乡村便飘起酒香肉香了。

杨家埭向东百步，便有木桥一座，右转前行，是范家角，以西为裘家兜，范家角与湾里塘之间有单孔石拱桥，右转行数十步，是让人印象深刻的水阁。水阁为两层木结构老宅。水阁傍河而筑，一半悬于河上，是名副其实的水上阁楼。我对在裘家兜落户的记忆，数荷塘与水阁最为深刻和久远。水阁浮于清水，又隐于苦楝、垂柳和榆树间。农历五月，苦楝叶子发亮，紫色花绽放，整个湾里塘都浮动着苦楝花馨香，水乡渐热，花香却是沁人。水阁当时已经做了大队的办公场所了，大队医务室是水阁靠河狭长的一间，木板铺地。一排木窗，窗外是小河弯弯，枝叶婆娑。走进水阁，再往里走，推门便是青石阶梯，这阶梯其实是河埠。清风泠泠的河埠上就系着一只小小木船。明代塘栖的文人吕需曾在塘栖西小河南岸，临翠紫河，与芳杜洲隔河相望处，建有名噪一时的系槎楼。其时镇上名士徐士俊《系槎楼》记载："渔舟客舫，日往来过其下。楼中之人惟晏坐读书，世上风流置之度外，高出玄真子一筹矣。"又有诗人张思光曰："臣陆居非屋，舟居非水，系槎楼之义。"史上塘栖的系槎楼早已不存，去年我去湾里塘寻访，形制格局匠心独运的水阁也已经消失。想当年，好地方总会有人住，时任大队副书记的振生就喜欢待在水阁上，年轻的副书记天天在水阁楼上掰鸡腿鸭腿，喝小酒。抽香烟叫"量体温"，喝烧酒叫"挂盐水"，喝茶叫"荡肚肠"，这是裘家兜的幽默。振生量体温啊挂盐水啊，然后荡肚肠。肚肠荡多了，就有释放的诉求。于是他扶梯而下，然后进医务室，晃入隐蔽的河埠，须臾便哗哗起来了。医务室有两个人。一位是复员军人，在部队干过卫生员，回来做赤脚医生，也是名至实归了。赤脚医生五短身材，肤黑，体瘦，沉默寡言，性格内向，印象无多。另有一位唤作环英，身材苗条，乌发结辫及臀，肤白若雪，双目顾盼流连，举手投足，顿生气场。酷热炎夏，身背药箱，头戴大檐草帽，长辫拂柳，巡诊"双抢"田头，油菜花早已开过，但田间依然春意萌动，以至躁动，"环英环英"地集体呐喊，也是没有办法的事。环英本是范家角的女青年社员，只因其形象出众，人生际遇才发生转变。在农业学大寨的年代，姑娘们争做"铁姑娘"，百来斤的泥担压在肩上健步如飞，青春期的刻苦锻炼，使体型发生了明显变化，宽肩、窄腰、丰乳、肥臀、粗腿是所有姑娘的特征。环英亭亭玉立,无疑是一个异类。虽说是"铁姑娘"成为时尚的年代,但还是有人有传统的审美眼光。

穷则思变是穷人走出困境的基本道理。在裘家兜的生活,大概只能混个半饱。穷则思变,国庆说想点办法营养营养。怎么营养呢?裘家兜也是号称丝绸之府、花果之地、鱼米之乡的富庶之地。河网水乡地带,河多鱼虾蟹鳖便多。在裘家兜,谁不去河里捞口福?无本生意是在冬天做的,两人搭档,一人一根毛竹扁担,沿河滩,寻那些遭受过风霜雪雨的水草滩,但要向阳。赤了脚下水,一人一边,把扁担在水草里捣三五下,斜斜放了扁担,用脚踏上。在扁担围成的区域里,黑鲤头、乌青、老板鲫鱼都成了篓中物、桌上餐了。鱼叉叉鱼,也是裘家兜人的拿手好戏。春天里,当鱼儿们在新生的水草堆里谈情说爱求偶交配的时候,远远地,见水草丛中水花哗啦,看准了,"嗖"的投出鱼叉。鱼叉梢头是系了细绳的,拉回来,叉刺上必有甩尾巴的大鱼。还有就是放钓子。国庆这人做什么都是信心满满劲头十足,他三言两语描绘出了放钓子的"辉煌前景",然后不断重申不断强调,渐渐地,我也看到了鱼虾满桌的美妙情景了。放钓子,当然是用蚯蚓和小鱼作诱饵,但如果要钓上甲鱼,国庆说最好有猪肝。国庆应该是一位很好的策划师,但他绝不做投资之事。投资家么,别人来做。他给你一个只要肯做便有回报,且回报多多的美好前景。你不做,可以,但你无法改变现状,无法脱离困境,你好好衡量衡量吧。在国庆面前,我这个知识青年就是最应该出手的"投资家"。但问题是,猪肝与猪肉等值,猪肉七毛三分钱一斤，且要肉票。不过，在国庆的不断的语言渗透之下，在我心中，猪肝早变成了许多许多四肢乱划的甲鱼了。毅然决然，便去三家村斩一块猪肝，一斤左右，八毛五分钱。国庆选一根尺把长韧性十足的桑树枝条，搓了长长的络麻线，把缝衣针在煤油灯上烧了烧，又浸到冷水里淬火。然后，把切成条块的猪肝用缝衣针穿了作饵。这一切，都是我和国庆在秘密状态下进行的。否则，走漏了风声，你前面放，后面就有人收钓子了。

四月春夜。前几天下了雨，田塍像抹了油般溜滑。天色漆黑，只有远处村落还有星星点点模糊的灯光，有零星狗吠。夜间走湿滑的小路，手舞足蹈，如同在风波浪里颠簸的小船里一般。国庆为壮胆，哼哼唧唧，把样板戏唱成讨饭野灰调。快到鸭兰港时，忽然没了国庆的哼哼唧唧，便慌了，喊了几声，没有回音。雨又下起来，落到脸上，风一吹，冷得全身发紧。蓦然想起书上的说法，夜行人看不见四周情况，蹲下便能看清了。于是蹲下，见不远处有晃动的饭瓜（地瓜）一般的东西，还有压抑了的喘气。想这“饭瓜”便是我的弟兄国庆了，骂一句，国庆说只好帮帮忙了。探手拉他，一手泥。

鸭兰港，虾儿墩，芦花浜，往泥里一根一根插钓子。快插完时，我的脚一滑，张张手，响声都没有，就在两人高的堤上顺坡而下，落入水中，等感觉抓住了一棵树的时候，半身已经没入水中了，不觉得冷，只有紧张后的松弛，大约是电闪雷鸣雨过天晴后看彩虹的感觉。

一路放过去，再回来一路收回来。天亮时，钓子全部收齐，我们钓到了一只大约二两重的甲鱼儿子。春夜的雨时断时续，我和国庆一身泥浆，相视而笑。国庆看着花肚皮的甲鱼，说放了它。我说，是的，放了它吧。

晨曦中，甲鱼在水中划动着脚蹼，恍恍惚惚，斜斜钻入泥中，不见了。

那时，水清。

三 家 村

三家村在运河边。

我在裘家兜五年零三个月的时间，主要是干农活和做赤脚教师，还有就是由队里派到杭州钢铁厂做民工，拉富铁矿，挖焦化车间的厂房地基。赤脚教师做了三年，无所事事，也没有什么收入。但赤脚教师是记工分的，这就可以混个半饱。在队里劳动或做赤脚教师，空闲时就去三家村玩。我的父亲，人称老胡，在三家村供销社所属的废品收购站做会计。老胡那时也就四十五岁光景，沉默寡言，工作认真踏实，算盘珠拨得快，据说账目从无差错。我父亲名气大得很，不夸张地说，塘河以东，四乡八里，甚至桥头（沾桥公社所在地），没人不晓得三家村收购站有个老胡。那些年，我基本上生活在父亲的巨大影响之下。在沾桥公社范围内，无论我走到哪里，别人介绍我时，除了说是知青外，就说是老胡的儿子。某次参加全公社知识青年大会，中午散会，五六百名知识青年或在公社食堂吃饭，或在供销社食堂吃饭，或投亲靠友，或街上点心店小饭店吃饭。有散会知青的日子，桥头一时喧嚣热闹起来。我摸摸口袋，大致够买一碗沃面加一——沃面便是拌面，一碗面就二两半湿面，年轻人吃不够，再加一两，便称作沃面加一。沃面是大众化高档食品，必要条件是有钱。民间有云语：手中有钱心中不慌，脚踏实地，喜气洋洋。天天沃面，常常沃面的人肯定喜气洋洋。而像我这样的穷知青，一年到头只剩下慌兮兮了。沃面做法，大锅水滚开，投入出过水的湿面，旋即用竹勺捞起，放入酱油、猪油拌之，撒上碧绿葱花即成。当时我要了碗沃面，烧面女子约三十五六，容貌俏丽，动作麻利。边上有一女子说着什么又指了指我，我看那烧面西施朝我笑了笑，说："你是老胡啦儿子。"于是，沃面加了一，又多了半勺猪油。在那个饥馑年代，猪油的金贵，路人皆知。那么，一个小小收购站的会计，怎么就能产生如此巨大的影响力呢？老胡靠的是不知变通。三联大队书记马华林，曾经大发过感慨："这老胡啊，钝，真是钝头老胡！"钝，为不利之器，喻不知变通。钝头，也是贬义无疑了。某日，公社知青办助理莫茂根驾临三家村，其时干部外出，还没吃请与请吃之风，莫茂根中午在供销社食堂就餐，便向会计老胡买一块钱饭菜票，老胡并非不认识这位执掌沾桥公社知识青年"生杀"大权的莫大人，饭菜票照卖不误，绝对不送。何谓钝头？老胡是也。

这是闲话。但因了父亲在三家村工作，我便有了混迹于三家村市井的机会。三家村老街，应该在三家村桥的两岸。三家村桥是一座大约十来米长的平梁石桥。这石桥是当年三家村繁荣的一个见证。1973 年 7 月 13 日中午，我在炎热中穿行这座桥的时候，桥的那种坚实与古典并存的美感，那种连接河两岸便利交通的意义，至今让我记忆犹新。沿河而筑的街市，粉墙黛瓦，八字河埠，歇息米床，好看的女人，精壮的汉子，各种店铺，摊之街面的土特产，还有成群结队的草狗。时隔四十年，今年的春天，我驱车又去了三家村，只是已寻访不到当年三家村的痕迹了。三家村还在，艳阳下的破败屋舍，摇摇欲坠，两岸风景荡然无存，新建筑参差错落，但无风景可言。时代的变迁，有时便这样残酷地落实到一砖一瓦，甚至一草一木上了。

也许是发展的需要，三家村集市往塘河边靠，老街开始没落。新的三家村集市，按现在的眼光看，不过是些简易房子。差不多上百米长东西向的一排平房，由西向东依次为收购站、副食品商店、香烟杂货店、布店、文具用品店、咸鲞店、肉店。香烟杂货店对面是茶店和点心店。收购站边上是生产资料部。肉店以东是卫生院。大约没钱，就铺不成水泥路，三家村新街永远是碎石路面，踩上去硌脚。天蒙蒙亮，三家村就人声嘈杂了，方圆十里，乡村男人们就往三家村新街赶，抬猪羊的，拎鸡鸭的，卖菜人的竹篮竹筐里装了葱姜蒜、芋艿、番薯、冬瓜、西瓜、茄子、丝瓜、青菜、黄芽菜，还有螺蛳河蚌，还有菱藕。当街一放，便是早市的贸易。当然，早市的内容不仅如此。20世纪70年代的三家村早市，其实是乡村男人的聚会场所。出街交易的几乎全是男人，各家各户的当家人，都起早到街上从事关乎自家的经济活动。收购站总是很忙。收购站收废品，也收农副产品，茭白、桃子、枇杷、花红、橘子、慈姑、荸荠、夏白藕、藕粉，还有猫。猫是剥了皮钉在板上，晒干，打包，运往杭州。还有小湖羊皮，原先三家村附近乡村养湖羊，过年时家家宰羊，羊皮便卖给收购站。收购站还收小湖羊。小湖羊的皮毛纹理很漂亮，母羊产下一窝多只羊崽，就拣羸弱的小羊卖给收购站，换得三元或五元，是一笔不错的收入。肉店兼及生猪收购与宰杀。卖了猪的男人们喉咙都有点响，不过再响也响不过杀猪卖肉的郭大伯。去过收购站和肉店的男人们，开始徘徊于生产资料部、副食品店、布店、香烟杂货店、文具用品店、咸鲞店、肉店。再到肉店是领取猪头、猪下水，或买肉。量入为出，区分轻重缓急，精打细算花钱，成为彼时乡村男人的一种必备素质。剪几尺布，挑一把铁耙和一件蓑衣，买了香烟、肥皂、铁钉、电灯泡，以及各种食品和文具，买不起的暂时不买，该买的都买了，钱有宽裕都踅进茶店和点心店了。茶店、点心店里都是可以喝酒的。一壶茶几分钱，条凳上一坐，脚搭在凳子上，便是乡村男人最得意的姿态。茶有红茶和绿茶，都是粗茶。在茶店喝茶，茶叶优劣不论，内心感受是第一。喝茶的意义在于谁能在体面男人成堆的茶店里端起架子喝茶，这对乡村男人的人生很重要。喝完了茶，就喝酒，一喝就要喝一开烧酒。所谓一开烧酒，便是二两烧酒。乡村男人酒量都好，喝酒一为展示风采，二为提振精神。但是经济条件所限，乡村男人便点到为止，只来一开烧酒。一壶茶，一开烧酒，再来五分钱一只的鲜肉包子下酒，有点像广州人吃早茶。也有好酒但经济能力稍弱的乡村男人，一手捏了一开烧酒的碗沿，一手去捏什锦菜榨菜，手被打回来，但指上已有咸味辣味。于是，啧了碗米酒，一个指头一个指头地吮咸味，说我已经吃了二十年的早茶了。听听，听听，二十年早茶，这是何等荣耀的事！

三家村早市散后，有人去街空的味道。

供销社的职工们忙完早市，都捧了搪瓷盆去食堂打开水打粥，零星的生意照做，但近乎悠闲的一天便开始了。三家村供销社里有三位比较有特色的年轻人：钱小兔、程贵仁、许子兵。这三位年龄相仿，分属不同专业，均未婚。钱小兔师从畜产（主要是皮毛，比如羊皮、兔皮、猫皮、狗皮、黄鼠狼皮）专家孙菊人。孙菊人是绍兴人，居塘栖，是我家的邻居。他年轻时当过兵。据说一次战斗中，与日军徒手相搏时，得一扁担，劈伤日军，名震一时。我未插队做知青时，暑假里去父亲店里住一段，见孙菊人高兴时会举一只军号吹。孙菊人的冲锋号激越、凄厉、令人振奋。他右手握军号，下颏微扬，左手卡腰，身姿挺拔，晚霞洒在脸上身上，彼时情景，已成历史剪影，深刻而隽永。孙菊人貌若老电影《渡江侦察记》中的敌情报处长，脸瘦削，线条硬朗，目光深邃，不苟言笑，一开口却语气柔和，透着一种少有的诚恳。搞不清他是何时何地学了一手关于畜产关于皮毛的功夫，钱小兔做他学徒，对他也是恭敬有加，技艺日益精进。收购站迁至塘河边时，孙菊人已经告老回家，没多久，他得癌症逝世了。此时年轻的钱小兔已经是能够独当一面的皮毛鉴定高手，把湖羊皮双手拎起，在灯光下照照，捏一捏臭烘烘的羊毛，便远远地向账台报价。拎起活的小湖羊，灯光下照照，毛色洁白，纹理美丽，价也随口报出。常常有其他地方邀请钱小兔参与鉴定，浙江省进出口公司、浙江省畜产公司，遇大宗质量存疑或等级混乱的皮毛，请钱小兔辨识、抽检、归纳、分析，结论一出，有一言九鼎之作用。

钉湖羊皮，是一门技术活。活剥小湖羊，将皮用冰冷的河水漂净，以桃木梳带水梳理，然后将湖羊皮钉在羊皮板上晾晒，晾晒几天后，湖羊皮毛色发亮，花纹美妙无比，成为能够换取外汇的奢侈品。冬天里，收购站每天都能收进十几只活蹦乱跳的小湖羊。这些小湖羊，在走完了钱小兔的所有程序后，其中的一部分，便成了晚餐的美味。小湖羊肉洗净，切成块，下锅焯水，放入黄姜、老酒、白糖、酱油、桂皮、大茴，旺火烧开，文火煨一个时辰。其时，湖羊肉香便在三家村上空飘荡，深深刺激着物质匮乏年代人们的味蕾。夜幕降临，收购站宽敞的店堂里，用羊皮板搭起宽大的餐桌，桌子中间放了几只陶釉钵，钵里盛满色泽红亮、香味诱人的小湖羊肉。羊羔美酒宴，这是三家村收购站在冬季常常出现的饕餮大餐。我那时也常常混迹其中，蹭酒蹭肉，乐在其中，至今怀念。

钱小兔大快朵颐的时候，程贵仁也过着滋润的小日子，他在三家村副食品商店卖油盐酱醋和糕点食品。在缺油少盐的年代，程贵仁的日子可谓肥得流油。副食品商店两个人，阿贵天生一副老实相，憨憨的，饭后总是啧啧地嘬着牙花，很富足的样子。他是塘栖人，又在副食品商品负责如此重要的职位，声音不响也不行。程贵仁从不在食堂吃，习惯自己做。每天，他抽空在店门口买些野生鱼虾，买些蔬菜，早市散了后，许子兵便给他送些肉或腰子或肝或爪子来。许子兵在肉店杀猪卖肉，和程贵仁一样近水楼台。程贵仁年纪轻轻便过起了富足的生活，烧饭做菜成为他快乐的源泉。做菜时，他将小铁锅或小铝锅放在烧旺的煤炉上，从商店的油缸里提出油，在人们艳羡的目光中倒进锅里，油近八成熟时，倒菜下锅。副食品商店是程贵仁的家，副食品商店的油缸便是程贵仁家里的小油瓶。程贵仁和许子兵的伙食，就在柜台里面，一张小方桌上，四五盘菜，荤素搭配，油水足。于是程贵仁和许子兵两位小伙子的脸色便很好看。

许子兵尚武，中等偏上个头，一身白膘。也许是工作的需要，他在杀猪作坊高高的梁上悬着一副自制吊环，拇指粗的钢筋焊成两个环，环上缠着卫生院要来的白纱布。许子兵上吊环后猛力撑三五下，然后举双腿成直角，下环，表情很自负。许子兵还要来一对柱石，闲时凿上两个洞，去钱小兔的收购站找来一根铁杆，这便制成一副不错的杠铃了。许子兵赤膊举起约百斤的杠铃，再举三五下，表情同样很自负。许子兵力大，杀猪时侧身单手挟起一头猪，按在木架上，在猪的颈下巴上拉一刀，鲜红的东西喷出来，他在那儿笑。

其时，钱小兔、程贵仁、许子兵均单身。现在想来，他们那时的生活真是令人有些不可思议。都是忙一个早市，大半天以及整个晚上都无所事事，没电视没电脑没手机，也不能回家，但他们都好像活得有滋有味。三位年轻人都没怎么读过书，但都是三家村的名人。

某一日，许子兵到钱小兔的房间聊天。有人给许子兵介绍女朋友了，前村的一个姑娘，裁缝。许子兵的母亲是村里的裁缝，她认为靠手艺吃饭饿不死。我去三家村游荡的时候，钱小兔把我拉进的房间，给我看姑娘的照片，姑娘有些漂亮。钱小兔还指着桌上的一叠信件，笑着说这是帮许子兵写的情书，让我帮忙修改。也许他觉得我学历高，其实我只在乡下读过两年初中。写情书我没经验，看了钱小兔代写的情书，觉得他很了不起，这是我最早了解的写作。许子兵后来没和那位裁缝姑娘结婚，什么原因无从知晓。后来许子兵加入了共产党，从三家村调到桥头，在沽桥供销社做起了副主任。我们看到的许子兵的女朋友是沽桥公社最漂亮的女知青。许子兵后来在改革开放初期升得很快，做过县物资局局长，在计划经济与市场经济的两大板块中游刃有余。一次醉驾，让当时在三墩区委任上的许子兵在特护病房挣扎了十多天，听说靠着年轻时养成的良好的身体素质，活了过来。再次见到许子兵，是在一牙科诊所。平头，壮实，穿着布鞋，戴着竹筷粗的金项链，满嘴脏话，这便是许子兵的现代版本，没有丝毫的官场习气，更像一个衣食无忧的小老板，或是一个街头老混混。

钱小兔的恋爱，三家村路人皆知。三家村卫生院新来了一位医生，长相说不上好，但情人眼里出西施。每天早市后，钱小兔由东至西穿过三家村街，去三家村卫生院找那位闲林埠来的姑娘。送早点，送时鲜水果，是钱小兔恋爱的常规手段。一般而言，恋爱总是向好的方向发展，两个人发展到共享美食的阶段，大家就觉得分享喜糖已经为期不远了。钱小兔每天变着花样在姑娘的住处展示自己的烹饪技艺，并且佐了小酒，让爱情在微醺中发酵。

三家村时期的钱小兔敬业、和善、热情，并且有一门技术。改革开放，打碎了所有已存的格局，陆路开始兴盛，水路逐渐萧条，苏杭线上曾经的繁荣，已经不再。具有农耕社会鲜明特征的三家村集市日渐式微。钱小兔所在的供销社也一样。钱小兔怎么可能再蛰居乡村小店呢？他有技术，于是在黄泥坝开了一家皮件厂。经营皮件厂的同时，吃喝玩乐成为其生活的必需。曾经碰到钱小兔，神采奕奕，穿着光鲜，从其微笑的表情中让人感觉到他已赚了钱了。他盛情邀我去黄泥坝厂里看看，并说要送一件皮衣给我，这让我充分感受到我在三家村跟他们一起混的情义余韵。种种原因，我未能及时见证他曾经的辉煌。那一年，钱小兔因债务触犯法律，被处以无期徒刑。

程贵仁在走出三家村后，与人合伙贩烟。贩烟赚了钱的程贵仁，走在古镇街上，已不太愿意和人招呼，即便招呼，也是深沉地点点头，然后昂然前行。常在河边走，终于湿了鞋，因贩假烟，程贵仁锒铛入狱。刑期早满，如今，人不显老，却只是看着脚尖走路，很落寞的样子。

三位曾经年轻的男人的人生沉浮，见证了三家村集市的兴衰。他们的青春平凡朴实，比如许子兵在找人代写情书时的心情，比如钱小兔在追求女医生时对感情的执着。这三位，如今已经过了花甲，而钱小兔则继续以劳动改造洗刷自己的罪行。夜深人静时，不知他们是否会想起他们生活过的三家村？

三家村还有几位值得一记的著名人物。施文静是香烟杂货店的负责人。香烟杂货店就她一名职工。她总是微微侧身站在柜台里，不时瞄一眼在狭窄店堂转悠的乡村男人，不大的眼睛里闪烁着警惕之光。四十多岁的半老徐娘，烫发，潮红的脸，眼角常有白腻的眼屎，但依然可以看出她当年的美丽。她很少回塘栖的家，有时会有一个男人出现，喝着酒，施文静便开骂，声音沙哑但颇具攻击力，店堂的门口往往挤满了张望的乡村男人。那时，施文静的柜台上永远放着一碗酒，酒是黄酒，那种稍显混浊的液体，这是她人生最爱。还有两碗菜，一碗食堂菜，一碗是油沸豆板。她在柜台里微微侧着身，红着脸，醉着眼，一手烟，一手酒。有时施文静笑起来，全身都抖起来，碗里的酒也随之晃出来。于是，她止住笑，俯身在柜台上舔着洒出的酒，动作努力，神情专注。这是我唯一见过的堪称酒徒的女性。这位女性酒徒，后来死于中风。

三家村肉店，是乡村男人谈之色变的地方。肉店是典型的前店后坊。后坊宰猪，前店售肉。肉店是供销社的，但却给人一种私人开的感觉。肉店的负责人是郭一根，正值壮年。老郭人高马大，手指骨节粗大，给人的印象是孔武有力。肉店里除了分配来的许子兵，都是郭家的人。老郭领导着包括老婆、两个儿子、两个女儿在内的与猪奋斗其乐无穷的杀猪团队，其影响力遍及乡村的角角落落。老郭脾气火爆，受他的影响，老婆、儿子、女儿的脾气也个个火爆。新手许子兵却与其相处得很好。传说某次杀猪，脾气火爆的老郭侧身挟起一头猪来，也不搁木架上，随手便刀入猪喉，然后弃猪于地。杀完，老郭点了烟，站在那儿抽，不料，被杀翻的猪摇摇晃晃地站起来，"咔"的一下咬碎了老郭的左手拇指。杀猪的时候，老郭妻子负责烧火、褪毛、清理猪下水。某次妻子和老郭吵架，老郭挟起妻子吼："再吵就扔锅里！"锅是烫猪的大铁锅，其时沸水盈盈。妻子噤声。肉店门口，天天排长队，都是掌握家庭经济大权的乡村男人。在老郭的肉店门口，队伍秩序井然，人声不嘈杂。肉店里悬着猪头、猪身还有猪蹄、猪肝、猪腰。老郭刀头很准，肉票、钞票递进去，一刀准。我有时去买肉，不排队，就靠门口站着。过会儿，老郭抽空朝我微笑。我知道这对于老郭来说是很难得的。老郭问："买肉啊？"我就把八两肉票递上。"啪"的一刀下去，不准了。老郭叫："小胡，一斤半。"排队的人在不断移动，有乡村男人要一刀坐臀肉，老郭一刀下去。那男人捧着肉说，这肉太精啦，想换一刀。老郭夺回肉摔回肉墩上，那人就吵起来。老郭用杀猪刀指着对方的鼻子说："今天你别想买啦！"吓得那人掉头就走。

三家村卫生院在当时的三家村颇有威信。三联、中华、平泾、红卫等几个大队构成平泾片，这个"片"的意思，差不多就是现在的"组团"的意思。平泾大队在三联大队和中华大队之间，现在鸭兰村的位置，但平泾片的中心则在三家村。当时沾桥人民公社有两家卫生院：一家设在桥头，叫沾桥卫生院；一家设在三家村，叫三家村卫生院。农民生了病，就拖着，拖不过，就去大队医务室；还不行，就再拖；再不行，可能会去三家村卫生院。打个也许不是很恰当的比方：三家村卫生院基本上相当于现在的邵逸夫医院。如今盛行体检，一般的人就在区一院、区二院、区三院、区中医院解决，这些医院相当于当年的大队医务室。那时没有“医闹”，凡是被三家村卫生院进行过生命裁决的，都服。

三家村卫生院，是一排平房，总共几名医生和一两名护士。卫生院不忙，早市偶尔来些头痛脑热、肚痛腹泻的病人。因为农民白天要下田，赶的也是早市。三家村卫生院比较有影响的人物大约有三。一是闲林籍的医生姑娘，因为受到了收购站钱小兔的追求，而受到乡民的关注。二是被称为“杨医生”的卫生院工作人员，其实是一名护士，其特点是矮小、肤黑、嗓门大、风风火火、待人热情。杨医生的喉咙一响，大家就晓得卫生院来了病人或有病人要离开卫生院了。看病，往往是看个心情，杨医生的热情成为三家村卫生院的特色，许多病人会感激杨医生。于是，杨医生常常会收到些小礼——一手帕鸡蛋或鸭蛋，一篮枇杷或花红，一只钓来的甲鱼或一条摸来的黑鲤头。早市过了，年轻的杨医生拎了黑鲤头去河边剖。穿过长长的三家村新街，杨医生嗓门嘹亮地和熟人招呼，高兴了，便打水花蛋似地笑。三家村卫生院还有位至今让人怀念的男医生，也姓杨。我认识杨医生的时候，杨医生已是快退休的年龄了。他中等身材，发白，肤黑，瘦削。杨医生坐诊时神情专注，每看病，先把脉，后用听诊器，目光深邃，让人觉得他是一位游走于传统和现代医学之间的大师级人物。于是，乡村病人都把信任给了杨医生，把希望也寄托给了杨医生。不论什么病，只要冲向三家村卫生院求医问药，首选便是杨医生。杨医生兢兢业业行医，只是病人不多。于是，杨医生在工作之余研习棋艺。枰上春秋讲究棋术棋德，说实话杨医生在棋艺上毫无禀赋可言，虽悉心研究与实践，却是棋术棋德均差。观棋不语和落子无悔，关乎棋德。观棋时，杨医生往往大呼小叫，甚至帮交战双方挪起子来。对方深思熟虑，一声吼："将！"话音未落，杨医生旋又在对方的"嘿嘿"声中抢起自己的炮来。和杨医生下棋，围观者众，声浪忽起骤歇，常常演变成一场激烈的口水仗。棋德差，源于棋术差。计较一兵一卒的得失。输和赢其实便是一场游戏。游戏结束，甚至连记忆的碎片也捡拾不起来了。杨医生常常铩羽而归，神情黯然，但他永远不服输，有屡败屡战之风。

桥　　头

桥头，是沾驾桥头，沾桥人民公社的所在地。

春暖花开时节，我去看多年不见的沾驾桥，像看老朋友一样，有些怀旧的意思。沾桥公社合并进崇贤后，前村成为整个崇贤的政治中心，沾驾桥的衰落便成为不可扭转的现实。沾桥现在也算热闹，但与昔日桥头不可同日而语。桥头依河而筑，物流水上来，客流也是水上来。沾驾桥，桥不大，但有古朴的气质。供销社、合作商店、卫生院、糕饼厂、点心店、百杂店……应有尽有。街道不大，但整洁。数十年过去，变化不可谓不大。陆路兴盛的特征是，市场往公路边靠。沾桥市场有些大，污水横流，气味难闻，简陋的市场建筑，以及大呼小叫的摊主，让人恍然想起南亚某些贫民窟的情景。穿过嘈杂拥挤的人群，数十年过去，已不太会有我熟识的面孔了。一直往西走，到了沾驾桥。沾驾桥已经风采不再，桥面铺了水泥，有粗大的水管从桥上伸过去，转到河埠上。桥侧面的“沾驾桥”三字很清晰，让人想起曾经的桥头。那个时候，听人说明天去桥头，那是令人肃然起敬的大事。一般的人没资格说这样的话。有资格去桥头的人，要么是干部，要么是有点钱的人。知识青年一年到桥头开两次全公社知识青年大会，这是广大知青所盼望的，开会记工分，又能在桥头一家店一家店地看过去，没钱买，看看也好么。站在沾驾桥，河东面合作商店的老房子，在我们的眼中，是非常了不起的建筑。关于沾驾桥，有一盛行一时的传说：当年乾隆皇帝下江南，路过沾桥，天下起大雨来，泥水溅了皇帝圣驾，后来便有了这座叫“沾驾桥”的小石桥。传说也许和历史无多大关系，皇帝圣驾被泥水所污，这是什么性质的问题？造桥以资纪念，这又是什么性质的问题？塘栖的广济桥，桥顶中间有大石，雕成巴拿马宽沿草帽形状。一说运河有鲶鱼精，年年在河里兴风作浪，搞得船翻人亡，民不聊生，此事为吕洞宾所闻，于是吕洞宾为除恶扬善，将箬帽覆于桥顶，以示镇压。果然，此后运河风平浪静，人们安居乐业了。这也是传说，纯属娱乐。这个传说，和沾驾桥的传说相比，是不是更靠谱一点？娱乐而已，较不得真的。

我那时去桥头，是去参加知识青年大会。从杨家埭到桥头，要走十多里路。路上也是小桥流水人家。荷花盛开时，一路荷香。远远地看见高高的钢铁架子。高压线从远处扯过来，又沉沉地扯向远方。到了桥头，不多的店，从这家出来拐进另一家，最诱人的大致是糕饼店、点心店和那家炒菜的小饭店。没钱的年代，只是饱了眼福。去桥头开会，总会看到几个横眉立目、晃着膀子的桥头人，小毛啊，美良啊，国芳啊。

1999 年，我去崇贤镇挂职，半年的时间，使我对改革开放中的崇贤镇，有了更深的印象。我把那些见闻、感悟写成了小说、散文，后来正式出版，书名为《乡村颂》。我在书的《后记》里写道："有一点我必须说明，我不是去熟悉生活的，我有比较深厚的乡村生活底子。我只是去调动生活，我只是要去研究农民生活的现状，尤其是世纪之交乡村生活的现状。我的下乡经验是：拥有了物质，并不意味着拥有了一切；因为物质是感性的，时代告诉我们，现实更需要理性光芒的照耀。"

崇贤印象

赵焕明

崇贤这个地方，对于家住余杭镇的我来说，颇为陌生。但是崇贤的名声，却有点如雷贯耳的味道。崇贤的工业一直很发达，早在20世纪80年代中期，崇贤就已成为工业产值亿元乡，那可是余杭第一个！佐证这个亿元乡的，有几个细节。崇贤的织造业很发达，我曾托文友陆云松买过七彩织绵的被面，那可真是富贵大方啊！崇贤的印刷业也不错，当时文联、文协印点小东西，都是拿到向阳印刷厂去印的。记得当时文联编一套"藕花洲丛书"，一共有七八本，我也有一本，叫《焕明诗文六十四章》——在当时，出本书是非常不容易，也是非常鼓舞人的。版权页上赫然印着"余杭向阳印刷厂"。那个被面与这本书，在我脑海中叠印出物质文明与精神文明丰厚的内涵和两者的交融。崇贤最早成为亿元乡的时候还是一个小乡，直到1992年沾桥乡才并入崇贤。亿元乡必然是富的，以致文联的《藕花洲》刊物，要写点报告文学或拉点赞助，目光首先是瞄向崇贤。1993年《余杭报》创办，崇贤也一直是报纸广告的重要来源。

再一个印象便是崇贤这个名称太传统又太时尚了。崇贤秀才把它演绎成“崇尚贤德”四个字,便又成为吸纳人才、重视知识、重视科学的招牌,工业发达的秘招。其实崇贤是1935年由崇英乡与南贤乡合并而从原乡名中各取一字而得名,但原两个乡名也不赖,就像一个儿子,吸取了父母各自的优点,崇贤自然名声大震了。除了名字,吸引我的还有沾驾桥下一副石刻对联。上联为“北往南来均沾利济”,下联为“水将山绕税驾凭临”。这副对联的上联通俗易懂,也点出了桥的功用与好处。但下联就有点费解,怎么把税收也写进去了?经过一番研究,才知税不光是指税收,还有“舍”“解”的意思。《辞源》中关于“税”的解释就有“税驾”条,称:“犹解驾,言休息也。”还有“水将山绕”,也不是“水把山来环绕”,“将”有“搀扶”的意思,如《木兰辞》中“出郭相扶将”,鲁迅诗句“挈妇将雏鬓有丝”等,又有“承”“持”之意,所以“水将山绕”是以“将”“绕”描述“水”“山”的情状,词性与“北往南来”是对得很工整的。但“凭临”怎么能对“利济”就不明白了,“利”是名词,难道“凭”是指物品或事物?究竟是古人学问太深奥而我等不懂,还是古人此联太浅率而令我等枉费揣摩?有待方家赐教。

第二个印象太雅了,就有第三个“俗”的印象来冲调。第三个印象就是崇贤蹄髈“味道好极了”。有一段时间,“到崇贤去吃蹄髈”成为一种时尚,甚至有点“没有吃崇贤蹄髈就没有到过崇贤”的意思。我观崇贤的蹄髈,选料大小适中,便于烧透;酥而不垮,外观结实坚挺;油而不腻,入口便化;内蕴浓郁,回味绵长耐品;肉香纯正，无骚腥膻异之味。怪不得有人将其打包，乘飞机带到香港去——这在20世纪90年代初期或中期，还是有点少见的。到周庄见过沈万山蹄髈，觉得两者是可以PK一下的。但我有一个固执的陋见，美食是不能真空包装的，落锅回热也好，微波炉处理也好，都会打折扣，所谓美食，只能现做现吃。

崇贤之韵

羊志坚

对崇贤的第一印象始于二十八年前的秋冬之交。

那时的我刚进杭钢实习，住在杭州东新路颜家村集体宿舍，同寝室的老鲍是个萧山人，背着那杆铁砂子猎枪，常到崇贤南山一带猎点麻雀、野兔之类的野味，改善独身的宿舍生活。坐在他二十八寸咯吱作响颠簸不停的自行车后架上，沿着还是沙砾路面的320国道边蒿草丛搜寻目标。记得那个收获颇丰的早晨，雾茫茫一片，映入眼帘的是远处乡村零散无序的矮平房。

常到崇贤转圈的老鲍说："这就是崇贤：一天到晚挑塘泥、掰茭白、摸荸荠的崇贤人很辛劳。"

二十八年前的崇贤，时光积淀后留给我的除了跟班和打猎时的兴奋、好奇与陌生外，最深刻的印象就是清新自然的原始生态。

再过了八年，位于杭州东新路的杭钢小轧厂车间里有了大批来自崇贤农村的所谓的"费用工"，小伙子们脸颊个个黝黑，最苦最累的活干得也是毫无怨言。晦涩难懂的崇贤土话，听得最多的词是：茭白、慈姑、荸荠、摩托车、上门女婿……

每个上早班的清晨，总有三五成群来自崇贤的摩托车，迎着爽朗的晨晖或冰冷的雨雪开始新一天的劳作，年复一年。

八年前，我们一行人跳出国有企业，坚定而又茫茫然地来到崇贤。

记得来到崇贤的第一件事便是推着自行车，到附近的田间角落拾趣。从静寂的老鸦桥走过，探究完有杭城“鳏寡孤独”之称的独山，走在乡间的田畈上，看那茭白、慈姑、荸荠、莲藕，稻田相间，举目皆是水生作物，三两只白鹭陪着几个上了年纪的老农劳作，河堤参差，家鸭嬉水，闲适恬淡的乡土气息扑面而来，赏心悦目的同时，认为栖居水韵崇贤，不失为一种享受。

八年时间，从而立至不惑，一根根白发印证着光阴荏苒。自己的职业虽然仍与钢铁打着交道，但工作间隙有越来越多的机会和各色“崇贤老板”接触起来。看着《余杭工业》里的工业产值排名，崇贤始终占据规模榜前列，50 亿元、80 亿元、100 亿元……数字背后是一个个从泥土地走上岸，开始规模经营的农民企业家，机械加工、轻纺布艺、冶金制造、化工印染、五金加工、物流贸易，连家庭妇女手中的绣品也登上了大雅之堂。

崇贤，已从祖祖辈辈上千年田耕地作蜕化为蜚声余杭大地甚至大江南北的创业群体的代名词。

如今，崇贤新城正在尝试着新的体验和突破。半山隧道的打通，四通八达的高架桥已与绕城公路相连，塘康公路、崇贤港东西大道、即将改造成八车道的 320 国道，使得崇贤开始真正融入了杭州都市生活圈。那种阡陌相连、芳草依依、亦乡亦城的新城居民生活，宁静和谐氛围下的乡土变换，让一个宜居宜乐的崇贤新城成长、兴盛。

我想，对崇贤过去的二十八年，不仅仅只有时间流逝，更有空间里翻天覆地的变化。这种变化靠的是草根创业的吃苦耐劳与坚忍不拔，靠的是对社会的责任感，靠的是崇尚贤德的精神。

余杭区每每有大合唱比赛，崇贤队的《崇贤老板》的歌声总是回荡在我耳边："崇贤爱我，我爱崇贤，崇贤是我美丽的家园……"

崇贤这片神奇的土地，成为杭城北郊最美的一道风景。

这道亮丽的风景里，有你、有我，更有许许多多心系崇贤的创业的期盼！

崇贤文化活水来

沈娴

京杭大运河自北向南逶迤而来，流入了余杭崇贤。

这个江南小镇，有的是淳朴的水乡农民栽种的大红袍荸荠、清脆莲藕；水灵江南姑娘亲手创作的崇贤布艺、崇贤刺绣；有的是口口相传的民间小调、娓娓诉说的民间故事。

崇贤建制历史较短，1935 年才得现名，但崇贤人对自己乡土文化的挖掘、整理和宣传工作却是出类拔萃的。从 2004 年开展的崇贤民俗、民间文化资源普查到 2012 年“崇贤文化丛书”的策划出版，再到“崇贤街道文化建设三年行动计划”的制订，崇贤人不仅对自身文化进行了发掘和保护，还对本土文化做到了传承和拓展。为有源头活水来，他们扎根“最土最糙”的民间文化，并让文化回归群众，文化建设硕果累累。

捡拾本土的文化遗珠

“山不在高，有仙则名；水不在深，有龙则灵。小地方也有大文化，文化讲究的是接地气，要扎根在群众生活的这片土地上。”这是崇贤人开展文化工作的基调，而奠定这种基调的人中有一位年近古稀的老人陆云松。

陆云松是地道的崇贤农民，打从呱呱落地后，没有离开过自己的故土。他喝着运河的水，用软软的家乡话，把村上朝夕相处、休戚与共的人物和风物，叙述得行云流水。改革开放了，陆云松写得舒心，写得尽兴。他的乡土散文，是一幅幅乡情浓浓的江南水乡风俗画。这位曾兼任过首届余杭县文联副主席的老人，从2004年退休起就投身于崇贤民间文化普查工作，一直坚持文化工作必须走进百姓生活，去发掘最土最原生态的文化遗产。"当时的文化普查工作许多地方都不太重视。崇贤的领导这么重视，我们就得扎扎实实地搞。"云松老人操着一口崇贤方言说。

当时的崇贤地方领导采纳了他的意见，决定进行地毯式调查。崇贤有一个建制村，一个社区，有数不清的村坊和里弄，但当时的普查小组只有八个人。所幸这些人都是"老崇贤"，有供销社人员，负责记录民间技艺，绣女姚彩仙1946年历时一年绣成的绣花裙就是他们从民间淘来的；还有当地医生，收集土单方。陆云松等人负责收集民间文学和游艺。2008年上半年，崇贤进行了非物质文化遗产普查工作，这次人手足了，进村入户的调查也更深入了。

在这两次普查中，陆云松一行人提着录音机，挨家挨户寻访本地老人，让他们把小调都哼唱起来，技艺都表演出来，回去再一句句听写。"这些土话是很'土'的，现在年轻人都听不懂。幸好我们收集得早，现在有些老人都去世了，唱词小调是留存下来了，但有的技艺却失传了。”说到这里，陆云松停顿了一下，抽了一口烟。

崇贤过去的婚礼都得请司公唱哼。司公似司仪，主持婚礼全过程，从新娘出嫁、上送亲船、入花轿、花轿进堂，再到拜天地、入洞房，都得由司公行礼唱哼，唱的是伦理纲常或祈福之词。比如花轿进堂后，司公唤喜娘添灯芯，唱道：“尖尖玉手添灯芯，添得千家万年好，保佑蚕花廿四分。”这唱词正是对水乡人家蚕茧丰收的祈求。他们千辛万苦才找到了崇贤最后一位司公，说服他演示水乡传统婚礼的全过程。现在他去世了，但宝贵的民俗资料被抢救了下来。

陆云松成了捡拾本土文化遗珠的代表人物，崇贤民间艺术资源第一次普查后，他便建议将这些资料集结成册。之后崇贤的文化收集整理，皆以《崇贤民间艺术资源选编》为基础。

绚丽的纸上风情

两次普查整理汇集起来的成果需修改和扩充，这就有赖于崇贤两个提供支撑的文艺平台，一是《崇尚贤德简报》，另一个是《崇贤》杂志。而长期经营这两种刊物需要一个稳定的机构。崇贤街道文体中心便承担起这份职责。《崇尚贤德简报》成了崇贤家喻户晓的纸上“文化广场”，一段时间内专门刊登非遗普查工作成果，并欢迎广大群众的指正。

“不久，我们办公室电话就变成热线了，许多群众给我们纠正错误，还提供了新的线索和资料。”街道文体中心主任王跃田说。每星期他们都会组织退休老干部聚会，一些搞文化工作的人都会参加，会上专门讨论这些文化事儿。通过多方参与互动，收集的资料越来越翔实，脉络越来越清晰。但光这些还不够，于是他们办起了《崇贤》杂志。

陆云松兴奋地翻出几本装帧精良的《崇贤》杂志，递给我们。“这本杂志的定位就是‘崇贤人，崇贤事’。作者都是在崇贤生活过的老中青几代人，写的是崇贤昨天和今天的风貌以及对未来的展望。”他充满自豪地说。

初秋时节，崇贤浅水田里冒出了一丛丛绿油油的荸荠苗。而这大红袍荸荠的前世今生早被收录在《崇贤》杂志中。

崇贤是生产大红袍荸荠的地方。三年自然灾害时期，这片荸荠田更是收容了大批逃荒者，成就了许多外地闺女和本地小伙的“荒年姻缘”。改革开放后，选用大红袍荸荠加工生产的“清水马蹄”成了中国第一种出口美国的农产品。直至如今，大红袍荸荠仍是江南最受欢迎的土产之一。

一颗荸荠，承载了农耕社会的质朴与近现代的变迁。诚如王跃田所言：“我们的杂志不仅要收集古代文化，还要整理近代记忆和现状，来引导今天的文化建设。”可见，崇贤人在理清文化家底与脉络中找到了适合自身的文化发展之道。

2012 年崇贤街道申报“崇贤文化丛书”为杭州市“文化精品工程”项目，并定在浙江工商大学出版社出版。这套丛书乃是崇贤文化整理工作的集大成者。王跃田在《崇贤》杂志开卷语中侃侃而谈：“崇贤文化丛书”第一本是崇贤民间文学集，书名为《民间拾艺》。该册以非遗普查资料为蓝本，分民间故事、民间小调、民间风俗、民间技艺、民间游艺五个章节。第二本是崇贤女作者散文集，书名为《爱的承载》。近年来，崇贤涌现出一批女作者。此书收录崇贤二十三位女作者的九十五篇作品。这两本书已经出版。

"崇贤文化丛书"第三本是本土作家陆云松的散文集，书名为《运河散语》，作者已整理出近作约二十一万字。第四册是崇贤纪实文学集，书名为《崇贤记忆》。该书收录有关崇贤记忆的非虚构文稿六十篇左右，二十万字上下。因是纪实文学集，所收录的文稿既可当作崇贤的故事来读，也可当作崇贤的历史来看。第五本是崇贤乡土文学集，书名为《漫步家园》，都是取材于崇贤这方水土的作品。如今，本系列丛书又新添一卷古体诗诗集《水乡诗吟》。

群众文化活动红似火

崇贤应运河而生，伴运河而兴。古时端午时节，上百条龙舟齐集运河畔的鸭兰港，龙旗猎猎，锣鼓喧天，呐喊与水花并发。如今鸭兰村的乡村文化节亦是一派欢腾，处处是欢歌笑语。

旧时在三家村、鸭兰村，年年举行着崇贤最火的"麻皮会"（庙会），四邻八乡的民间故事、民俗样式都拿去表演，有《十样景》这样的说唱艺术，也有载歌载舞的石前《花篮》表演，热闹非凡。如今的三家村、鸭兰村文化建设方兴未艾，投资百万元的古戏台正在建设中。

崇贤的群众文化活动搞得红红火火，这还得益于崇贤实施的

“崇贤街道文化建设三年行动计划”。其中让人眼前一亮的便是崇贤文化队伍的建设，现已组建“花篮”表演队、绣花表演队、舞龙队等十余支特色队伍；还有一支特殊队伍——崇贤文化宣传员。他们大都是普通老百姓，怀着一腔热忱，积极联络邻里街坊，发掘民间人才并指导群众文化活动的开展。

崇贤街道的文化骨干是老中青三代结合，有陆云松、陈如兴这样的老前辈，有王跃田、孙高平这样的中坚力量，更有许多80后、90后新一代的文化工作者。有了这些文化骨干，崇贤的民间文化不再是“纸上谈兵”，而是融入百姓生活。各村(社区)的庙会办起来了，龙舟盛会回来了，乡村文化节搞得风生水起，还有排舞大赛、相约周末文化夜市、崇贤少数民族团表演等。这些活动可不是做做样子，老百姓的参与热情可高了。

崇贤群众文化活动多多，他们以“德文化”“和文化”“创文化”为主题，开展广泛深入的宣传教育、评比表彰系列活动，营造积极、健康的社会氛围，举办群众喜闻乐见的文化活动，正是让传统文化回归群众的土壤，才有了真正的传承与发展。

此外，崇贤将传统文化与经济发展相结合，建设一批文化产业。三家村土壤湿肥，塘深埂高，为莲藕生长提供了得天独厚的条件。近年来，三家村藕粉已从机械制作逐步回归以手工制作，中断了近三十年的削片藕粉工艺也已恢复。崇贤的民间刺绣艺术历史悠久，通过政府与民间的共同努力，如今崇贤绣花女已有近五千人，绣花产值超两亿元，绣品享誉国内外。

“这些传承发展都是扎实做好文化整理工作的结果。如果不能认识自己文化的源头活水，怎么激活群众这脉源泉，让崇贤文化‘清如许’‘红似火’？”王跃田说。

民间文化源自群众，要发展需依靠群众。崇贤“从民间来，到民间去”的传承发展之道正是把握了群众生活这脉源头活水，从而使文化薪火生生不息、代代相传。

崇贤，我永远的家乡

张再兴

昆明。

深秋月夜，天气微凉。妻子种的睡莲开花了，我在阵阵的花香里，听到外面孩子的嬉戏打闹声。

今天上网时收到家乡朋友发来的电子邮件，有关征文比赛。家乡是什么？很感慨，却无从说起。我寻找了二十年，也没有找到最贴切的语句。是受伤时停留的港湾，是裱在梦里的那幅画，是过节时千里之外传来的乡音，或政府领导的嘘寒问暖、百般关怀，还是如今夜这月光，叫人一不小心就陷落的记忆？

我仿佛又看到了崇贤河水在屋后静静流淌，柔柔的月洒了一河的银光，浅浅的河滩此刻变得银白，上面还留着一串串孩童的脚印，它是否记下了二三十年前我们的脚印？

1981年，我还在读高中。父母都是老实本分的农民，是崇贤的水土赐予我旺盛的精力。年少的我不知愁滋味。7月里精赤上身，古铜的皮肤上溅着河水，我们在岸边吆喝着号子，冲锋、奔跑。我是村里的孩子王，伙伴们都跟着我。打水漂、砸石子、打水仗……总有无穷的精力折腾，安静下来，就在河边烤家里摘来的豌豆。

我最喜欢念庄子那篇《逍遥游》——“北冥有鱼，其名为鲲。鲲之大，不知其几千里也。化而为鸟，其名为鹏……”我仿佛看见一只巨翅大鸟，顶风翱翔。我常常一边在麦子地里帮父母做农活，一边在想，何时能展翅如鹏，飞高飞远。

十八岁高中毕业，为了不给家里增加负担，我决定参加工作，找到属于自己的那一片天。

我进了纺织厂。工作第一件事是去河南平顶山收一笔烂账。对方拿走了我们的机器，却迟迟未付款。我独自一人，去一个陌生的地方找陌生人要钱，一点把握也没有。果然，他们总称厂长不在，采购部的负责人也避而不见。在那里消磨了几天，口袋里的钱也花得差不多了，我把心一横，直闯厂长办公室。经过长时间的坚持，最后他们答应以生产的布匹作为抵押。

后来，我接手了纺织机的业务，在整个浙江省内游转。我信奉的准则是：做业务，从做朋友开始。就这样，我结识了大江南北各地的朋友，随着眼界的开阔，我逐渐定下了自己的目标。

二十五岁的那个中秋，我一个人在绍兴度过。和两个老乡喝了两瓶烧酒后，我独自来到鉴湖河畔，或许是夜晚太过静谧了，在寂静中我忆起了儿时的玩伴和家乡的父母兄弟，思绪奔腾。

我对自己说：“五年前的今天，你在蹒跚学步；五年后的今日，你牛刀小试；再五年后，你一定会巨鹏展翅！”

我很幸运，我的身旁总是有一些朋友，从家乡政府领导到昆明本地的政府官员，再到商会中的同乡。他们一直在给我鼓励，帮助我解决实际问题，为我的奋斗事业添砖加瓦。

我是第三批进入昆明的崇贤人。这里地处云贵高原中部，充足的日照，导致这个有几百万人口的城市需要大量窗帘。我的同乡早已发现了这个巨大商机，我来时，这里的窗帘市场已粗具规模。但我认为，现代都市消费者，对窗帘的需求不再单纯是遮光挡风，更需要一种品位和时尚度的提升。于是我和妻儿，在做好零售、拓展业务的同时，设立了自己的加工厂，创办公司。

2003 年，我看准“昆明大商汇”这个巨大商机，租地三十亩，在对面建起“天鹏”市场。2006 年市场竣工，吸引许多商户入驻。随着新昆明建设启动，我的市场也得到极大发展。现已入驻品牌五百余个，包括来自法国、美国、土耳其等地的国际品牌。

为谋求共同发展，在余杭、昆明两地工商联领导的关心支持下，我们这些在昆明创业的余杭人成立了昆明余杭商会。我们经常开展商会活动和同乡聚会，交流信息，探讨商情。通过商会组织，我们这些游子体味到了浓浓的乡情，感受到了“家”的力量。

家乡，正因为远离，才感觉弥足珍贵。最开心的时刻，是家乡领导来昆明探望我们，是逢年过节回家时看到家乡的巨大变化。

我的户口一直在崇贤。我在昆明打拼，孩子也在昆明长大，可是我从未想过要落户昆明。不是昆明不好，只是再好也不如故土，那里承载了太多的回忆。我想，最终，我肯定是要叶落归根的。

崇贤，我永远的家乡！

龙骨水车吱呀咿

陆云松

每到暴雨哗哗、洪涝来临时，明知现代化的水利配套设施足以担当起抗洪排涝之重任，但仍会神经过敏似的想起那个时代的抗洪排涝，深感当代农民的幸运。

那个时代的农民，自然没有抽水机之类的农业机械，抗洪排涝的主要工具，是鲁班徒孙研制的龙骨水车。家乡的龙骨水车有两种。一种是双手摇的，故称摇车，由五十余档龙骨连接而成，供一人作业或两人轮班作业，称之为摇水。摇水这活，要说多苦就有多苦，水车的头搁在田埂上，水车的尾巴放在水田中，双手握住两只安装在水车头上的摇扇柄，低头弯腰手用力，龙骨水车才会滚动，一百转转下来，衣里是汗，衣外是水。另一种水车，用脚踏的，要比摇车长三分之一，故称长车，由七十余档龙骨连接而成，作业时需三或四人，旱情时用的，一般摇车的尾巴吸不到河底水了，就用长车。

1954 年夏，接连几场暴雨之后，家家户户的水车便朝田畈里搬，渠道两旁的地埂上，到处是排涝的水车，吱吱呀呀转动着，咿咿呀呀的数水号子声，响成一片，日夜不停。暴雨一场接一场，河水涨了再涨，渠道两旁的地埂便无法抵挡洪水了。家乡的父老兄弟一碰头，便“闷”好了泄洪排水的总涵洞，以防渠埂塌方，河水倒流。总涵洞一“闷”，就意味着农家抗洪的任务加重了一半。也就是说，田里的洪水，要用两部水车才能摇到河里，渠埂上放一部将田水摇到渠里，总涵洞边放一部将渠里的水摇到河里。那时，我家水田多，劳力少，还未成人的我，便被推向了抗洪第一线。记得很清楚，那天早上，爷爷将一部搁置多年的旧水车稍作整修后，要我和同岁的小叔去试试，看能不能两人顶一人去摇水。于是，爷爷的水车在渠道埂上摇田里的水，我的水车在总涵洞边摇渠里的水。我俩的手臂没有摇扇柄长，就一人摇一只摇扇柄。开始时还觉得挺有趣，水车吱呀咿，水从车中来。但摇不到十分钟，便气急力乏了。同在总涵洞边摇水的一位叔叔，大概是见我们有点撑不住，便跳到渠里，将我们挂在水冲上的那根掌握水准的绳子，抬了抬高，将自己水车上的那根绳子放了放低，我们的水车摇起来轻了，相对，那位叔叔的水车摇起来重了。然而，架轻了的水车没摇多久，我们还是摇不动了。后来，是田在我们村、家在外村的杨叔叔硬把我们拉上岸，他建议一道在总涵洞边摇水的十多位叔叔伯伯，变摇一百转一歇为一百廿转一歇，爷爷摇在渠里的水由他们分摊摇到河里去。在田里的爷爷得知这一消息后，感动得连忙跑来叫我们向叔叔伯伯磕头致谢。

如今，我的孩子也有了孩子，吱吱呀呀的水车，已成为历史的遗物。我想，摇水车之苦，无须也无法让后人去体验，但昔日那种天灾无情人有情的人际关系，当代代相传。

崇贤啊，崇贤

吴汀

落户余杭前，“崇贤”于我来说是一个非常陌生的名字。没想到机缘巧合，让我能来崇贤这个地方上班。

四川地震后，我们举家迁移回老家余杭。当时回来的勇气，还是崇贤人给的。因为老公作为“探路先锋”，率先被崇贤万盛精拔拉丝有限公司接纳，成为“万盛”的一名员工，因“万盛”老总们惜才、爱才、用才，拥有高级电工证书、有电工技术专长的老公还被委以重任，成为“万盛”技术部的骨干之一。

老公找到工作，有了固定收入，才使我有勇气抛却原本在某国企机关宣传部的工作，惜别相处多年亲如战友的同事，于2009年4月正式成为一名“家庭妇女”。

由于爱好写作，在家自诩为“坐家”的我，经常给杂志、报纸投稿。热心的社区主任也常叫我到社区帮忙做点力所能及的事，这让我很快融入了新环境。

就在我当“坐家”一年半后，“崇贤”这两个字再次撞入我的耳膜。于是，我兴冲冲来到崇贤，亲眼看看心目中的崇贤。

来了几天后，我才发现，崇贤可不是个简单的地名，崇贤是个很不简单的地方！

更使我有幸的是读到了《运河边的故事》《崇贤老板》这两本书，它们让我看到眼睛发花还不忍放下。我管中窥豹，发现崇贤是本非常厚重的书，陆云松老师沉醉其中翻了六十多年还越琢磨越有劲，我这个外乡人一时之间还真不知从何下手。

崇贤有让人眼羡的乡村排屋，新时代的农村人住得可比城里人宽敞舒适多了！

崇贤还有一家家工业年产值上千万甚至过亿元的企业，而这些企业里让人敬畏的老总大都还是土生土长的崇贤人，有些人小时候还拿过锄头翻过地、割过猪草喂过羊，如今却能从容不迫与外商洽谈动辄上千万元的生意，淡定得如同和朋友闲话家常。

崇贤还有美景，美景中蕴藏着许多历史故事；崇贤还有美味，三家村藕粉、慈姑、大红袍荸荠、炭梅……外加一道有名的崇贤红烧蹄髈。

崇贤还有聪明贤惠的绣花女，绣出新农村妇女自谋出路、自力更生的半边天形象。

崇贤还有……还有许多有待我细细观察、慢慢体会的物质与精神文化。好在现在，我也算半个崇贤人，因此，我想我定能通过崇贤的一草一木、一人一事，来好好揣摩这处“崇尚贤德”的锦绣之乡！

读故事,识崇贤

——《运河边的故事》读后感 | **马云飞**

春日,乍暖还寒,夜深,不能入睡。窗外,不时有汽车驶过,也有下夜班的人骑着电瓶车揌着"滴滴"的小喇叭赶着回家,间或还有些"潮头气"十足的吆喝声远远地传来,约莫是些个后生,乘着夜老酒的后劲放肆地寻着开心。

喧嚣甚,不如沏一杯热茶,于是有滚烫的沸水冲入青花骨瓷的杯中,一小撮雨后的径山新叶在沸水中舒展着落到杯底,看着便有了一种尘埃落定的意味,一份"两耳不闻窗外事,一心只读圣贤书"的心情。好些天了,一直想要写篇小文章,记录一些读书的心情,此刻看着眼前这杯新沏的径山茶,总算有了坐下来的心情。

这是一本不太起眼的小书。在咨询业发达、出版物多如牛毛、网络文字浩渺如烟海的今天,这本小书若是夹在书店或者图书馆的书架上,很难引起人们的注意。看书名——《运河边的故事》,平淡得如同寻常看见的村姑,脸上不见粉黛描画,身上只着朴素的衣裳。看目录,书内作品划分为散文、小说、纪实文学三种,各有若干。初次翻阅,有写人的、记事的,纪实的、虚构的,文章多半是千把字的小文,讲述的都是小地方的小人物、小事件、小故事,体裁和内容之杂,颇似一份什锦拼盘。再看装帧和发行量,32 开,314 页,印数 1000 册。无论从哪个角度看,这本书都只能算是一本小书。

然而,这样一册小书,却让一个读过不少历史和文学巨著的读者深深地沉入其中、陶醉其中,不时在书中发现珍宝,以至发出由衷的惊叹。那个读者就是我。事实上,这本小小的杂文集,让我一朝开卷,如入宝山,或囫囵饕餮或细嚼慢咽,每每读至夜深人静,不肯熄灯。那天夜深,当我终于读完最后一行字,回到前面比对了一遍目录之后,不由得掩卷而思,决意要写一篇小文,向我的崇贤乡亲说说这本书。

《运河边的故事》,作者陆云松,余杭崇贤人。其实在崇贤,很多人都认识陆云松,称他为"陆老师"或者"云松伯"。今年近七十岁的陆老师一直在崇贤生活和工作,对崇贤这片土地怀有深厚的感情和真切的认识。他把自己对故乡的感情和认识都写在了一篇篇文章里,写在了一个个"运河边的故事"中。

《运河边的故事》,一位崇贤老人独家讲述的崇贤故事集。这些故事,有的是根据老前辈讲述的故事整理而成;有的是作者根据自己的生活观察和思考创作而成,有的是对传统习俗和新风尚的素描,有的是对时代精神、价值观、行为道德的喝彩、惋惜或者批评。

《运河边的故事》，以故事或文学作品的面目出现，却满载着沉甸甸的历史价值。从清朝乾隆皇帝南巡沾驾桥的传说，到公元21世纪崇贤老板们的创业故事，时间跨度达数百年，记载了崇贤这方土地上发生的很多“事件”，堪称崇贤的“史记”。

《运河边的故事》，记述丰富、内容庞杂，所记所述涵盖崇贤的传说、风俗、方言、谚语、民间艺术、农事、特产、民风、地理、人口、产业等，可以说是一本崇贤的“大百科全书”。

数十年的观察、思考、感怀，数十年的搜集整理记录，数十年辛勤的笔耕不辍，积淀成这样一本薄薄的小书。这册小书看上去貌不出众、语不惊人、微不足道，但正是这册小书，似乎是迄今为止唯一的一部关于崇贤的人文大百科式的著作。对于崇贤而言，它的人文和史料价值显然是独一无二的。

历史是关于昨天的忠实记录，循着历史的脉络，我们可以找到我们“根”。《运河边的故事》为杭州、为余杭、为崇贤人留下了宝贵的地方史志素材，为崇贤人寻找自己的“根”搭起了一座得以回望昨天的平台，所以这是一份巨大的贡献。随着历史的洪流进入21世纪的崇贤，还将随着历史的洪流进入22世纪、23世纪，以至更远，《运河边的故事》无疑将为崇贤的后人显示独特的文化根系。

所以余杭人，尤其是崇贤人，都应该读一读这本家乡的书，了解家乡的历史和文化根系，然后向那位讲述崇贤故事、为我们留下崇贤历史的作者说声“谢谢”。

桌上的径山茶又要续杯，“运河边的故事”还将继续。我想着，今天这本《运河边的故事》应该只是“运河边的故事”全集中的一册，“运河边的故事”应该也肯定还有第二册、第三册……我相信，这也是所有的崇贤人所期待的。

“这里的运河水，即使是汛期，也不那么张扬，也不那么湍急，终年袒露出和畅、大气、秀美的本色。”我猜想，这不仅仅是运河的写照。

崇贤地名文味浓

周如汉

解放初，我在杭县供销合作总社工作。当时的社址在杭州湖墅观音桥，离崇贤(那时为四维区)比较近，去得也比较多。多少年来，我总觉得这一带的地名丰富多彩、人文味浓厚，值得细细琢磨。

从“干家桥”到沾驾桥

我第一次是到四维区公所去的。有人告诉我四维区公所在“干家桥”旁边的贺家塘。我从拱宸桥乘轮船在俞泾渡上岸，步行到那里。这个小街上果然有一座石拱桥，我想这一定就是“干家桥”了。但向当地人一打听，他们说口语叫“干家桥”，正式桥名是“沾驾桥”。他们还告诉我，沾驾桥有个典故：乾隆皇帝游江南到此地，烂泥污了他的龙袍和龙靴。他走后，当地百姓又高兴又过意不去，就凑钱造了这座桥来纪念这件事，也向乾隆表示歉意。

我在桥身上确实找到了“沾驾桥”三字，两旁还有一副对联，当时也无意细看，后来参加编修《余杭县志》，才弄清这副对联：上联是“北往南来均沾利济”，下联是“水将山绕税驾凭临”。这副对联文字倒并不深奥，只有“税驾”两字有点难懂，查了《辞海》才知是休止、停宿的意思。这才感到桥名“沾驾”并不完全是因为烂泥沾了龙袍向皇帝赔不是，而是说造好了此桥，大家都能沾光。不管怎么说，这个桥名还是很有文化色彩的。

滑沙墩与“骨沙墩”

又一次，领导要我去崇贤乡滑沙墩村供销社了解情况。我先到设在前村的乡政府拜访，一位姓史的女同志接待我，对我说：“这叫‘骨沙墩’，不叫‘滑沙墩’。”村里办的供销社就在前村街上。我很快找到这个村社。办完公事，就和姓章的社干部谈起，村名到底叫什么，怎么写。他说叫是叫“骨沙墩”，写是写“滑沙墩”。为什么这样，大家也不管它，反正是老底子传下来的。

他说不管它，可我开始揣摩起来了。那时我离开学校还只有年把时间，碰到这个地名，不由得想起了两位高中的语文老师。甘老师要求我们背诵白居易的《长恨歌》，但凡背到“温泉水滑洗凝脂”一句时，一定要我们把“滑”读作“骨”，说这样才能读出韵味来。还有一位周老师，在讲《史记》时，要求我们把《滑稽列传》的“滑”一定要读成“骨”。这样一想，就觉得在这里的农村里也能接触到深奥的文学，可见学问无处不在。那么，“滑沙墩”又该如何来理解呢？我查了一下，“滑滑（gǔ gǔ）”两字连起来是形容水涌流形状的，那么“滑（gǔ）沙村”也可能曾经出现过流沙，而这种现象正好被某个有学问的人看到了，就取了这个村名。现在有人主张把“滑沙墩”干脆改写成“骨沙墩”，我看不必。

阑？澜？兰？

20 世纪 50 年代初期，沾桥乡三家村有一个平泾供销社，是几个村联办的。他们推销荸荠、菱、藕、鸡、鸭等土产，搞得比较好，总社领导要我去调查总结。社主任姓马，在介绍全社情况后，又带我到几个村去转了一下。我们一起来到鸭兰村，在记录时，我觉得“鸭兰村”这个村名有点别扭：这鸭和兰怎么能连在一起呢？但那时我也只是一念闪过，没有费心思去深究。过了三十多年，我参加编史修志工作，证实鸭兰村是余杭农村第一个党支部诞生地，这个疑问此时又涌上心头，最后我在光绪年间成书《唐栖志》中查到了名字的缘由。

在光绪《唐栖志》中设有“鸭阑桥”这个条目，说明鸭兰村名是由桥名转讹而来，而它又有四个不同的名称和写法：鸭阑、鸭兰、鸭澜、压澜。志书中说：这座桥是大运河北岸普宁寺的和尚海王呈在运河南岸修建的。关于桥名，条下载有一篇明吴允嘉写的《募修鸭兰桥疏》，题目就说桥名叫“鸭兰”，但又说此名“不知其何所指”。同一文中又说有人叫鸭澜桥，“鸭激水而成澜也”。至于“鸭阑”显然是指关鸭子的栅栏，从中可知此处水乡，民多养鸭，桥名与鸭有关。光绪本《唐栖志》的编者王同则认为“当时取名，必曰压澜……压澜之名颇雅”，后讹传为鸭兰。听起来各有道理，而且都颇有韵味。

今天的鸭兰村作为余杭县第一个党支部诞生地，且已成为远近闻名的革命圣地，这“兰”字已不能再动，也不必再改。我说用“兰”字作村名合适是因为兰花是高尚品质的象征，具有高尚品质的一群以养鸭为生的水乡农友掀起了红色革命的波澜，这不是更能显示出革命文化的色彩吗？

龙、虎、秀才

在崇贤的卧龙浜村，我还走过一座“卧龙桥”。村里老人告诉我：当年小康王赵构逃难路过这里，金兵追来，经村民指点，躲在这座小桥下面，逃过了一劫。后来赵构到杭州做了皇帝，忘记了救命恩人，但老百姓心中有皇帝，就把这座桥叫作“卧龙桥”了。想不到一个崇贤竟然有两座桥和皇帝有关联，这不是风水宝地吗？

崇贤的地名中不但有“龙”，还有“虎”。离卧龙桥几里路外，就有一个村名叫“哨虎港”。奇怪的是按字音去找是找不到这个村的，因为村名其实叫“烧火漾”。这个村就建在河(漾)边，有一次确实发生了一场火灾，于是人们干脆把村叫作“烧火漾”。不知哪一年，村里一位军师式的人物说“烧火漾”的名字不雅，就把它改写为“哨虎港”。新中国成立后，乡政府的正式文件里也这样写，但是老百姓还是按老习惯叫“烧火漾”，至今不变。

附近还有一座桥，我没有走过，但听到过桥名叫“秀才桥”。它必有典故，只是我外乡人不明其理。这就巧了，崇贤的农村不但有皇帝，而且文有秀才、武有虎将，俨然是个小朝廷，真有气势。

惜哉！南山不老松！

新中国成立初，我还到过崇贤的南山村。我对这个傍山小村印象不错。新中国成立前，村民多为上海和杭州的蜜饯厂加工梅干坯，不少人家都有腌梅子的大缸。村子也比较整洁。我对村社的营业员说："你们村里的人肯定寿命长，是'寿比南山不老松'嘛！"我随便一说，他倒认真起来："村里当真有'不老松'。"他拉着我来到村边一块空地旁，指着两棵大松树说，这就是我们的"不老松"。我近前一看，果然生得龙鳞虬枝、针盖如伞，每棵树我一人都抱不过来。他又说，村人常在这树下聚会，行人常在此歇脚，如果把供销社办在这里，一定能沾它的光增加营业额。这番话使我对两棵松树肃然起敬，觉得它们为南山村名作了诠释。离开后也常常想念这"南山不老松"，因为它们是自然景色和人文哲理的无缝对接。

过了几年我又去了那里，果然有了崇贤供销社的分部，营业员都精神饱满。那位村社的同志的预言倒确实成了事实。

又过了几年，我退休了，又去了那里，想去和象征着寿文化的"南山不老松"叙叙旧。我想那种无声的心灵共鸣，或许会帮助我消除步入老年后悄然而来的惆怅。但是，"你来迟了！"一位老人对我说，"前几年公路拓宽时，这两棵松树被砍掉了。"他还轻轻地摇着头说："我们老头子都在想它们啊！"我停立片刻，只好失望而回。本来还想去看看供销社分部，但不老松既然风光不再，供销社肯定跟着倒霉，不去也罢！

走进崇贤

潘番

还记得小时候，我最喜欢过年了，每到那时候，爸爸总是从外面捧回来一大摞烟花爆竹。我总开心地问爸爸：“这好东西是哪儿买的？”爸爸说：“崇贤。”从那时候起，我的脑海中对崇贤的记忆就是卖爆竹的地方。

渐渐地，我长大了，对烟花爆竹失去了往日的兴趣。“崇贤”这个卖爆竹的地方逐渐淡出了我的脑海。2003 年秋季的一天，几个单位的同事聚在一起，热火朝天地讨论市面上房子的事情。“在哪儿买房？”好管闲事的我随口问了一句。回答是“在崇贤”。“是那个卖爆竹的地方，那儿还有房子卖啊？”从那时候起，“崇贤”在我记忆里又成了一个有房子卖的地方。2004 年 6 月，园长说要带我去一个地方看看，那儿有座新幼儿园。“新幼儿园在哪儿呀？”“在崇贤。”“又是崇贤。”我还来不及细想，就到了新幼儿园。红红的尖顶，像座城堡的幼儿园映入我的眼帘。走进小区，一幢幢新房子，红的墙，白的窗，这就是崇贤吗？这就是同事们所说的“星海云庭”吗？

接下来的暑假，我几乎每天都在崇贤，我的工作路线就是幼儿园到镇政府。和大伙儿一起为新幼儿园的装修与招生忙碌着。每天回家都搭园长的顺风车，车窗外的天色渐渐暗下来，疲惫的我总来不及细细打量我儿时记忆中的“崇贤”。

2004 年 9 月 6 日，幼儿园正式开园了，我与崇贤的家长和孩子们有了第一次面对面的近距离接触。红纸包的云片糕、一袋袋的糖果……孩子们不停地像变戏法似的拿出了不少东西。“上幼儿园怎么带这么多好吃的东西?”这样的开学场景，真让我这个“杭州”老师措手不及。“这是我们崇贤的风俗，小孩读书第一天都要带糖来讨个吉利。”某位家长回答说。我这才恍然大悟。“朴实传统”——这是我对新崇贤人的最初印象。遇到新的老师和新同伴，孩子们好奇的大眼睛上上下下打量着彼此，连第一次来新幼儿园的家长们送完孩子都舍不得离开。虽然还不大听得懂崇贤话，但我从家长们的眼神和表情中看出他们对新幼儿园落成启用的那份欣喜。新幼儿园花园式的户外大草坪、荷兰风车、大型玩具、小木屋、玩沙地……到处活跃着孩子们快乐的身影。

“老师，我家门口的那条新马路通车了，你什么时候上我家呀?”“那就今天放学吧。”看着孩子渴望的眼神，我们爽快地答应了他的要求。在家访的路上，我们经过了漂亮的新中学，中学门口正中的那块石碑上刻着“崇尚贤德”，我想这不正是崇贤的真正注解吗？一路上还有正在建造中的“新农村”排屋、宽敞的塘康公路、中尚橄榄园房产的工地现场……我相信在以后的日子里，我会对崇贤有更深的了解，同时也会一如既往地为崇贤幼教事业尽一点微薄之力。

日子缓缓、幸福满满。在崇贤这个“舒缓的小镇”，在繁华的寂静中，我们从容地享受着缓缓的乐趣、满满的幸福。这就是我们梦寐以求的生活，也是我“走进崇贤”的深刻记忆。

元宵闹在心中 | 陆云松

在我的记忆中，家乡的元宵节历来不那么热闹。记得小时候，元宵节那天村里人挂起大红灯笼的，也只有少数几户有田地且雇着长工的大户人家。听老辈讲，元宵节挂灯笼，有两层意思：一是示意长工短工快快上工；二是谢绝客人拜年，宣告春节结束。尽管家乡的元宵节不讲究，但我们还是希望元宵节快快到来，因为早上吃了元宵，年夜里砌得十分好看的那碗“石塘肉”，中午就可以痛痛快快地吃了。

长大成人之后，我对元宵节便有了进一步认识。就拿对“节”不那么重视、大家都窝在生产队里挣工分的年代来说吧，过了元宵节的紧张气氛还是人人都觉得出来。那时，生产队里往往是正月初三或正月初四就开工。说是开工，其实是大家聚在一起梳梳蚕草，搓搓草绳。满屋子的人，笑笑闹闹，煞是开心，时有几个活泼胆大的小伙子，还会干出往姑娘家怀里塞稻草之类的出格事，放肆的笑声便冲破屋顶，生产队长或姑娘的父母决不会出面干涉。于是我们便发现，与其说是元宵节以前出门干活，还不如说大家聚在一起嬉闹来的确切。元宵节一过，情况就大不一样了。太阳刚刚露脸，生产队长就吹出工哨子。谁家的孩子还偷睡，家人准会说："元宵节都过了，还这么懒散！""元宵团子好吃，鸭脚铁耙难拿"的乡语也告诉我们，家乡虽没有闹元宵、舞龙灯之类的风俗习惯，但元宵闹在心中、急在手里、忙在田头的习惯，是人人有之。

近些年来，我对祖国传统节日——元宵节，又有了新的认识。有着五千年文明史的伟大祖国，当有一种优良传统代代相传；一年一度的新生活，也应有一个优美和谐的音符来统领炎黄子孙步调一致地去工作，去合力拼搏。如果把一年比作是一场大戏的话，过大年仅仅是一场精彩的开场锣鼓，到元宵节，才将大幕徐徐启开，下面的戏演得精彩不精彩，那就要看我们的努力程度了。

蚕花正旺时

陆云松

水乡的农家五月忙，忙就忙在养蚕上。所以，我们这一带，就有“蓬头赤脚一个月，舒舒服服吃一年”的说法。

不过，养蚕也并不是十拿九稳能赚钱的，收成的好好坏坏，往往是风云莫测。故而蚕种一进门，当家人最担心的，就是今年的蚕花能收几分。于是，便有了“讨蚕花”的风俗。

所谓“讨蚕花”，有两种讨法：一种是去求菩萨；另一种就是大人有意问一问不大懂事的小伢儿，今年的蚕花有几分。小伢儿天真无邪，随口而答，被大人视为“金口”。记得妈妈第一次向我“讨蚕花”，我随口说了个一百分。妈妈告诉我，蚕花顶高廿四分。我改口说廿四分，妈妈高兴极了，抱起我亲了又亲。其实，廿四分的蚕花是不可能的，十二分就算是碰顶了。

养蚕虽多半是室内劳动，但也是够辛苦的。天冷下来，要生火给蚕宝宝取暖；天气闷热，要开窗给蚕宝宝送风。稍有偏差，蚕宝宝就会得病。再说蚕宝宝短短的一生三十来天，只眠四次，其余时间，日日夜夜都要人照料，一步也离不开。

蚕花分数高不高，关键要看这四次眠期好不好。假如头眠、二眠不整齐（有的进入眠期，有的仍在吃桑叶），主人会毫不犹豫地将蚕宝宝全部扔掉，重新买种饲养。因为这时蚕吃掉的桑叶还不多，重新饲养季节还来得及。假若三眠、大眠不整齐，主人的脸马上晴天转阴，因为此时季节已到，扔掉重养来不及，明知蚕花分数不高也只好硬着头皮养下去。当然，如果是养蚕高手，饲养得法，蚕花分数仍有往上跳的可能。

生长正常的蚕宝宝，眠期很是动人，躺着长长的身，昂着高高的头，露出尖尖的嘴，任凭蚕房外鸟语花香，仍是纹丝不动，静静地躺着休息，为日后吐百丈丝积蓄精力。眠期一过，蚕宝宝则是胃口大开，"沙沙沙"整日整夜不停地啃着桑叶。蚕农最喜欢听这种细细的音乐，手脚也忙得格外来劲。

整个蚕期在"还蚕花"中画上句号。"还蚕花"就是茧子卖掉以后，当家人用卖茧的钱去赶一趟与往常不同的集市。假若这位当家人今年养的蚕种蚕花有八九分或者十来分，他无论是走进茶店里，坐到酒桌旁，或是站在小摊边，身前身后总会围上一堆人，问这问那。"还蚕花"，实质上是一次民间自发的养蚕经验交流会。

当然，主人红光满面回家时，也会带回一些好吃好穿的，以奖励忙了一季的家人。但需要花钱最多的，还是添置蚕架、蚕匾之类的蚕具，以求得明年的好丰收。

漫步家園

第二章·人情

祭母文

缪业温

娘，到今天您离开我们已经一周年了。可觉得您还在我们身边，您的音容笑貌深深印在大家的脑海里。走到鞋店旁，仍想着要给您买双鞋；路过服装店，总不自觉地进去看看有什么衣裳适合您穿。时隔一个月了，我又想着应该回来看看您，不然您会记挂的。您没有走，您永远活在我们心中！

我们家不富裕，您和爸虽然没有给我们兄弟丰足的物质财产，但您留给我们的精神财富，使我们享之不尽，用之不竭。

您一生吃苦耐劳。从我能记忆起，您总是天不亮就起床，那时全家十多口人，您与伯母轮流烧饭、喂猪、理菜、打理家务，高高兴兴，任劳任怨。分家后，除料理家务还要出去采猪草、找柴火，对一个小脚女人来说是多么不容易啊！您整日操劳，言传身教，教会我们要吃苦耐劳。在生活十分艰难的日子里，总是您外出想方设法，以渡过各种难关。您为人处事能灵活应对，是家庭的主心骨。

您孝敬长辈，关爱亲人。给祖母端汤倒茶，冬天把热火炉送到床头，服侍得十分周到；您关爱小叔小姑，把他们当作自己的小弟妹看待。因此，在大家庭里，长幼、伯叔、姐嫂、妯娌间相处和睦。祖母去世后，两个叔叔、两个姑姑均未成家。祖母不在，兄嫂为大，于是您主动担起叔叔和姑姑的嫁娶事务，为此，他们对您都很尊重。

您同情苦难人。平时，与邻里相处和睦，借贷互助，调剂余缺。为人真诚，我还记得一位抗日战士负伤生病在祠堂里，您端粥送饭照料他一个多月，战士临走时说您是位好心人。

您疼爱孩子，从不打骂我们。有时候父亲发脾气要打我们，您阻拦着，挡在前头。有好吃的，偷偷留给我们；遇到困难了，您总是在身边帮我们。在艰苦的岁月里，把我们拉扯成人，吃饭、穿衣、看病、成家，一件件事耗尽了您的心血。为了培养我读书成材，更是耗尽了您和爸半生精力，为筹学费，全家省吃俭用，养猪、卖粮食，学做咸花生生意，想尽各种办法。更让我感动的是，你们顶住农村的偏见，宁可自己受苦受累，也毅然支持我继续求学。正是由于您和爸的含辛茹苦的培养，我才成为了一个有知识的人。父母的爱心，儿子哪会不知道啊！我永远铭记在心！

我们兄弟相继成家了，您又热心地帮助抚养孙子孙女，关心他们的冷暖病痛。带好了大的又带小的，所有的孙子孙女您都亲自过问，所以，他们对您很亲热也很尊敬。

您一生平凡而又受人尊敬。您勤劳俭朴的习惯，待人和蔼、宽厚仁慈的态度，给全家大小和亲朋好友留下深刻的印象。您老了，九十七岁高龄,应是历代族人中的第一寿星了,但仍头脑清晰、身心洁净。我向您说过要为您做“百岁大庆”的,您却匆匆离我们而去,怎不叫我们悲伤断魂啊?

呜呼吾母,躯壳虽堕,灵则万古!您在地下安息吧!

裘黎华和他的《一张发不出的奖状》

丰国需

不知怎么回事，我一到崇贤，总会想起一个人来，他就是裘黎华，我们余杭民间文艺家协会的老会员。

裘黎华，沾桥卫生院原药房职工，爱好民间文学，业余时间喜欢收集整理民间传说，1985 年 4 月，余杭县文联成立，下辖十个协会，他加入余杭县民间文艺研究会，我加入了余杭县新故事曲艺协会，由于新故事本身就属民间文学的范畴，加之我们一些写新故事的人本身也搜集整理民间文学，而民研会的部分同志也在搞新故事创作，所以，我们两会交流较多，我与裘黎华也时常碰头，关系相对比较密切。后两会合并，我又担任了秘书长，与裘黎华的联系就更多了。我曾应他的邀请，专程去过沾桥一趟。

20 世纪 80 年代，杭州地区年年搞新故事赛讲，我们余杭为了选送优秀的故事参加全市的赛讲，每年都搞新故事比赛，而且从乡里赛起，一直赛到县里，被誉为“乡乡盛开故事花”。我们这帮会写的，几乎都成了所在乡镇的骨干，每年都要创作出一个新故事来。裘黎华擅长民间文学，他整理的《武林神菊》和《半个军师刘伯温》

相当出名。在乡里，会写的人少，他也被叫去写新故事。记得在1986年，裘黎华有了个好点子，开始写起了新故事，故事内容写企业发展与“电老虎”的矛盾。经过反复加工，作品定名为《一张发不出的奖状》，参加了沾桥乡的故事赛讲，而后又被选送参加了塘栖区和余杭县的故事赛讲，获余杭县1986年新故事赛讲创作一等奖，经过加工后又被选送参加同年11月由杭州市文化局和杭州市文联在杭州联合举办的“杭州市第七届新故事赛讲”，又获创作一等奖。

这是裘黎华在故事创作上最辉煌的一页，但不知何故，这故事除了在县文化馆内部编印的《钱塘故事报》上发表之外，投向外地公开发行的故事刊物则始终没有刊发。于是，我们一帮弟兄见面时就笑他是故事的名字取坏了，《一张发不出的奖状》嘛，当然是发不出来喽。裘黎华自己也只有苦笑，说可能是这个“发不出”的名字取坏了。

1987年，我和范自强老师合作了一个新故事《鸳鸯错》，参加了当年11月在富阳举办的“杭州市第八届新故事赛讲”。当时河南海燕出版社《故事世界》编辑部的李叔和先生前来富阳组稿，与我聊得甚为投机。他告诉我，我那个《鸳鸯错》他看了，故事不错，但由于涉及婚恋题材，不适宜在他们的刊物上发表，问我有没有其他故事作品，我告诉他我有一个写邮票的中篇故事，叫《珍邮之谜》，但稿子在家里，没带来，他便要我讲一遍给他听听，我讲完后他很感兴趣，拍板要了，赛讲结束后直接跟我到余杭上我家拿稿子。回到家后我突然想起了裘黎华的《一张发不出的奖状》，马上找出了那份刊有《一张发不出的奖状》的《钱塘故事报》，向李叔和先生作了推荐，李先生看后表态："不错，我拿去。"就这样，几个月后，这篇文章终于刊登在 1988 年 2 月号的《故事世界》上，标题改成了"发不出的奖状"。

这是裘黎华所发表的第一个故事，他十分兴奋，收到样刊后还专门向我表示感谢。但后来由于种种原因，裘黎华没有再写新故事，这第一个发表的故事也成了他创作的最后一个故事。

我最后一次见他是在石塘车站上，他下车我上车，匆匆说了没几句话，他告诉我家已搬到临平，要我有空去玩，两人就匆匆分手。

时间长了，记不清是哪一年了，反正记得和那次见面相隔不是太久，我们民间文艺家协会要开会员大会了，通知他得到的回音却是他已经去世了。当得到这个消息后我好久没回过神来，他年纪不大呀，记得只比我大十岁，好像是 1945 年出生的，真可谓是英年早逝……

天堂中不知道有没有民间文学，也许，裘黎华正在天堂中继续他的民间文学事业……

行文到此，泪湿眼眶，谨以此文怀念裘黎华先生！

黎华先生十年祭 | 陆云松

我与黎华先生从相识到相知，均因文化这条强韧的线。

1985年百花争艳的季节，余杭县召开首届文代会，我有幸在众多的文人面前露了一次脸。文代会的开幕式一结束，刚走到会场门口，一位和我差不多年纪的人，笑呵呵地和我打招呼："你就是崇贤的陆云松呀？"我说："是。"他自我介绍说："我叫裘黎华，在沾桥卫生院工作，经常在沾桥街上碰到你，却一直只闻其名，不识其人，今天总算认识了。"他这一说，我也想起来了，有时在沾桥街上的饮食店里吃早点，往往会碰到一个人衣着光鲜，手拿搪瓷杯，冲了豆浆就出店门，显然不像农民。这位"不像农民的食客"，便是裘黎华。

沾桥和崇贤，当时虽属两个乡镇，但我家在石前，与沾桥只隔一条石前港，早上出街都去沾桥。有了这一次相认，以后每每在沾桥街上与黎华谋面，我们都会不约而同地停下步来，相互递烟，相互问好。那时，农村市场虽然比过去丰富了不少，但有的食品仍十分匮乏。有一次在沾桥街上碰到他，他悄悄地对我说，医院里到了一批红参，质量不错，若需要，等歇（等一会儿）过来买一点。我连声道谢，在街上迅速买好要买的东西后，便去沾桥卫生院花十三元钱买了一枝经黎华先生精心挑选的红参。黎华与石前的连芳是好朋友，经常去连芳家作客，有时也顺道到我家来，要我看看他的一些近作，提提修改意见。那时，我热衷于写小说、报告文学，黎华热衷于写民间故事、民间传说。因写作的门类不同，所以对他的作品也说不出什么修改意见，即使说了，也说不到点子上。但对黎华的作品，有一点我很是佩服，作为临平亭趾人的他，到崇贤工作之后，一直在关注、挖掘崇贤的民间文化，按照当今时尚的说法，他是一位接地气的文化人，令我刮目相看。

2001年春暖花开的季节，崇贤镇党委政府研究决定，在庆祝中国共产党成立八十周年之际，要出一本小册子，书名定为《可爱的崇贤》，要求该书既能成为外界了解崇贤的向导和指南，又能成为适合崇贤中小学生阅读的乡土教材。在收集、撰写该书文稿时，我第一个想到的就是黎华先生。去他的工作单位找他，告知他已退养回家了。于是，我向单位要了他的联系电话和居住地址，选了个风和日丽的日子，和时任崇贤镇党委宣传科科长的郭云伟同志一起，驱车前往临平梅堰小区，请黎华先生为《可爱的崇贤》撰写文稿。面对我们的造访和请求，黎华先生不仅没有推辞，而且还显得异常高兴。不久，便寄来了《杂话独山》《石塘肉》《点风传人郑幼香》等三篇文稿。这三篇文稿，均收录在《可爱的崇贤》一书中。

当《可爱的崇贤》一书付印之时，我也退养离岗。大约在我退养半年之后的2002年春夏交替之际，忽一天，连芳的妻子陪着裘夫人来到我家，告诉我，老裘已过世了。我听后，如晴天霹雳，一时不知说什么才好。我知道，黎华还不到六十岁，又懂得一点养生之道，怎么会走得这么早呢？安慰过裘夫人后，连芳的妻子说："老裘在世时，听说你和镇里的干部去过他家，请他写过稿子，说是给点辛苦费的，到底有没有，今天顺便问一下。"我听后，忙说："有点的，我退养前已列出稿酬清单，退养时已办了移交手续，方便的话，你们可以去镇政府问某某某。"我把某某某的办公室地址和电话号码告诉了她们。把裘夫人她们送出门之后，我心里感到很内疚，对迟迟没有兑现稿费这件事上，虽有退养离岗的客观原因，但主观上努力一下，领了稿费送过去，也是办得到的事。为此，我心怀内疚的同时，一直把这事挂在心上。好在日后不久的一天，碰到连芳的妻子问起这事，她说，已经拿到了，挂在我心里的那块石头才落了地。

若干年后，我又回到原单位，协助刚走出大学校门的新同志办《崇尚贤德简报》和《崇贤》杂志。每当这一报一刊闹稿荒的时候，我每每会想到致力于挖掘崇贤文化的黎华先生，有时甚至会发出一声叹息，要是黎华先生在世的话，定会给崇贤的一报一刊增添许多话说崇贤的好文章！

已离开我们整整十年的黎华先生，在天堂安息吧！

回味光阴｜朱佳莹

候　　鸟

夏末秋初的时候，候鸟拉着长长的队伍，由繁殖地往南迁移到越冬地；而到了春天，它们又朝北返回到繁殖地。候鸟把对寒冬的恐惧和对阳春的深情融入一对扑腾的翅膀，在蔚蓝天际线与黛青山峦沿之间往返。命运让生活如此，它们不屈服。

“勇敢的候鸟往南飞，跨过千山的重围，天空再黑有你伴随，也会从容地面对。勇敢的候鸟不停飞，跨过千山和万水，在梦想到达的时刻，分享眼泪。”旋律如同起伏的波纹在心坎推开又回返，碰到心中久未触碰的那根弦，激荡阵阵情感涟漪。曾经我们一家也在一年四季轮回中交替进行着仿佛候鸟的行程，在中国的东南部和西南部，两点一线之间来回。早年，也就是大概我三岁的时候，父母便携我一同赴云南昆明谋求商机。昆明到杭州的距离，在中国行政区图上看，不过就是隔了几个省；从地形图上看，似乎就是无数座高山与无数条河流的距离了。我觉得我是一个相信命运的人，这并非在消极对待人生，恰恰相反这是在正视挑战。命运让我在七岁的时候便离开父母回到家乡，命运让我的父母亲去往远离故乡两千多公里的陌生的土地上，毫无预知地扎下根，一转眼就是十五年。

20 世纪 90 年代中期，去昆明经商之前，我们家办了一家私营工厂。经营的场景，工人的容貌，从开办到关闭，这些具体情况我是从母亲多次的口述中了解到的。改革开放真是好啊，春风遍吹大江南北。根据我母亲的描述，我小时候一副小大人的模样。平时家里人都很忙，没办法总是把我抱在怀中照顾。于是我总是被置在婴儿床上。个子高一点儿了就把婴儿床的栏杆再接一截防止我扑到地上。可是有一次意外还是发生了。那天父亲用他沾满机油的双手在我面前拍了几下以示亲昵之后马上离开了，而我呢，傻乎乎地以为他要抱我，一个激动猛地栽到了水泥地板上。母亲总是向我描述这件事情，每一次都说我小时候真的很可怜。其实听到这些的时候我也会鼻子一酸，但绝对不是在回忆当时我的头栽到硬硬的地板我疼痛的程度，而是我能够想象经营这间小型工厂的辛苦。父亲几乎每一天都是凌晨睡觉天亮前起床干活，几乎每一刻双手都是黑的。而母亲，在工作的间隙还要忙着给工人煮饭忙着打扫卫生。

可能也是命运，父母放弃了在杭办厂，对远方一无所知、对未来无法预测的他们坐着绿皮火车，经过两天两夜，踏上那块机遇与挑战并存的土地。

刚开始的时候，只有一间不到十平方米的小店铺，平日我们一家三口吃睡都在那里。晚上把藏在窗帘后面的席梦思翻下来就成了我们的床，白天再把床恢复原位。万事开头难，说得没错，开店三个月生意很冷淡，一是因为新手入道经验少，二是因为店铺所在的地段不好。有一天父亲发现夹在本子里的百元钞只剩下三张。父母的哀叹声和吵架声也越来越响。那段日子我只记得父母的脸终日紧绷着，反正饭菜简单也习惯了，父亲傍晚时分会拿着酒瓶子去后面的小店里买两块钱的劣质白酒，我们家的油不是“金龙鱼”的，而是装在一个雪碧瓶子里，这让我每次都会误以为是饮料。晚上周围人家都关门回家睡觉了，而我们家还敞开大门，母亲在那儿加工窗帘，父亲或静坐或下料，我则在门口唱我自学的《七子之歌》《大中国》，那段时间可能是我爱国热情最高涨的时候吧。

后来，经商路走得不再那么艰辛，我也到了上小学的年纪。那时我还不懂什么叫离别，只知道坐在火车车厢里看着对面熟睡的陌生面孔我很难过，然后我哭了起来，然后就到家了。

刚进入小学时，由于和同学都不认识，而他们又都是从隔壁的幼儿园一起升入小学的，所以我不敢上学，不敢和他们讲话，甚至不敢奔跑。渐渐地，我才和同学们熟悉起来，也会有同学羡慕我父母不在家没人管很自由，我周末会邀请好朋友到家里来玩，一起说些小女生的悄悄话。

日子就这样白驹过隙般溜走了，江南的冬天逼近，那是我一直梦见的时光。

我会在寒假之前就算着父母还有几天就要回家啦，还有几个小时我就要见到他们了，等到真正见到的时候竟然会害羞起来。我至今都不知道出于什么心态导致我会在刚开始几天和母亲客客气气的。母亲会搬出一箱子给我买的新衣服，让我试试这件，试试那件，又给我用新的发绳扎起那长得令她诧异的头发。在三个人躺着的被窝里，父母将他们在外面不知经历多少风吹雨打的双臂枕在我的脑袋下面，就好像是候鸟爸爸妈妈牵着小候鸟在天空划出光滑的弧度。

快乐的时光总是美好而短暂，正月还没过，我就要数着还有几天父母即将离开。“邪恶”的我有时候会期望父亲买不到车票或者下一场无法停止的大雪。我紧紧搂着妈妈的腰对她说：“妈妈你们明年早点回来。”在被窝里我哭湿了一张又一张纸巾。现在仔细想想，我的抽噎声在父母心中会冲撞出多少伤痛的火坑呢？十多天的假期对他们来说是个奢侈品，一年也只会在春节期间关门不做生意。生意人就是这样，一年三百六十五天每天都会有商机，不肯放过任何一个机会。赶集似地走完亲戚拜完年，大包小包得装一些年货去远方，那里的口味对杭州人来说不太适应。一年年过来，家里条件逐渐改善，父亲的眉头舒展开了，发型变年轻了，母亲学着当下的流行趋势打扮。一年年，我就这样长大了，他们就这样为他们的女儿拼搏。

夏末秋初的时候，候鸟由繁殖地往南迁移到越冬地。比候鸟早两个月，我也开始迁徙了。这一次，我会有整整两个月的美好时光和父母一起度过。火车上几乎全是大人带着小孩，他们也都是一只只小候鸟。车厢很闹腾，没坐过火车的小朋友爬上爬下，被经过的餐车蹭到屁股，疼得哇哇叫。列车员操着一口云南口音，听上去软绵绵的很悦耳。窗外飞速晃过的山峰直指苍穹，往南看到最多的就是山，还有山上遍布的石头，这就是喀斯特地貌。喀斯特地区受流水侵蚀，地表侵蚀的石灰岩形成了极富特色的石林，地下发育了众多河流。候鸟在飞翔旅行中，心中涌动着欣喜。火车上的盒饭很难吃而且有点贵，火车行驶到一半路程的时候我会晕车，很不舒服。夏季车厢外骄阳似火，车厢内的烟圈受热在四周蔓延开来，夹杂着泡面味和厕所飘出的臭味，更让人作呕。躺在床上，想着目的地那头父母亲甜蜜的笑容，我马上进入了梦乡。

昆明被称为“春城”，到底是个一年四季温暖如春的城市，年温差不大，夏季也只有二十几摄氏度。我们家的店铺面积扩大了，也有了分店，而父母亲一如既往地忙碌。有时候会因为一个临时的订单而落下中饭，有时候也会由于疏忽带来麻烦。在这个不属于我们的城市中，生活着许许多多和我们家情况一样的人。他们都来自杭州，背井离乡，遭遇冷眼和不公，却有着靠自己闯出一片天地的梦想。候鸟有的那双翅膀他们也有，只不过是化作十年如一日地在商海打滚的执着，受伤之后舔舐伤口，靠着一股劲儿迸发出的无穷正能量。

我知道，我是父母在广袤荒漠中的一眼泉水、一片绿洲，我是他们在黑暗苍穹中的一颗明星。我一个笑他们可以开心好多天，我一句话他们记得好多年。

“勇敢的候鸟往南飞，跨过千山的重围，天空再黑有你伴随，也会从容面对。”

飞翔本身就是一个冒险的过程，需要具备坚韧的毅力和不懈的勇气，需要尝尽离别的苦楚。丰富的情感经历让我能够有比同龄人更多的担当和反省，而我也觉得“候鸟”不仅仅是一类人的代名词，也是一种精神。

命运降临的时候，在两点之间徘徊的我们总是笑着的。

追

艾青踏在腐烂着羽毛的土地上，举头望着林间的无比温柔的黎明，他说：“为什么我的眼里常含泪水？因为我对这土地爱得深沉。”

还很小的时候学到这句诗，老师让我们有感情地朗读它。于是硬生生地扯着嗓子，怪声怪气地装腔作势，把自己当成一个在外的旅人。那个时候，家门口汇入京杭大运河的卧龙河颜色还没有那么绿，偶尔也看得到鱼尾摆动卷起的水花。

十二年前的金秋，我被家长牵着，怯生生地走进向阳小学的大门。“向阳小学”这个名字来得很简单，因所在的村叫“向阳村”。早晨不用起得很早，学校离家不过三四分钟的路程。可我还是会因为送完孩子的老奶奶一句“哎呀，佳莹，要迟到了”的话而着急，夹紧书包向前冲。奶奶便大喊：“快点快点！”路上也全是村里的人，遇上谁都能打一个招呼，如果能帮上个小忙就可以在周记里写

"胸前的红领巾更加鲜艳更加飘扬"。农村的小学设备远不如城里的那么好，没有成形的操场，课桌上还有无数个小坑，做练习题的时候必须垫本厚书。下课的时候会邀上几个同伴去唯一的小店买零食。我记得店老板娘做的萝卜丝饼很好吃，价钱也不贵。好像只是考了一场试的时间，或是跳了一局牛皮筋的时光，小学就不在了，突兀地竖在那儿的是中国移动信号塔，从小学合并到镇中心小学那天开始傲视着整个村庄。而现在上学，也从坐公交车一周回家一次变成坐动车一个假期回家一次。在路上走的时候也没有一张张熟悉的面孔，其实就算熟悉我也记不起称呼。好几次见到脑子里有一点模糊印象的人，却想不起对方的姓名。

上小学的时候，觉得自己生活着的这一个村庄便是一整个世界了。在这个世界里，我们追赶春天在操场塑胶跑道上空飞舞的风筝，追赶夏时蜿蜒曲折的田间垄道上停歇在野花上的黄蝴蝶，追赶淫雨霏霏时从天而降的雨帘，追赶一个个攥紧在手中美好的梦想。后来没想到外面的世界那么大，出了小镇，铺天盖地的事物对你虎视眈眈。

用父亲的口吻来说，向阳村是一个大村。父亲和我讲述过许多他幼时的趣事，譬如，他和一群男孩子绕着整个村疯跑；譬如七八岁无知的他们觉得外国就是美国，美国在中国的底下，于是他们把卧龙河搅浑之后和伙伴欢呼美国上空布满云障；譬如70年代末80年代初流动电影是父辈们那时唯一的视听盛宴，听说哪个晚上村广场有电影放映，他们就会早早地吃完晚饭，扛着长板凳占好座，等候放映员的到来。我其实也有这样的印象，那是在向阳小学读一年级的时候。学校组织我们看《地道战》，这就是我看的第一部电影，同学们都很激动，不敢大声讲话，全神贯注地盯着银幕。到了游击队给日本人猛烈回击，烟幕弹回到日本人面前，大家乐开了怀。

后来，从书里看到了卧龙桥的来历：当年小康王赵构逃难路过这里，金兵追来，村民出手相救，让王爷躲到这座小桥下面，保住了性命。原来"卧龙桥"还是有一个典故的啊。其实对我们这一代人来说，对村的概念接近空白。我们不清楚村与村的界线在哪里，也不明白为什么向阳村要叫"向阳村"，更多的只是停留在学校信息填写时在"家庭住址"这一栏中郑重其事地写下"崇贤镇向阳村"。所以大概是不怎么熟习村庄文化的，但至少我现在还能毫无保留地爱她。远离得太久，反而思乡情浓。

因为喜爱她，所以怀念她。在外上学说到家乡的特产，我说出一些城里同学鲜有听闻的农产品，如荸荠、如慈姑；谈及童年趣事，我手舞足蹈地向他们描绘和同伴追逐在空旷的田间，或是钓龙虾，或是采野菜。后两样是印象最深的。钓龙虾一般集中在酷暑，在田间随手找一根细长的竹枝，一端系上细绳。饵料分很多种：极品是蛙肉，在田埂上捕上一只石田鸡；差一点便是家中的肥猪肉。在细绳上穿上饵，简易钓竿就这么诞生了。我和伙伴们三三两两地扛着钓竿，一手拎着小水桶，穿梭在水乡狭长的小路上，不管收获如何，过的还是那种龙虾上钩欣喜若狂、呼朋引伴的激动瘾。采野菜则兴于春季。一整个寂静的寒冬过后，湛蓝的天空中，候鸟划出长长的弧线，生命都在土地里蠢蠢欲动。挎个竹篮，装把剪刀，迎着一阵和煦饱满的春风，追赶在蓊蓊郁郁的田埂间。野菜品种也多，最受欢迎的要数马兰头。小时候奶奶总说："马兰头马兰头，吃了和马一样大，和马的眼睛一样亮。"于是，我傻乎乎地在饭桌上猛塞用笋和麻油拌匀的马兰头。长大后，奶奶说出真相，马兰头降火。幼时长辈哄骗的话长大后都会被主动或被动地"真相大白"，想想多少有点可爱与惆怅，不是因为被欺骗而伤感，而是因为曾经有人用这么可爱的谎言来关爱你。"采薇采薇，薇亦作止，曰归曰归，岁亦莫止。"《诗经》中的野菜意象多少也有点乡愁味道。乡愁，思的不尽是乡，更多的是那一段时光。

站在阳台上，视野开阔。学校拆后一直没建房子，废墟裸露在眼前，昔日的景象仿佛触手可及，仿佛还坐在左摇右晃的四角椅上背九九乘法表。昨天夜里下了一场雪，雪花零零星星地落在参差的瓦片上，落在干枯的树枝上，落在杂乱的草丛中，在早上白得直逼你的眼。雪不很厚，却是我今冬见到的第一场雪。各家各户高矮不一的屋顶上，堆积了约五厘米厚的白雪，安安静静地等候着新年的到来。雪每年都能见到，但也许几年后，就见不到高矮错落的房屋、朴实的土墙，以及执拗地延伸在路两旁的石榴树和葡萄藤，听不到家家户户早晨唰唰的扫雪声，雪融化之后重新穿梭在房前屋后的卧龙河的流水声。

只有追赶不停歇。

长大之后，时光磨平了棱角，追赶成了人生旅途中怀念村庄的慰藉。追那一阵村庄消失、高楼迭起的尘埃，追那一些幼时抱过你、哄过你，让你破涕为笑的人啊，追那一段晕开在向阳村卧龙浜的时光。

那时花开

铁树到底什么时候开花啊？

无数次这样问家里人，我却始终等不到铁树那神秘的花影，而家人给我的答案也都是“总会开的”。

酷暑的骄阳在发了几天威之后，终于稍稍有了倦意，躺进云层打起盹。铁树在阳光炙烤下，根根尖锐的叶子倒也绿得发亮，绿得直逼你的眼。它依旧挺拔，一种清新的活力从叶尖微微释放。不断地有新的叶片伸长出来，浅绿色、墨绿色，还有颜色更深的叶子，仿佛流动的厚重云层无法静止。遗憾的是，我始终见不到它的花。

我问母亲时，她用温柔的语气说：“会开的，隔壁家不是已经开过了吗？”从她眼中我似乎能不由自主地丢掉疑虑，因为母亲在我生命中一直扮演着有责任心、善解人意的角色。她认真工作，为她那个与千万母亲相同的梦想——创造一个安逸的家——而不断努力着。当母亲淡淡地说着“铁树会开花”时，我注视着她坚定的脸庞；当母亲给了我希望时，似乎也在缓缓地向我阐述她对生活的渴望。因为，只有一个有渴望的人，才能对未来馥郁的花儿心存希望。

我看到过满树樱花粲然绽放的翩翩英姿，看到过一枝红杏静悄悄探出围墙的妩媚动人，也看到过一塘睡莲娇羞地舞动在六月夏日。铁树的花是黄色的吗，有香味吗？我不得而知。与其说我在等花开，不如说我在期盼心中一个维持了很久的希望的实现。而母亲呢，照常日日给它浇水，还去别处运来铁屑作为肥料，给它除虫修枝，不急不躁，不热烈也不冷漠。母亲四十出头，却保持一颗童心。有时天真得很容易糊弄，老大不小了还偶尔卖个萌撒个娇，但是做起事来却一点也不含糊，且知晓“今日事今日毕”的道理，不拖沓不敷衍。我想，这样的母亲才能给她女儿一个绚丽的希望吧。

再次看到家中的铁树时，暗淡的旧叶已经凋零，崭新的新芽郁郁葱葱，焕发丝丝缕缕的生机。我告诉自己，它会开花的，只要我坚持着这份积极的心态，就如母亲那样。等到那时花开，我和母亲一定笑得格外灿烂。

我会一直等的，那时的花开是世界还我的一个微笑，为我不驻足地经营我的生命。

回忆我的爷爷

周丽娜

又是一年栗子飘香的时节，记忆中爷爷是最爱吃糖炒栗子的。每年栗子上市期间，爷爷总是一大包一大包地买，爷孙俩一边吃一边天南海北地乱侃。可惜栗子依旧香千里，故人已驾鹤仙去。爷爷离开我已经整整两年了，两年来总是在不经意中想象，如果爷爷健在，我该跟他如何如何。说好了等我买了车，载你去西湖边溜达，看荷花；说好了等我赚钱了，带你去河坊街吃那里的糖炒栗子；说好了我们一起搬新家住新房子……子欲养而亲不待。

爷爷总是这样跟我回忆他的童年：他作为家里的长子，出生时就备受宠爱，当年的家里还算富裕，满月的时候分的剃头圆子，从沾桥分到了金家兜。小时候的吃穿用度都很好，我总是问他："跟现在比呢？"爷爷笑笑回答："那当然是现在好，只是那会周边的人都不太吃得饱，我们家里吃得算好的了。"是啊，人的富足与否在比较中才能体现，如果我们还记得自己小时候的生活，对比现在的日子，做梦也会笑吧。

和所有故事中描述的一样，家中的长子总是得到家族格外的厚待，却不见得最后有多辉煌，而小儿子就凭自己的聪明或机遇开创一番天地，爷爷和二爷爷的经历也类似。因为长辈对爷爷的疼爱，家里让二爷爷去参军了，爷爷则留在家里，二爷爷因为参加了抗美援朝战争，在晚年一直享受着国家的优抚待遇，爷爷却因为继承了家里的田地，在“文化大革命”中成为阶级斗争的对象，爷爷的中年就在被批斗游街中蝼蚁般求生。

20 世纪 80 年代，我作为爷爷最小的孙女出生了，爷爷也老了。农村里的老人虽然已近退休年龄，却仍要劳作，脚下的黄土是生他们养他们的地方，也是他们一辈子不会抛弃的地方。我上小学的时候，父母去外地打工，我就跟着爷爷奶奶生活。虽然那时没有很多钱，但是爷爷常常给我买我最喜欢的猪蹄吃，红烧猪蹄的香味让儿时的我迫不及待地用手去抓着吃；每到夏天，爷爷总会在早晨买菜时带回一个西瓜，早早地浸在井水里，傍晚纳凉的时候切开来分享，甘甜的汁水透心凉。调皮的我，会在爷爷每片切开的西瓜上咬一大口，一个西瓜中最甜的部分尽入我口了，爷爷呵呵地看着我笑，眼里满是溺爱。如今，我的儿子也会有这样的动作，爸爸总是在我责备儿子时呵呵地笑，一如当年的爷爷。长辈对小辈的溺爱，不由自主，明知这样的纵容欠妥当，却又总是不忍责备。

渐渐地，我长大了，上大学后有时几个礼拜才能回家一趟。每次回家，已近耄耋之年的爷爷总是坐在家门口的椅子上，仿佛一直在等我回家。等着家人回来，是他每天最重要的事。爷爷不喜欢我睡懒觉，在他一遍遍催促中，我的美梦也泡汤了。他从早上五六点钟开始时不时咳嗽，七点多开始喊我吃早饭，到八九点几乎是忍无可忍了，在楼下喊叫，非要弄得左邻右舍皆知，而我也不好意思再赖床。这个时候我有点不喜欢爷爷，甚至觉得他好烦。我带给爷爷吃的，也常常是我不喜欢吃或者买多了的东西。

后来，我工作了，爷爷也到了生命的最后时光，我能做的就是帮他把衣服扣子扣整齐，陪他说说话。弥留之际的人对刚刚发生的事眨眼就忘，却记得很久很久以前的事情，他的小时候，我的小时候，一幕一幕从他嘴里展现出来……我曾和爷爷畅想未来，也就有了种种永远无法兑现的承诺。爷爷，就这么走了……

在农村，子孙满堂的老人离世，是喜丧。上天赋予人生命，百年之后的轮回也是自然规律，子女们、孙子孙女们、曾孙子曾孙女们，就是这个生命一个个的延续。我四岁的儿子脾气倔时，会拿玩具扔他的爷爷，其实妈妈好想告诉你，不管你是否懂得，妈妈已经没有爷爷了，请善待身边的老人。

点风传人郑幼香

裘黎华

设在崇贤沾桥卫生院内的余杭点风专科医院，以独特的点风疗法在江浙沪一带小有名气，慕名前来求医者遍及全国各地。点风专科医院的创始人，名叫郑幼香。

郑幼香出生在紧靠崇贤三家村的林家兜村。要讲清点风疗法的来源和郑幼香为何成为点风疗法的传人，就得从一个叫“天灵师”的和尚来到林家兜旁边的杨家兜说起。当时杨家兜有一个小小的寺院，叫杨庵。寺院虽小，却很清净。天灵师和尚就打定主意在庵中安身，精心修行，以成正果。

天灵师和尚来自普陀名山大寺，有一手绝技，即用水银、绿矾等物，在丹炉里炼成一种丹药，叫“水底莲花降”，用这种降药，再加以升炼，成为一种结晶状的升药，两药按一定比例合在一起，只要一点点敷在患处，贴上小膏药，就会发泡出水，可治愈风、寒、湿、痹诸症。

杨家兜一带是水乡，河港交叉，水渠纵横。人们长年累月在河里捕鱼摸虾，在田里种稻摸荸荠，得风湿病的很多。天灵师和尚便在杨庵炼丹替人们治病，凡经他治疗的病人，药到病除。几年之后，他名声大振，治好的病人不计其数，求他治病的人络绎不绝，不少人慕名远道而来。天灵师总是来者不拒，精心治疗，村民们无不交口称赞他是佛家高僧。

杨家兜附近有个村庄叫林家兜，和杨家兜相隔一箭之地。这林家兜有个人叫郑文卿，看看天灵师和尚炼丹治病很忙，一有空就到杨庵去帮他做一些挑水劈柴的粗活，天灵师看他为人忠厚老实，自己年纪也大了，总有一天要到西天极乐世界见佛祖。不甘心让师门传的秘方断送在自己手里，天灵师就把“水底莲花降”的秘方和炼丹的方法连同一块天灵师的牌子一起传给了郑文卿。从此，林家兜郑文卿点风贴小膏药出了名。

郑文卿后来将点风疗法传给两个儿子，即长子郑子清，次子郑子卿。此为第二代。郑子清又传给自己的儿子郑普香、郑雨香、郑幼香。此为第三代。普香、雨香早逝，幼香娶妻阮氏后又逝，郑阮氏就招族人郑幼梅入赘为夫，将幼梅改名为幼香。

幼香进入点风世家之后，刻苦钻研技术，热情为四邻八乡的乡亲点风，收费低廉，日子过得很清苦。1954 年，当地政府组建四维联合诊所(沾桥卫生院前身)，郑幼香带领侄子郑焕林一起投入集体医疗机构的怀抱，成了四维联合诊所的医生。

在之后的几十年中，郑幼香一直在沾桥卫生院点风专科医院从事点风疗法的临床实践和研究。他所从事研究的点风疗法，1978 年获余杭县科研成果奖。1983 年，他在《浙江中医杂志》上发表的《点风疗法》的论文，在中医界引起重视，浙江省卫生厅、浙江医科大学，中医药研究所等有关单位、部门，曾多次前往沽桥卫生院研究和探讨点风疗法。郑幼香本人于1985年被浙江省卫生厅破格授予“浙江省名老中医”称号。

由于点风疗法的疗效显著、收费低廉，在20世纪60年代至80年代的三十年中，达到了鼎盛时期，慕名前来治疗的病人遍及全国各地，甚至港澳同胞也远道而来。1976年初夏，著名越剧表演艺术家尹桂芳因半身不遂，由六位同事用担架抬着从上海到杭州，转乘轮船到俞泾渡上岸，前往沽桥卫生院请郑幼香老先生点风治疗。经过郑幼香先生精心诊治，贴了二十几张小膏药，尹桂芳病情就有了好转，很快重返舞台。郑老先生每每谈起此事，总流露出自豪之情。不幸的是，2001年4月，因患高血压，郑老先生与世长辞，终年八十六岁。

点风疗法至今已有一百五十余年历史。特别是新中国成立后的五十年，在党的“发扬祖国医药遗产，保障人民身体健康”的中医药方针指导下，点风疗法作为民间的一种独特的治疗方法，进入了集体医疗机构，从此焕发了新的活力。五十多年来，治愈了数以万计的风湿病患者。在风湿病肆虐又无特效药的年代里，点风疗法发挥了巨大的作用。特别是江浙沪皖一带，求诊者不计其数。崇贤沽桥小膏药贴因此名声在外。

现在，崇贤卫生院下属的沽桥分院，仍设立点风专科，除郑洪寿、郑建明等医师专门从事点风之外，已退休的郑焕林医师作为点风疗法的第四代传人仍在发挥余热，其子郑建明作为点风疗法第五代传人，也已获得医士职称，点风疗法后继有人。

听妈说爸

沈芳娣

大年初一，在老家拜年，妈不知怎的跟姑姑说起了往事。

妈说："你那时出生，你妈的月子还是你哥服侍的呢！"爸小时的轶事，我也知道不少。他们三兄妹，爸是长子，姑姑最小，因为爷爷奶奶皆身体孱弱，属于村里说话声音不响的那类人，所以爸爸很小就挑起了家里的重担。但这个事我还是第一次听说，遂不等姑姑开口，就很感兴趣地插话："爸怎么服侍奶奶坐月子啦？""你爸那时不也就十二岁嘛，呶，像小雨那点年纪，"妈妈指指旁边捧着个iPad正玩得起劲的女儿，说道，"每天早上，烧一碗糖氽鸡蛋给你奶奶吃，而且那时还是三九天呢！你爸呀，烧了一辈子早饭，小时候烧，成家之后也是他烧。"这个我知道，从小到大，我家的早饭都是爸烧的，爸是早睡早起的好榜样。他晚上熬不来夜，早上睡不了懒觉。像现在正月里，他还是雷打不动6点左右就起床了。

"你奶奶嘛，有时会告诉我锅里多打一个蛋，给我自己吃，那时心里不知有多落胃了！"一边的爸爸笑眯眯地接上，沉浸在儿时的记忆中。"那，爸，奶奶不叮嘱的话，你就不敢吃啦？反正叫你烧的呗!""那咋行!那个时候,鸡蛋也是金贵东西,你奶奶不说,我怎么能吃?""而且你奶奶不是住阁楼上嘛,你爸爸还要很小心地给端上去呢!"妈又加了一句。

哦,想起来了,奶奶住在老屋的阁楼上,阁楼没有那种可以拾级而上的台阶,只有一架两档之间很宽很陡的竹梯,对了,就像那种古装电视剧里放的攻城的云梯。记得小时候想到奶奶的小阁楼上去偷好吃的,每次都把这个"云梯"视为畏途。

姑姑是在1963年生的,那个时候,三年困难时期虽然已过,但是过日子最大的问题依旧是吃不饱。想爸爸一个十二岁的少年,却能如此自律。我眼前浮起这样一幕:一个又瘦又小的少年,一只手捧着一碗糖氽蛋,另一只手使劲攀着竹梯,眼睛不离汤碗,怕糖水晃出,小心翼翼地沿梯而上……

骤然间,我鼻根酸涩,想起妈曾跟我说起的爸的好多事情。

爸十三岁时,跟着大人,开始在田里干活,做了全天,评工分时,有人提出来给爸三分,其他人还没表态,一个本家的堂叔站出来说:"第一次干活,还是个学徒工,按理要倒贴工钱呢,什么三分,三厘已够好啦!"这个本家堂叔,其实跟爸一点血缘关系都没有。原来爷爷是入赘到这里的,大娘娘是坐家女儿,可大娘娘结婚没多久就死了,没留下一男半女,奶奶是从外村嫁过来填房的。就这样,爸第一次拿工分,竟然就匪夷所思地拿了三厘,折合人民币三分钱。我在懂人事时,妈跟我说起这件事,还说起那个本家堂叔平时为人怎样刻薄,当时我就气得咬牙切齿,恨不得能穿越回去给爸报仇。妈说："这主要是怪你爷爷奶奶无用，如果他们强一点，人家敢欺负你爸吗？至于那个人，记住就行了，老古话讲'十分英雄别唱足，要留三分给子孙'，看看好了。"想不到一语成谶，这个人现在晚景凄凉，我有时看见，忍不住生出恻隐之心来。而爸还经常接济他。妈有时说爸，吃苦不记苦。

还有，爸爸在十七八岁，正长个子的年龄，为了多赚工分，长期干挑担的活，都是一二百斤重的猪羊窠，以致落下腰疾。

听妈说，爸爸二十岁就入了党，当上了小队长，那完全是靠为人忠厚、勤奋劳作换来的。可是爸爸当了一辈子小队长，现在还是。我小时候就听人说起，爸把唾手可得的大队长的位置让掉了。

爸爸总是那么平和，不争不抢，不疾不徐。

记得妈还跟我说起过一件事情，我当时乐得哈哈大笑。在20世纪80年代，日子并不宽裕，也就刚够温饱。有个叫花子来讨饭，是个老女人，衣衫褴褛。那个时候，上门讨饭的叫花子可不太多，但他们是真正的"讨饭"，所以我们小时候都叫他们"讨饭佬"，给一小盅米或一块年糕就打发过去了。但那次，爸不知咋的悲天悯人，除给了她点米外，还给了她五角钱。那叫花子千恩万谢，走了。妈回来后，隔壁阿娘对妈说起了这事。妈那个气呀！要知道，那时候的五角钱是个什么概念，或许相当于现在的五十元吧？我们那个时候想，每天能吃上一支三分钱的白糖棒冰，那人生该是多么的惬意！五角钱，能让我们吃上多少白糖棒冰呀！妈肺都要气炸了，当即拎出一蛇皮口袋米，扔在屋檐下，对着爸爸嚷："快去，去送给她，家里值铜钿的，都寻出来，送给叫花子去！”

还有，姐初中一毕业，忽发奇想，要到外地去学技。妈也居然同意了，说是既然书读不出，学点本事在那里也是好的。后来在暑天的一个早晨，我睡醒时，爸妈早就送姐姐到桐庐去了。傍晚，爸妈才回来。一到家，妈就割草去了。爸呢，也背了只喷雾器到田里治虫去了。妈一反往常地闷声不响。爸呢，我觉得更不对劲，除了不言语，眼睛还很红。怎么回事，难道为了姐姐？姐不就出去两个月嘛？这念头一闪而过，没心没肺的我和弟弟老早就奔着他们买回来的零食而去。若干年后，妈跟我笑说，你爸眼泪不值钱，那次爸是因为舍不得姐，擦眼泪擦红肿了。那时，我也才知道，什么叫“无情未必真豪杰，怜子如何不丈夫”。

小时候，只要爸爸在家，我们就翻身得解放了，大闹天宫都没关系。爸不会像妈妈那样，我们犯了一点点小错，就虎着个脸，吓得我们大气不敢出。他总是和颜悦色地跟我们讲道理，可恨我们这些家伙，有时候也不识相，尤其是我，顽劣得很，爸有时见我们不听，就摇摇头，做自己的事情去了。他知道妈回来会收拾我们的。

有些事，爸爸从来不跟我们说，妈提起时，爸爸往往在后面跟一句：“老是记着这些事，不是吃力煞？”

有时候，真佩服爸爸。小时候吃了那么多苦，受了那么多不公，可是并没有长成锱铢必较的人，在我这个女儿眼里，他虽然身材瘦小，却是个胸襟开阔、气度伟岸的真男人。

我的公公

李蕊

第一次见到我的公公方德昌是在九年前，余杭的冬天，临近春节的日子。那年，我的爱人第一次带我来到他在崇贤的老家。记得那天下午下着不算太大的雨，崇贤镇向阳村的路还没有如今平整，家门口的小路也尽是泥泞。我先是来到新楼的大厅，歇息了一会儿，我爱人就带我穿过前后楼之间的葡萄架，来到一座旧的二层楼，上了二楼转到左手的房间，我看到了一位老人，大概六十岁左右，弯着腰在收拾东西。就在一堆破旧的书和其他一些杂物中间，我见到了我爱人的父亲。他抬头看到我们进屋，非常礼貌地对我笑了笑。我依然清楚地记得我第一次看到公公时，他眼睛里的温和、诚挚和善良。我在直觉上知道，这是我可以信任的人。在我爱人一番介绍之后，他一边整理手头的东西，一边和我说话，我已经记不清楚说话的内容，但却永远记得他那时的眼睛。

公公是 20 世纪 70 年代的大学生，学的是农业，当年大学毕业后他主动放弃在浙江农业大学上研究生的机会，回到余杭工作。据说当年他有机会把全家人的户口由农村转为城镇户口，但是因为惦记着在农田里做农业实验，他放弃了全家农转非的机会，甚至自己主动要求调回崇贤参加农村建设。那时他正在和浙江农业大学的教授合作搞农业科研，浙农大的校园里找不到相应的实验基地，父亲就主动把实验放到自家的农田里，甚至自己掏钱租用邻家的农田来做农业实验。那时，公公是崇贤这片土地上少有的理想主义者。

就在那年，在公公正在整理的杂物中间，我发现了一个包裹，里面全是我爱人中学时候的课本、作业和日记。我很开心，因为上天赐予我机会能够重新翻看爱人过去的记忆。二三十个本子，很多本日记，这是多么神奇的故事！一个下午和整整一个晚上，我坐在纸堆中间翻看我爱人的日记。在我爱人的日记里，非常多的篇章都是父亲和他的活动以及对话，记载着当年他们在地里的劳作和农业实验。我清楚地记得我翻开本子看到的第一篇日记上面写着："劳动了一天，晚上和爸爸回来已经很晚了，没有吃饭就睡觉了……"

我非常吃惊地发现爱人和他的父亲当年是如此艰辛地劳作。我看到有大量的日记记载着父亲带全家劳动到深夜，有时回到家连晚饭都顾不上吃就倒头睡了。从日记中我了解到，从上小学时候起，在我爱人还是一个十来岁的小孩的时候，他就跟着父亲在田里做杂交水稻实验，很小的时候就干着袁隆平的活。什么对比试验、样本采集、数据分析，这些时不时地出现在他的日记中。从他的日记中我也了解到，公公是崇贤镇上的一位奋斗在农业科研第一线的农业科研人员。他在地里辛勤地劳作，无私地奉献，为中国的农业事业默默地工作了几十年。

在那堆杂物和日记中间，我还发现一本我爱人中学时代的诗集。发现我爱人的诗集，这的确让人兴奋。没有比诗歌更能表现真实世界的了。现在的时代，缺乏诗意。翻看我爱人的诗集，我仿佛看到了当年阳光下的那个少年，他在地里劳作，在田间奔跑，有着对自然和生活的朴素的热爱。在这些诗歌中，我看到了南方的农村，看到望不到边际的油菜花，在油菜花的中间，是伸向遥远天际的乡间小路。在这条小路上，我的爱人走过，我的公公走过，今天我也走在这条小路上。

出于对农业的热爱，公公在家里的院子里种上了各种瓜果树木，屋前屋后爬满了葡萄藤和丝瓜。公公给我一一介绍了院子里上百种作物，还带我看了他买的种子。这些作物属于什么品种，有什么优点，可以怎样抗虫害……对于这些农业方面的知识，公公如数家珍。种植是一项耗时的工作，需要爱心与耐心，甚至需要一点固执的坚持。公公正是这样一种有着坚持精神的人。我了解到了公公对农业科研的热爱，也理解了为什么公公放弃全家农转非的机会而要坚守在崇贤这块土地上。

2004 年，我的爱人在以色列一所大学做博士后研究工作，他特意为公公申请签证，把他带到了以色列。我爱人告诉我，他之所以让公公来以色列，是为了让他看看以色列的农业科技。公公搞了一辈子的农业科研，一定会非常高兴。我当时还没有到以色列，但从电话和照片里知道公公果然非常开心。

公公经常和我聊起早年的一些事情。每一次，他都会和我讨论很长时间。每次讨论，都会让我联想起公公那一代人的思维，我们可以从中看到人的单纯。公公就是这样单纯的人，单纯到这样投入梦想的真空。

我一直坚信，在我的世界里，我对公公的了解不是碎片的，是完整的——即便这个世界人与人之间的了解是艰难的甚至是不可能的，因为我和公公是一个世界的人，我可以理解他，而且，我一直知道，公公相信我。

2009年，南京。我和我的爱人决定取公公方德昌名字中间的“德”字作为我们孩子的名，代表着我们对于公公的尊重和热爱。

女儿，快快长大

王传湖

女儿长得像男孩子，脾气更像男孩子，爱玩爱闹，喜爱表现，喜欢做一些稀奇古怪的动作。每天下班回到家中，我的第一件事便是看看女儿，看到她天真烂漫的样子，一天的烦恼和疲倦都烟消云散了。

女儿开始叫爸爸的时候是在她快十一个月大的时候，记得那一次，我正在给她泡奶粉，她在床上一直盯着我看，见我拿个奶瓶一直在摇啊摇，她叫了一声“爸爸”。我悬在半空的手，仿佛顿时凝固住了。女儿会叫爸爸了！我自然是高兴得无以言说。从此，我的心便随着女儿了。

我的工作因为有了女儿而有了更大的动力，我的生活因为有了女儿而充满活力。为了多陪陪她，为了多和她说说话，我推掉了一些不必要的应酬，降低了出差的频率，休息天也改掉了睡懒觉的习惯，我把工作之余的时间很大一部分花在了女儿的身上。

为了减少电视电脑的辐射对孩子的影响，我和孩子妈妈约法三章：孩子在的时候尽量不玩电脑、不看电视。我们放一些适合小孩听的音乐和儿歌，可能是听得多的缘故吧，现在我的孩子三岁了，听到音乐就会翩翩起舞，节奏感很好。听到邻居夸女儿聪明伶俐，我和孩子妈妈心里总有特别的成就感。

由于经济条件有限，我们没有买房，住在孩子的外婆家里。外婆特别宠孩子，有的时候明明是无理取闹，外婆还是会满足孩子的要求。对待孩子，亲人的心都是一样的，出发点都是好的，但是在教育方式上每个人都会有自己不同的观点。在对待孩子的问题上，我的意见也会有和长辈不一样的时候，偶尔也会有小争论。为了减少争吵，妻子也说了不少劝慰的话。俗话说，家和万事兴。为了家庭的和睦，在意见相左的时候我一般选择忍耐。如果说我是忍了许多要说的话，其实，换位思考一下，孩子的妈妈忍的要比我多。朋友说我这两年变得不再像以前那么有江湖气，不再有一股子冲劲和激情，变得好像很深沉。我笑笑，这都是家庭改造的成果啊。

女儿看见佛像，就会双手合十，口中念念有词："保佑健健康康，平平安安。"这是外婆教的，也是长辈的祈愿，看见孩子虔诚的表情，我多么希望世界上不要有纷争，人间处处是和平啊！有时在想，那些拐卖儿童的人贩子怎么会那么狠心？这么小的孩子被他们弄去当作货物买卖，这是对人的尊严的一种侮辱，这是人性的丧失！试问，哪个孩子能离开自己的父母，哪个孩子能离开家？他们在违法的时候应该换位思考一下，如果你是被拐卖孩子的父母，你的孩子因为被拐卖而不能过正常人的生活，你还有生存的勇气吗？

更有甚者，在光天化日之下，在众目睽睽之下，飞车抢夺幼儿，是可忍，孰不可忍！这些人应该得到法律的严惩！

孩子的妈妈说孩子身上有些不好的习惯特像我。我说，人总不能做到十全十美吧！我们都希望把自己身上好的基因遗传给自己的孩子，但这不是那么想当然的事情。我想，不管是好的还是不太好的，我都会喜欢，不会去排斥。毕竟，这个唯一的、特别的、有这样个性的孩子才是自己的孩子。换了，那就是别人的。好的遗传基因固然重要，但是，天生的缺点可以在后天的学习中得以纠正。

在孩子小的时候，我们尽力去给她最好的东西，让她感受到幸福和快乐，让她小小的心里充满阳光。当孩子慢慢地长大了，我们要让她明白生活的常识和生存的道理，要让她知道，要用感恩的心去看待别人给予的东西，要用百倍的努力去创造幸福的生活。看到孩子健康成长，我们心里无比安慰和满足。希望她度过幸福的童年，长大后能用自己的双手去创造自己一辈子的幸福！女儿，快快长大！

我眼里的崇贤人

李雅敏

三年前的春天，我们举家从杭州市区搬入了崇贤紫欣华庭小区。那时，除橄榄树花园小区有入住人家外，周围都没有楼盘交付，我们小区也只有寥寥几户人家入住。晚上10点一过，马路上几乎无人走动。我喜欢静，但这样的静也未免有点令人害怕。所以，那时我最盼望白天，白天我可以去看田野风光啊。

久居城中闹市，对于崇贤的田野，感到很是新奇。白天有事无事，总会情不自禁去逛田野。田野里有西瓜和草莓的大棚，最多的是稻田、荷塘、茭白地、油菜地。我时不时会跟在田地劳作的崇贤人交流——"哦，这块荷塘已经征用了，这季稻割了也不种了。"听多了这些，不禁让我有些失望。唉，无法抗拒的城市化进程。我不禁又这样问他们："等田地没了，你们是不是可以在家享福了？""不好这样的，做得动都要去找活干的。"他们回答得很干脆。"这样啊！"我将信将疑。

后来，周边的楼盘陆续交付，小区的马路有人扫了。每天清晨，我还在睡梦里，扫帚划过马路的声音就已传入我的耳朵。吃过早饭，下楼去菜市场，扫地的是位阿婆，走近了，阿婆就会打招呼："阿姨，买菜哦?"我也会应答："早啊，阿婆。"多次问候后便知，阿婆已七十岁了，是崇贤本地人。转眼到了三伏天，从家窗口望下去，一个身影在烈日下不紧不慢，一下一下认真地扫地。是阿婆，我不禁为她担心起来，忍不住下楼劝阿婆："天太热了，就不要做了。"阿婆笑笑说："没事的，我习惯了。"平平常常的一句话，让我相信了崇贤人的做人方式：只要做得动，就要去做，无论年龄大小。

去菜市场，我就会选择摆在地上的菜摊，因为这些菜摊上全都是崇贤本地人种的菜，比较新鲜。有几个和我年龄相仿的妇女，别看她们早上卖菜，过会儿她们就要去杭钢上班了，当然是去帮帮厨、搞搞卫生。时间长了，也都熟了，她们会对我说："阿姨，跟我们去杭钢上班，好不好?"我答应不了，我退休都五年了。我真的打心眼里佩服她们，她们的这股劲从哪里来?

每天早晨六七点钟，如果你经过崇贤文体公园，就会听到喇叭里播放太极拳的音乐口令。练太极拳的十多个人中多数是崇贤人，且年龄都过了六十岁。音乐放完，也就练完了，各自都要去工作，有的自己在开厂，有的在帮子女开的厂料理，还有的在杭钢上班。在他们的生活里，根本没有"退休"两个字。这就是崇贤人：做得动，就要去做。

昔日风情入画来

——小记民间艺术家陈庚申

丰国需

认识陈庚申先生，是在几年前区里举行的首批民间艺术家表彰大会上。由于陈庚申是我少数几个不认识的民间艺术家，故我特意与他坐在了一起，交流了一番，还相互交换了联系方式。

初次结识，陈庚申给我的印象是个朴实的民间艺人，没有丝毫的花头花脑。据说他是个搞民间绘画的，擅长灶头画，所画的灶头画在崇贤一带颇具名声，还曾应邀在三家村扇厂画过一阵扇面。

前年和去年，我接连受闲林文体中心的委托，协助他们编辑了两本闲林民间画家阮士荣先生绘制的老底子的风俗画画册，不知怎的，我突然想起陈庚申先生来了。这些年来一直没和他联系，不知他在画些什么，我觉得该抽时间去看看他和他的画了。

2012 年 9 月 11 日，在崇贤街道文体中心主任王跃田的带领下，我来到了位于崇贤三家村裘家兜陈庚申先生的家。陈庚申今年七十四岁，属兔，还很健朗，手中的画笔始终没有停过。见我造访，陈先生十分高兴，拿出了他近期的一些作品让我欣赏。他告诉我，他去了趟台湾，回来凭记忆画了幅台北 101 大楼和中南禅寺；去了趟少林寺，回来又画了少林寺。他记性很好，凭记忆作画，十分了得。我对画是外行，我看的是热闹，应该说这些画画得都不错，而且画的景点我都去过，但这些并非我关注的内容，故我看不到我所需要的“热闹”，于是便问他有没有画些旧时的生活场景。陈庚申连声说有，当即上楼翻出了一叠画稿，我一看，眼睛都亮了，这些画稿画得都是旧时崇贤一带的生产和生活场景，洋溢着浓浓的民俗风味。也许是我对民俗有偏爱，不由直觉昔日风情扑面而来，当即爱不释手地一一观赏起来……

这一叠风情画画得都是陈庚申先生熟悉的生活，同样这也是我所熟悉的生活场景。我十七岁那年下乡到渔场，在包括崇贤一带在内的运河畔生活了十年，对于画中的很多场景，我过去不仅看过，而且都经历过。比如农船运货、渡船摆渡、稻桶掼稻、乘凉听故事、打绵线、罱河泥、磨米粉、乘风凉、造房子、看社戏等等，望着这些画，昔日的水乡风情扑面而来，勾起了我太多的怀旧情结。画中的那些场景，很多早已离我们远去，已为现在的年轻人所不熟悉，但对于我们这辈人来说，这些场面给了我太多的回忆。特别是那幅《乘凉听故事》，我看了又看，我小时候就是在这样的环境中成长起来的，并此后几十年来一直与故事结了缘……

在与陈先生的聊天中得知，陈庚申是从小喜欢画画的，十五六岁时就开始替人画照片，背着画箱走村串户，南面画到杭州，北面画到德清，在当地农村有一定的知名度。二十岁那年，他考浙江美院，但因成分不好，没能入学。从此他便在农村做起了泥水匠，替人家打灶头，打好灶头后便利用自己绘画的特长画起了灶头画。后来，当地办起了扇厂，还专门请他去画工艺扇，其间还为杭州王星记扇厂画过一年多扇面画。

陈庚申的水乡风情画，是在重现当年的生活。这样的画，再好的画家，没有水乡生活的经历也是很难画出来的。可以说，陈庚申的画是在纪实的基础上加以艺术创作。欣赏他的作品，仿佛眼前又出现了当年的生活情景，江南水乡农村的文化底蕴在他的画笔下表现得淋漓尽致。

愿陈庚申先生继续沿着这条道路走下去，使“水乡风情画”形成一个系列，达到一个更高的层面。

父亲的菜园

王晓东

母亲走后，父亲叫了辆挖土机，在家门口开垦了一块土地。

每天除了上班，父亲就在这块地上忙东忙西，和以前判若两人。要是母亲健在那会儿，父亲绝不会下地劳作。细想，大概是父亲想接母亲的班，或是母亲的离去改变了父亲的志趣。

荒芜的土地在父亲的辛勤耕耘下，渐渐地泛出一片绿色，远远望去郁郁葱葱、生机勃勃。父亲虽从不耕作，但因为他干的是供销社卖农药、化肥的工作，理论知识很丰富，什么时候除草洒药，心里十分清楚。在他的管理下，地上的花竞相绽放。

春冬两季，芹菜在薄膜中纷纷发芽，隔膜而望，嫩嫩的、绿绿的；青菜则满地皆是，小青菜、大青菜、大白菜等，绿油油的一片；萝卜、大蒜闷声不响在地里一个劲长，像是不想一辈子坐井观天；豌豆、四季豆按捺不住，顺着搭建的篱笆蜿蜒而上，毫不示弱；马铃薯更是像战士般伏地匍匐前进，谁也无法挡住它的去路。夏秋时节，玉米枝头挂满了晶莹剔透的果实；茄子与黄豆则静静地悬空而挂；高调的当数西红柿，还未走到跟前，就看到一个个红红的果实泛着光泽；最低调是日本南瓜，不仔细觅寻，还真不知道原来个头已是这么大……这真是一片生机盎然的景象。菜园就这样在父亲那双早已长满老茧的双手中孕育而生了。

每月回家两趟，已成惯例，让父亲高兴不已。此时，他会下厨炒几个小菜，我一直认为父亲做的菜比母亲好吃，虽然他原来不太做。因而等到一大桌农家菜上桌时，我会偷偷先吃上一些，然后与妻赞叹几句父亲种的菜质一流，烧得也是色香味齐全。菜一到肚中，我会不禁让我想起"观之则食指大动，近闻之垂涎欲滴。浅尝之则惊其绝妙，深品之则不忆别味"之妙句。往往此时，父亲只是略微一笑，或是奉上一句："好吃就多吃一点。"饭后，除了洗碗刷筷，父亲就会做一件同样的事，便是到菜园里摘一些时令蔬菜，让我带回去尝尝，用父亲的话说："我们呢，吃不完，你呢，带点回去，虽然值不上几个钱，但总比买来的质量好。"对于父亲的一片心意，久而久之，我也不便推辞，也许这是他建菜园的另一个初衷吧。

学会种菜的父亲渐渐改变了往日暴躁的脾气，变得慈祥与和蔼。要是母亲健在那会儿，总会听到他们为了一点小事而吵架的声音，这时父亲就会特别的烦躁，而母亲只是在一旁静静地抽泣。以前，我一直认为母亲的病因与他平日的暴躁性格有关联，因而在母亲离世前夕与他大吵一架，父亲也因此而流下了伤痛的泪，大概他也是悔不当初吧。从那以后，我在心里原谅了父亲，因为我知道现在只剩父亲一人了。

父亲的菜园不仅出产美味蔬菜，还出产着一份浓浓父爱。

起死回生的感激

陈如兴

我这一生，死去活来好几回了。1960 年黄梅季节，爬上学校宿舍梁上晾衣服，长梯滑脚，我从三四米高处摔在水泥地上，摔得响不出声来也动弹不得；1965 年春，为治旧伤，吃了药店抓错的药，摸到了阎王殿的“门槛”；1999 年因为眼病，盲目吞食了青鱼胆，导致急性中毒性肾功能衰竭，医院发出病危通知……一次次地起死回生，若让算命卜卦者嚼舌，定会“灾星”“福星”“命软”“命硬”天花乱坠地胡诌出一大堆来，我不信这一套。我深知，历次闯祸均出自粗心，每每得以逃生，除了自身体质条件外，主要靠医院医务人员的医术和救死扶伤的崇高医德。我除了第一次因勤工俭学时条件所限未得就医外，后两次全靠医生的救治，其中第三次经过两个多月的血透才转危为安的。这里就说说我的第二回死去活来吧。

为治胸痛访医求药

自从在校时从梁上摔下后，很长时间里左胸时发酸痛，我自疑为肺部有病，屡次透视又未见异样，一直得不到有效诊治。自从派出所内勤岗位改为负责统筹沾桥、崇贤、宏磻一片的治安工作后，我便有机会接触、熟悉公社医院的医生，知道崇贤公社医院的王掌根医生伤科比较有名。1965 年春节过后的一天，我将胸痛一症向王医师细述，他认定是陈伤复发，并给开了处方。处方写明并关照：其中川乌、草乌两味药有毒性，共为三分，与其他几味药共研成粉末，分包十六包，每天吞服一包。我住在沾桥街邮电所隔壁，当天傍晚将药方交给沾桥药店店主陈达庆先生。陈先生时龄五十多岁，老眼昏花，爱喝点酒，酒后有点糊涂，街坊邻居称之“独鬼老陈”。交处方时我特地将王医生关照的话向他复述，正在喝酒吃晚饭的他，接过方子未加细看连声称“晓得咯”，并说明朝早上送来。

祸起药店

第二天一早陈先生将药送进我房间，我未点包数，取了一包就用水吞下，准备过一会儿到沾桥公社的三级干部会议上去听听。十来分钟后，我感觉嘴唇发麻，连连喝茶，渐渐地口舌痉挛，身躯颤抖，我预感是药的缘故。正准备去参加公社会议的二姐夫将我扶到床上，并告诉隔壁邮电所总机请来公社医院医生。陈达庆先生得悉后也赶来了，一进门就说：“啊呀，如兴，是我弄错了，三分看成了三钱，又偷懒图省事，没有分十六包，只分了八包，我拿去再换换过……”便捧走了剩余的七包药。在场的医生们纷纷指责他：“川乌、草乌是剧毒药，一般用豆腐煮后的药渣倒地上狗吃了会死的，你这是生药，怎么能那么糊涂呢……”后来在“文化大革命”清理阶级队伍期间，有人要我把陈达庆配药的事提一提，我没有采纳，我还是认为是他粗心大意出的差错，并不是出于蓄意害我，更不属于“阶级斗争”之类。

生死攸关见医德

很快，沾桥公社医院杨顺芳等三位医生来了，我心里有了安慰。杨医师中西结合，在沾桥医院数头块牌子，他责任心强，待人谦和，医德高尚，我信赖和尊敬他。这时我全身抽搐，抖得厉害，心跳加剧，胸口像压了大石板闷得透不过气来，渐渐地失去了挣扎的力气。居住沾桥街上的我大姐送来火缸让我烘脚，棉被烘焦了我的双脚却不觉着热。杨医师他们按我的脉搏，翻看眼珠，听得他们在轻声嘀咕：“瞳孔放大了，脉力蛮弱了，怎么办?!”我听出了医生们的无奈、焦急，心中升起死将临头的绝望，奄奄一息中发出了哽咽地哀求：“医师，我还年轻，救救我!”“如兴，不要急，我们想办法!”听得出杨医师的话音也在发抖。我自感越来越虚弱，有些迷糊，微微听得出杨医师他们在轻声交换意见，在风险中做出抉择……杨医师靠近我说：“如兴，给你打一针强心针。”我意识到事已如此，可能只有这一招了，感激而又无力地应允“好!”这一针打在哪里我全无知觉，慢慢地觉着心又在跳动……

我事后知道邮电所许玲珍、贺魁同志早就向塘栖派出所报讯：“小陈吃药中毒，急需送医院抢救!”洪炳荣指导员心急如焚，心想只有出动消防汽艇才可能来得及，但正值战备期间，出动得请示县局领导批准。电话报到局里，局领导当即同意。洪指导员又与塘栖医院院长王咸章电话联系。王院长医术高超，又是个热心爽快的人，马上带了药物和担架，决定亲自随艇施救。王院长还电话告诉沾桥医生赶快挂盐水抢救。当时公社医院治病还不大用盐水，像我二十五岁了还没有挂过盐水的经历。王院长此话使杨医师他们如梦初醒，似有“柳暗花明又一村”之感。挂上盐水后，我从昏沉中慢慢苏醒，感觉胸部在徐徐放松，血液在微微流动……

大约中午时分，汽艇驶抵沾桥。王院长熟练地对我检查了一番，安慰我，我宽慰地透了口气，心想得救了。我被抬上汽艇，盐水一路挂到塘栖，身体渐渐轻松。

我妻子在宏磻公社任妇联主任，得到消息后，挺着大肚子步行十多里急匆匆赶到塘栖，焦虑不安地候在派出所门口。等我被抬上岸，她急忙靠近问：“怎么样？”听我回答“已经不要紧了”，她才擦擦眼泪，放下心来。在被抬过长桥往医院途中，我听得有人在议论：他老婆肚里的小人差一点成了“遗腹子”了。我在想要是真的那样，父亲见不了孩子，孩子见不到父亲，是多大的遗憾啊！事情又真不巧，因妻子预产期超过了二十多天，6 月分娩时遇上难产，在关乎两条性命生死攸关之际，又是王院长亲自出马带领四名护士，采取应急措施，才保母女平安。

我在医院住了一个星期，得到了王院长和其他医护人员的悉心治疗和关怀。我身体恢复后曾向为抢救我生命付出关爱和辛劳的沾桥医院杨顺芳、塘栖医院王咸章等医护人员及其友人道过谢，我很想借此拙文送去我对他们的由衷感谢和美好祝愿。

难忘奶奶的本鸡蛋

顾建文

今天，暖阳融融，好久没有整理我的旧东西了。打开我的木匣子，里面我珍藏的宝贝一一呈现在我眼前。一张老照片，勾起了我封存已久的回忆。照片上的那位老人，梳着发髻，岁月已在她脸上烙下了很深的印痕，但嘴角的那丝微笑，仍天真而充满力量。曾经在这微笑的鼓励下，我坚强地长大；那眼神平静地望着我，那么深邃，曾经在这样的眼神注视下，我勇敢地追寻。那双手交叠在前胸，虽粗糙却那么温暖，曾经在这双手的操劳下，我拥有了"革命的资本"。

这位身材娇小的老人就是我的奶奶，我亲爱的奶奶。

我的手指悄然滑过老照片，突然我定住了，我深情地呼唤着："奶奶！奶奶！"记忆的匣子打开，悠悠地飘来煮熟的本鸡蛋的香味，那里珍藏着奶奶的味道。

我是家里的长女，我下面还有小我三岁的妹妹，一家五口挤在两房间里。从小我就与奶奶睡在一起，每到晚上，操劳了一天的奶奶终于放慢了节奏，我也终于盼到了一天幸福的时刻——可以依假在奶奶的身边了。我倾听着奶奶给我讲的神话故事，我真得难以相信，每天她讲的都是不同的故事，但我最喜欢奶奶自己的故事。

我的奶奶生在崇贤，长在崇贤，原先家中也很兴旺，兄弟姐妹好几个。可在那个动荡的岁月，在大姐出嫁后，家中的男丁都一一离开人世，只剩下孤苦伶仃的她。在那样的年代，一个弱女子是不能继承家产的。她的大伯窥视着这点可怜的家产，欲将她赶出家门。她为了守住这个家，付出很多很多。最终，我的爷爷来到了这个家，我的奶奶终于可以松一口气了。就在苦日子即将熬出头时，我的爷爷却抛下她们母女仨到另一个世界去了。一个女子，要拉扯着两个女儿，那日子可想而知。但她扛起了家庭的重担，笑着一路走来，在60年代的三年困难时期，妈妈和她的姐姐还是能躲在小木楼里，吃上一口白米饭；在“女子无才便是德”的岁月，奶奶一直让两个孩子上学接受教育，我的妈妈一直上学到初中毕业，直到“文化大革命”开始了。守着两个女儿，守着一个家，我的奶奶就是这么微笑着走过。奶奶，现在我们的家很大，在您的守护下，一家成两家，两家又成了五家，一大家子人，聚拢来，有两圆桌呢！“家不能散！”这是您一直的坚持。

每每想起我的奶奶，就会想到每天她为我特意准备的本鸡蛋。每当睡前，奶奶就会变魔术似的从大襟衣袋里掏出一个鸡蛋，塞给我。这可是小时候我最享受的时刻，我轻轻地敲着蛋壳，倾听着蛋壳破裂的声音，虽轻，但是那么悦耳。剥开蛋壳，露出晶莹剔透的蛋白，轻咬一口，唇齿留香，我用手掰下一片蛋白塞进奶奶嘴里，我的奶奶笑了，笑得那么灿烂。每一个夜晚，本鸡蛋都伴随着我们祖孙俩……

望着眼前的老照片，我已泪眼蒙眬。我的奶奶已离开我二十二年了。二十二年来，我无时无刻不在想她，想着她的本鸡蛋。她，一个土生土长的崇贤农村女子，是崇贤这片热土，让她一生就是这样笑着活下去，直至去世，都是那么安详，嘴角还挂着那我最熟悉的笑容。

难忘奶奶的本鸡蛋……

有一种毛衣很温暖 吴小伟

入秋了，翻箱倒柜地找衣服，竟然找不到一件称心如意的，真是应了那句“女人柜子里永远都是少一件可穿的衣服”。急急忙忙地套上了一件短针织衫想去上班，感觉到秋天的凉意，再套一件毛线衫。总算搞定了，虽然心里不是很满意。不过，穿在身上总归是舒服最重要，这样一折腾，不禁莞尔，在最关键的时候总是毛衣为我解决一切。

大街两旁到处都是衣服店，这年头，卖衣服给人感觉是暴利。沿路过来，发现毛衣多了不少，黑的、粉的、带花边的、宽松的、紧身的，每一件都透出秋天的气息。有种冲进去狂购几件的冲动，到底是没有这样做，恍恍惚惚地走在上班路上，满脑子的毛衣，毛衣，毛衣……

其实我是有很多毛衣的，不过，并不是每件穿在身上都很漂亮。每次买回来经过老妈一番评价后，经常在穿的也就剩那么几件。她总结出一句话：你不适合穿毛衣。我也知道我不适合，可是喜欢的东西，并不是用适不适合来衡量的。比方说前年，我爱死了那件毛茸茸的棕色毛衣外套，满心欢喜地穿到单位，结果大家都笑我说穿得跟熊猫一样。为了这个，我还特意跑到洗手间的镜子里照了半天，结果倒真的像极了熊猫，最终决定，把这件毛衣当作收藏品了。

要好的小姐妹送给我一件毛衣，我喜欢得不得了，每次拿出来总是比对比对，穿穿配配，只要穿在身上总是感觉异常温暖。她问我："你好像很喜欢毛衣的嘛?"我笑笑说："我就喜欢毛衣温暖的感觉。"是啊，毛衣总是让我感觉到柔柔的温暖，这是第一次收到除亲人以外的人送给我衣服，而且还是毛衣，心里不仅感觉到满满的，竟然有一种事隔多年如愿以偿的味道。小时候，每次看到表妹总是穿着最漂亮的毛衣，那些图案、那些颜色、那些复杂的织法总是让我心里落寞很久，我妈也不是不会织毛衣，她总是没有时间，白天上班回家就是下田，傍晚就是照顾一家三口吃饭，晚上还要干这干那。看着她总是一天到晚忙不完的活，哪里有时间给我织一件毛衣啊？更何况，织毛衣也是一件精细活，手指头干活干粗的人怎么能织得好呢？细细想来，我妈是给我织过毛衣的。我还在读初二时，流行马海毛（就是那种毛头很长的毛线），我妈终于决定给我织一件毛衣了，因为她觉得我已经长大了，作为母亲，总要织一件像样的毛衣送给女儿。她那时认为，即使那些家境并不很宽裕的孩子都有毛衣穿，何况我这个独养女儿。不知道她是从哪儿听来的，粉红色的马海毛非常适合我。也不知道她是什么时候买好毛线的，只知道在她白天晚上一停不停地"加班加点"、拆拆织织下，终于完成了一件毛衣。等我迫不及待地想将头伸进去的时候，傻眼了，头套不进。结果，她又重新拆掉，重新织过了……粉红的毛衣最终赶上了穿毛衣的最佳时节，也终于如愿让我穿着上学了，要知道这件毛衣对于我来说可是期盼了整整一个季节。哪料，这件经过很多个日子奋斗出来的毛衣，竟然成了我们班女同学们关注的焦点。最后，同桌终于忍不住偷偷地告诉我，"喂，你的毛衣怎么怪怪的，身子怎么打得那么小，手臂部分怎么打得那么大啊，还有噢，你再看看，好像一只袖子小一点一只大一点，你穿着舒服吗？"我当即明白过来，怪不得，怪不得，总是穿得怪怪的，感觉怪怪的，别人看我也怪怪的。忐忑不安地终于过完了这一天，回家到我生气地把毛衣脱掉后问我妈："你说，毛衣怎么可以一个袖子大一个袖子小的啊？""噢，不会是针数数错了吧！"我妈竟然这样告诉我，我当场快要昏倒了。那时我竟然还有一种恨铁不成钢的念头，她的几个亲姐妹都是打毛衣的高手，怎么就相差那么多呢？要是大家都打不来毛衣也就算了，看到表姐妹们都穿得跟花儿似的，我心里总是愤愤不平。

怀孕的时候，总想着给将来的孩子织几件毛衣，想让这个即将到来的小生命也一定感受到我心中的温暖。可是弄来弄去，我竟然总是起不好针，我妈决定她来起针。看着她一针一针地起完针，我大叫一声："你不是会打的嘛，怎么小时候就是打出来不像样的呢？""你小时候我也织过的啊，就是织得不怎么漂亮而已嘛！"其实我心里是体谅我妈的，她就一个闲不下来的命。这么多年，一直记得那件我们母女一起完成的毛衣，那是一条绿色、黄色、红色三色线织起来的，除了颜色很出挑外，其实织法一点也不复杂。后来穿在儿子身上，总是感觉说不出的好看，每次看到这件毛衣，我总感到满足了自己当年想穿漂亮毛衣的愿望，心里总是暖暖的。

如今已经不流行织毛衣了，织的毛衣再漂亮总是买的好看、式样新颖，也就只有婴儿的毛衣才会花心思自己织吧。现在，也不流行马海毛了，现在流行羊绒，一斤要好几百块钱，自己打还不如请人家加工，这样才最漂亮。可是，毛衣毕竟是要自己织才最最温暖，因为那一针一线说到底就是满满的爱啊！

知足常乐，快乐生活

王传湖

脚步很匆忙，日子很平淡。每天从家里赶往单位，再从单位赶回家里，周末带着女儿在公园里散心，日历一页页翻过，日子如流水般逝去，新的一年又开始了。对我们这些平常人来说，生活中没有大喜大悲，亦没有大起大落，平淡的日子就像平静无纹的水面，没有一丝的波澜。

尽管是平凡度日，但是生活中也不缺乏笑声和惊喜。女儿在幼儿园里表现很好，基本上每周末都能得到一颗纸质大红五角星，我们把五角星贴在墙上醒目的位置，一方面为了让女儿感受到荣誉是美好的东西，是通过不断的努力换来的成果，以鞭策她不断进步，另一方面我们也通过这一颗颗的五角星看到了女儿的成长和进步，以此为乐。

平日闲暇之时，我喜欢码码字，把它当作一种爱好。偶尔看见报纸上登有我豆腐块大小的文章，我都会兴奋不已。有了码字这个爱好，简单的生活亦平添了许多乐趣。

尽管我们积蓄不多，但也衣食无忧。除去日常的开支和必要的消费，我们也近乎“月光族”，但是每个月工资都能满足我们的家庭消费计划，偶尔给孩子买点喜欢的玩具和零食，偶尔去乡村吃次农家菜，偶尔给妻子添件喜欢的衣服和鞋子，偶尔给老人买点滋补品，偶尔在节假日大优惠活动中来一次“血拼”，全家为家庭行动计划出谋划策，其乐融融。

听说我们今年不回老家过年了，父亲在天寒地冻中捎着老早准备好的年货乘坐火车赶来杭州，为了送年货给我们也为了看看小孙女。他说：“老家的这些腌制的鸡鸭肉等农货在杭州不大有，就算能买到，吃起来口味也不一样，你们上班也没时间做，给你们带些过来过年吃，这些东西不太会坏掉，在天气好的时候经常拿出来晒晒，到春天还可以吃的。你母亲牵挂你们，虽说人不回去过年了，能吃上家乡的菜，也算是回了家。”父亲的一席话让妻子和我都感动起来。想想拥堵的火车车厢，想想这刺骨的寒风和滴水成冰的气温，老人家在这么大冷天给我们送年货，这片爱与关怀已经温暖了我们的身体，让这个冬天不再寒冷。

我勤于目前的这份工作，兢兢业业，恪尽职守。早上我第一个来到车间，打水扫地、擦桌子，与大家融为一片。工作之余，我关心有困难的同事，力所能及地为他们分忧解难，因此，我的人缘也极好。由于我的努力工作，每月我基本上都能得到领导的嘉奖，而且“岗位明星”“标兵”等荣誉我也得了不少。单位里人才辈出，工作能够被领导和同事们肯定，对我来说是种莫大的满足。

俗语说：“活着一天，就是有福气，就该珍惜。当我哭泣自己没有鞋子穿的时候，我发现有人却没有脚。”知足是一种境界，生活则是一种感受。鲁迅先生说过“不满是向上的车轮”(《不满》)，可以理解为对梦想的追求是无止境的，而知足常乐是一种对生活的态度。没有知足之心就没有快乐之感。不能保持快乐的心境，任何追求都不会长远。

有感动，有温暖，偶尔还有点小惊喜，这就是我的生活。新的一年开始了，我写下“知足常乐，快乐生活”八个字，以此与我的家人、朋友和各位读者共勉。

关于创新与梦想

方蔚林

在很多的场合，我曾不止一次说过，我是一位农民的儿子，我的父亲是农民，我的爷爷是农民，我爷爷的爷爷也是农民。我关于故乡的记忆，便是崇贤的乡村和父老乡亲。在我还是一名无知少年的时候，我喜爱来到田野中间，在大自然中玩耍，在小河里游泳，在大路上奔跑，并且，在太阳底下歌唱。

然而，我的平凡而渺小的人生，还有着不为人知的另一面。

在刚刚开始懂事的时候，我就生活在传说之中。我的爷爷家贫上不起学，长大后在共产党开办的夜校中读的书识的字。那时村里没有电灯，家贫又点不起油灯，传说爷爷睡觉时在肚皮上划拉着在夜校里学到的汉字。我的父亲三度辍学，又三度跑到学校要求上学，中学毕业后被推荐保送到浙江农业大学学习农业。传说父亲在崇贤的乡村琢磨着发明各种机器。在上小学的时候，我经常被村里的乡亲追着问："你父亲当年想发明的那个啥机器搞出来了没有呀？"

在我上小学之前，父亲跟我们讲述最多的是莱特兄弟发明飞机的故事。小时候,我与弟弟形影不离,兄弟俩有着极好的感情。那时,兄弟二人的梦想,就是有一天像莱特兄弟那样,发明一个神奇的玩意儿,驾着它在天空飞翔。

上小学的时候,有次班里开班会,班会主题是:“我长大以后干什么”。班上同学把各自己的理想写在纸上,提交到讲台上。有的想做农民,有的想做工人,有的想开拖拉机……有两个人在纸条上写着“想做科学家”,一个是我,一个是我的弟弟方蔚清。

还在上小学的时候,我就跟着浙江农业大学毕业的父亲在地里做杂交水稻实验:量株高,数分蘖,称千粒重,还有品比试验,间作栽培,杂交育种……我曾经戏称,在我还在上小学的时候,就干着袁隆平的活。那时候,插秧、耘田、打稻……所有田里的农活我都干过。当然,在我幼小的心灵里,一直做着科学家的梦。

然而,科学家的梦想,终究没有实现,我成了一名平凡的哲学教授。

有一段时间,我觉得自己的人生理想破灭了。曾几何时,我过着放浪形骸的生活,一把吉他,几瓶啤酒,三五位朋友,在学校操场的边上,呼朋唤友,高声歌唱,尽情地挥洒青春。

而在夜深人静的时候,在我内心深处的某一个角落,时不时地会窜出这样两个字:创造。

特别是,当看到教育部在搞什么工程上马的时候,我就揪心:应该搞创新工程呀!当看到四万亿投入很多地方都在搞城市新区的时候,我心里说:应该搞国家灌溉工程呀,用节水型滴灌、灌溉农业和植被，既可以增加农业产量，也可以推进城市绿化促进环保。

不知哪一天起，我的脑海里有了这样一个概念：办创新社。我的构想是，由教育部牵头在小学、中学、大学设立创新社，让大学教授到中小学举办创新讲座，让大学生互助引导中小学生培养创新意识，通过信息共享和横向联合，来实现全民性的创新工程。一是中小学教师已经被应试教育折腾麻木了，二是需要把最先进、最前沿的知识信息普及到学生中间，如此才能实现走在世界前列的创新梦想。

有一天，我兜里揣着几块钱走进工商局，想注册一个"创造社"，把它变成一个年轻人发明创造的场所。遗憾的是，"创造社"的商标和企业名称已经被注册了。若干年后，一个同样年轻的人，他带着从国外赚回来的钱，注册了一个"创新工场"。

2011年，我觉得，我们的很多梦想，再不去追逐，可能就没有时间了。于是，我决定要成立一个"凤凰学园"，推动学员进行自助式的学习和创新，让普天下的人，不分男女老幼高低贵贱，不分肤色、种族和国籍，都可以加入学习和创新的行动中。

对于致力于学习和创新的凤凰学园，我是满怀期待的。我常常在心中说：那位参加了七次高考的大爷，你到我们学园来吧，我们这里不需要你参加高考……但是，学园成立之后，实际上学生的热情并不高，他们大多有着繁重的学业，也有着升学和就业的压力。我向来觉得，对学生的尊重是教育的第一原则，出于尊重学生的兴趣和个人意愿的考虑，学园没有再经营下去。出于对学生的爱护，我在掰下了玉米棒子之后，漫不经心地把它扔下了。

我和弟弟发明创造的神奇“飞行器”，它并没有飞起来。但是我相信，有一天，这一神奇的“飞行器”，它会再一次起飞，并载着我们在天空飞翔。

放大你的幸福

董福英

生活是多姿多彩的，活得幸福快乐还是苦闷忧伤，全在于你自己如何理解幸福及身边的人和事。

有一次，我无意间闯入了好友“心雨客栈”的空间，在他空间欣赏到的是凄美的文字和忧伤的音乐，他是以诗歌的形式来展现他人生的忧愁、挫折及无奈的。我个人觉得他的诗有海子的诗风。我喜欢优美的文字，故被他的文字所吸引。但是每次进入他的空间，心里总有一种沉重的感觉，像是自己也掉进了他的世界，心里乱乱的很糟糕。有时我会在他“说说”里回复，他总是说：“谢谢，我要向你学习，做一个开心快乐的人！”在他的相册里，我看到了他的另一面，他是个厨师，夫妻俩经营着一家不小的饭店，收入足已供养一家人的生活，我不理解他的忧伤何来，想必是他把幸福缩小了。

有时候，痛苦与喜悦仅一念之差。跟充满阳光的朋友在一起，自然会觉得活力四射、精神百倍。反之，跟那些忧伤、悲观的人在一起，你也会掉入悲伤的深渊。当然，朋友的责任是分忧，这时你需要抓住朋友的幸福点把它放大，让他知道生活并不像他渲染得那般黯淡沉重。让他把所有悲凄的心情，打包扔掉，做一个自然纯净的自己。

人的生活方式不同，也许对幸福的理解也不一样。因为这个世界诱惑太多，常常让我们误以为得到的太少；走得太快，常常让我们忘了出发前的目的。曾听到一个80后的恋爱宣言是："宁愿坐在宝马车里哭，也不要骑在自行车上笑。"理想很丰满，现实很骨感。我觉得这种人根本不配谈恋爱结婚，找人民币嫁掉算了。相信这是她不懂事才说出口的，不是发自内心的，否则她这一生就无幸福可言了。用心泉去熄灭她如火的欲望，用心雨去冲尽她如尘的虚荣吧！也许这样她才会获得重生。我认为人的一生来去匆匆，不该为金钱所困，得保留一颗晶莹剔透的心，淡泊名利，不为世事所累，那样才能在你的有生之年活出你人生的精彩。

酸甜苦辣是人生，油盐酱醋是生活，人的一生不可能事事都顺利称心。不要将自己的忧愁放大，尽量地放大你的幸福，让自己的人生变得丰富多彩、阳光照人。用自己的生命来滋润其他生命，愉悦你我，过一回有品质的人生！

感动与幸福

刘荣生

一个容易被别人感动又能感动别人的人，无疑是幸福的，我们没有理由不做这样幸福的人。

人生需要感动。感动是一种情感的流露，是一种无声的教育，也是一种良好的滋补和润泽，更是一种有益的洗涤和陶冶。时时品味感动，你的心灵才有可能永葆青春和活力。

然而，在物欲横流的现代社会，感动这美好的情愫已被麻木而浮躁的现代人所疏远和淡漠了：小孩落水被人救起，家长却毫无感动之态，竟领着孩子悄然溜走；歹徒在车上抢劫，有人见义勇为弄得遍体鳞伤，司机却毫无感动之色，竟然要英雄赔偿因搏斗而打破的车窗玻璃；八十八岁的老大爷在离家不到一百米的菜场门口迎面摔倒后，围观者无人敢上前扶他一把，一个半小时后才被送医院救治，大爷终因鼻血堵塞呼吸道窒息死亡。生活中这样类似的情况还少吗？那些对一切让人感动的事物不仅视而不见，而且肆意践踏的人，其心田是荒芜的，其精神是空虚的，其思想是苍白的。这种人越多，社会将越是冷漠，生活将越是枯燥。

只要我们不是心枯如老井，心死如槁灰，感动将时常被我们邀约而至。感动，是高挂在心之天幕上的一道绚丽的彩虹，是成型在心之阳台上的一束红艳的玫瑰，是飞落在心之山崖上的一道磅礴的飞瀑。

感动是一种美丽的情感体验。读到一则浪漫的爱情故事，听到一段迷人的音乐旋律，你被感动了；失意时别人送来了关爱的眼眸，受挫时别人献上抚慰的细语，你被感动了；困厄中别人伸出了援助的双手，危难中别人给予了诚挚的帮助，你被感动了……正是感动，让人备感人生的温馨。

感动是一种强烈的心灵震颤，杭州"最美妈妈"吴菊萍勇敢地用双手接坠童的先进事迹，不是让你心潮澎湃，激情难抑吗？倘若一位曾被你伤害过的人，主动与你握手言和尽释前嫌，不也让你胸生波澜吗？人性的美好，让人感动。

被人感动是幸福，感动了别人更是幸福。让我们大家都拥有一份因感动而拥有的幸福吧！

漫步家園

第三章·风味

藕乡散记

卓介庚

那次，我去崇贤三家村采访，时值酷暑，炎威方盛，我急匆匆沿着干燥的堤岸埋头赶路，才走出几里地，浑身已大汗淋漓。

路至平泾村，转过堤湾，忽见泱泱湖水之上一片新绿，翠生生照得眼睛发亮。唷，好大一片藕田！白晃晃的湖水在日光下闪动银箔似的亮色，水面上却重叠着深深浅浅的绿，挤挤挨挨，迤逶绵长，铺展到遥远的天边。

我停立片刻，痴痴地欣赏着、领略着这罕见的荷塘风光。湖上，万杆莲荷在熏风拂下轻轻摇曳，青盖亭亭，碧衣联袂，阵阵温香随风送来，撩得人如醺似醉。往远处望去，那绿荷之上，千点残雪，百顷粉妆，真有品评不尽的韵味。我顿时想起“接天莲叶无穷碧”的诗句，不正贴切地描出了眼前壮美清丽的意境么？

慢慢地，我沿着荷塘小道走去，不知不觉步入荷莲丛中。这里，气温骤然下降，莲叶下吹来的凉气侵入肌肤，好生惬意。远处的千重翠盖万叠青钱一下都涌到眼前，伸手可触。水面上飘来的风，把田田莲叶摆弄得舒卷开合，上下翻飞，仿佛每个伞盖下都躲着一个调皮鬼，在擎着荷叶嬉戏。再看从绿塘摇艳中透出来的一株株出水鞭蓉，恰似亭亭玉立的凌波仙子，那卓然挺立的美姿，端庄娴静的气质，不愧为“花之君子”。有人善喻莲荷：香泽比梅花，淡远似秋菊，妩媚类芙蓉，明艳胜芍药，真把众美集于一身了。我不由得暗吟起那首有名的《荷花媚·荷花》：“霞苞电荷碧。天然地，别是风流标格。重重青盖下，千娇照水，好红红白白……”

忽然，莲叶间响起吃吃的笑声。我定眼看去，有三四个圆木盆从绿荷中荡出来，盆中各坐一名采莲姑娘，手执小木桨，划破碧溜溜的镜面，随意荡漾。一个扎扫帚辫的女娃侧身水面采莲，盆沿倾斜，贴着水面悠悠地转。我的心直往上提，差一点惊呼起来。莲叶下，清冽的水汩汩地侵入盆中，那女娃全不觉似的，不慌不忙地采下莲蓬，丢进木盆内，随即捎起一个蚌壳，把水一勺勺往外舀，扬起的水花洒在高高的荷盖上，簌簌有声，好像云天洒下来阵阵骤雨。那荷叶承受不住水珠滚动重担，如卷如翻，仿佛碧玉盘中滚动着玻璃球。瞧她们的身子，个个水淋淋的，湿衣衫紧裹着丰满的躯体，愈发窈窕可爱。好自在的采莲女呐！记得王昌龄有一首《采莲曲》：“荷叶罗裙一色裁，鞭蓉向脸两边开。乱入池中看不见，闻歌始觉有人来。”写的不就是眼前的景象么？

不远处，传来砰砰的敲击声，循声看去，几个采莲女已将木盆拖上岸来，在盆底甩打莲蓬，莲房中密如蜂窝的莲芯散落开来，毕毕剥剥地跳，滴溜溜地转。呵，红衣脱尽芳心苦，天丝不断清香透。灼灼荷花用自己的生命孕育了这群使人延年益寿的精灵呵，我想她们应该自慰没有虚度了美丽而短暂的一生。

…………

自见到如此壮观的荷塘美色后，心里常思念不已。后来阅读野史闲书，每每读到与荷藕有关的内容，总要略为留心。

例如对荷花的别名，我想不到竟有如此之多，鞭蕖、莲花、水华、水芙、水芝、水旦、藕花、玉环、泽芝等等，不下二三十种。荷花的栽培历史也相当悠久。《诗经》中就有“彼泽之陂，有蒲与荷”的句子，可见两千多年前中国人就栽植荷莲了。杭州植荷的历史也比较早，据《梦粱录》记载，在唐代，西湖已是“绕郭荷花三十里”(白居易《余杭形胜》)了。杭州近郊的不少乡村把农历六月廿四日定为荷花生日，或称为“观莲节”。据《吴郡记》载：“荷化荡，在葑门之外，每年六月二十四日游人最盛。”可以想象，当时，仕宦商贾，扶老携眷，在夏日联袂出城观荷，是一件何等赏心悦目的快事。这对古代足不出户的娇娥内眷，也许更是一项颇有兴味的户外活动了。

不过，游人如果多一点心眼，往往可以看出西湖与三家村两地所植荷花在品种上是有所不同的。西湖植荷为红莲，三家村植荷为白莲，“花红者莲优藕劣，花白者莲劣藕优”，故前者作观赏用，后者取藕为利益计。如果再留心观察荷叶，也有出水生和贴水生之不同。《本草纲目》中记述：“贴水者名藕荷，出水者是芰荷。”鲁迅在《莲蓬人》一诗中描写：“芰裳荇带处仙乡，风定犹闻碧玉香。”这里指的似乎是小而窄的芰荷。

后来，到采藕季节，我又一次来到三家村，见到的则是与夏日盛荷完全不同的另一番景象了。

这是一个风高水暗、草老林寂的时令，水乡泽国已呈肃杀寥落的景象。我从田岸上走去，两旁干涸的藕塘中，残红破莲，枯枝瘦叶，掩蔽在浊水污潭之间。浑身泥浆的农夫俯身在水塘中摸索着挖藕。他们双手深深插入泥中，捣鼓好一阵，才挖出一团泥块，顺手捋下浮泥，露出一支两头尖翘的小船般的鲜藕来，每一节都如同粗壮的臂膀……

三家村素以藕粉精良驰名。《杭州府志》记载："（藕粉）西湖所出为良，今出塘栖及艮山门外。"这里指的即三家村一带。这里流传着有关藕的传说：太平军攻克杭州时，沾驾桥遭遇大水，百姓伤亡惨重，忠王闻讯派将士前来营救，仅救出三家人家，大水退后，无粮度灾，太平军从杭州运藕供百姓充饥。为纪念太平军的功德，这个村便取名"三家村"。从此，百姓将吃剩的鲜藕洗净、磨碎、沉淀、晒粉，以备不时之需。

卖鲜藕、制藕粉，历来是三家村农民的一项主要家庭副业。每年寒露至翌年清明，是全村最忙碌、最火旺的日子。每户农家门口的空地上，摆一个大石臼，女人把洗净的藕放在臼中，男人挥动木杵舂藕，舂烂的藕用一方土布四角吊起，过滤出藕汁来，藕汁流在缸中，沉淀后的粉块，晒干削片，就是藕粉。由于藕质白嫩，加工细致，此地产的藕粉销路极好，近及沪杭，远至京津，历史上最高年产量达三千多担。

小村虽然宁静，也躲不过三灾八难。在"十年动乱"时期，藕塘成了“资本主义尾巴”，强令填没。农民制作藕粉被视为“路线斗争”，搜粉筛，砸磨盘，封工场，藕粉生产几乎濒于绝境。连三家村这个村名，因北京批判“三家村黑店”而受到株连，改名“红卫村”，直到“四害”荡尽，才又重新正名。

忽然，我记起曾因嘲笑当朝权贵被劾贬的唐代诗人顾况，他曾写下诗句：“采藕平湖上，藕泥封藕节。船影入荷香，莫冲莲柄折。”(《临平湖》)由诗意可见他对藕是很熟悉的。俗话说“折断一枝荷，烂掉一窝藕”，莲柄一旦摧折，水就会从茎管灌入，整株藕也会沤烂。顾况官居著作郎，却懂得种藕的学问，能体察农情，岂不也是难能可贵么？

藕一生都潜居在塘底的泥水中，默默地生长，默默地死去。一支莲荷一年中长十至十二片叶，开六至八朵花，全靠藕供应养料，待到藕身烂了，再靠根繁殖它的子嗣——新藕。

由藕及人，使我想到了许许多多。当我们观赏那盖擎万绿、炬列千红的美景时，包裹着的却是细嫩的藕。黝黑的泥节，束缚不住你内心的谦虚；你甘居泥下，无意与招展炫目的红花绿叶争甚高低。呵，你毫无哗众取宠之意，却有求实献身之心。我想，假如敦颐先生能够复生，一定要请他续一篇《爱藕说》。

石前村纪事 水珠

石前村的方位及户主

石前村，水乡崇贤下属的极其普通的一个自然村，坐落在崇贤南端，因村后有一块大石头而得此村名。

拥有 38.62 平方公里区域面积的崇贤，河道纵横，贯穿整个崇贤南北向的主河道就有五条，从东至西分别是沿山港、斜桥港、石前港、沾桥港、京杭大运河。石前村就坐落在崇贤五条主河道居中的那条石前港东旁边。

新中国成立初期，崇贤通达外埠的主要交通要道有两条，一是崇贤东端的 320 国道，另是崇贤西端的京杭古运河。320 国道与京杭古运河的距离约 5 公里。石前村距离古运河 2.5 公里，距离 320 国道也是 2.5 公里，可见，石前就在这一河一路的中间地带。石前村东面的村坊叫卧龙浜，西面的村坊叫丁家村，北面的村坊叫石后圩，南面的村坊叫施家路。

老早以前，石前村村中有一条石板路，它向西通往古运河，向东通往 320 国道。这条石板路，石前人称它为大路。其实大路并不大，仅一两米宽，其间路旁还伴有桑树和果树，真正供人行走的路面十分窄。石前人若有事去运河边的俞泾渡乘轮船或沿320国道去临平，必走这条大路；外地人若从俞泾渡上岸，前往前村方向的，往往会在石前村的农家讨碗茶水喝喝，途中歇一歇。

水乡河多，自然桥也多。从俞泾渡到320国道这条大路上，就有六座形状各异的石桥，它们分别是沽驾桥、石前桥、化仁庵桥、前村庙桥、章家桥和大华桥。沽驾桥因传说乾隆爷曾驾临而得名，因而名气最大；大华桥是杨乃武监工造的，最为坚实而美观；化仁庵桥和章家桥，均为"凳板桥"；石前桥和前村庙桥均为拱顶桥。

石前村距离南面的康桥街2公里，东面的前村街1.5公里，西面的沽驾桥街500米，因而，在一般情况下，石前人出街都去沽驾桥街。习惯成自然，过去如此，现在依旧，尽管如今沽驾桥街的市面已不如前村街热闹。

普普通通的石前村少有地标性的建筑物，能称得上"石前地标"的要数那座横跨石前港的石前桥了。石前桥为单孔拱顶石环桥，桥长25米左右，桥宽3.5米，桥高6米，此桥两边各有踏步石阶十三级，桥顶左右两侧均有宽厚的护栏石。石前桥头最"闹猛（热闹）"的时候是夏天的晚上，护栏石上每天坐满前去纳凉的人，有时护栏石上坐满了，后来者就得坐在石级上。从某种程度上说，石前桥头不仅是石前人纳凉的好去处，也是信息的集散中心。

普普通通的石前村也少有闻名坊间的地域景观，值得在这里提一提的，恐怕只有村后的十亩池和村前的石前浜了。

先说十亩池。十亩池顾名思义面积有10亩。当然,值得一说的是十亩池不是因为10亩大而出名,而是因为在十亩池里产出的大红袍荸荠,个头特别大,味道特别甜。新中国成立前,这个十亩池的拥有者,是石前村上的首富,村人们习惯称这些人家为“火墙里”,称十亩池为“火墙里的十亩池”。老底子的富户都雇有长工和短工。“火墙里”也不例外,长工短工雇有一大帮。荸荠甜,要过年。年脚边,日脚短,夜脚长。长工短工们在十亩池里摸荸荠,摸起来的荸荠,差不多有一小半被长工短工们吃掉了,可见荸荠之好吃。我们小时候,若想吃石前村上最甜的荸荠,就裤脚管卷卷,跳到十亩池里去踏荸荠吃。十亩池里的荸荠特别甜,原以为是田块特别大之故,后来懂事了才知道,是土质特别适合种大红袍荸荠之故。什么叫土特产,“特别”土壤中产出的农产品,才叫土特产。

再说石前村村中的石前浜。石前浜东西向,全长219米。石前浜浜口处稍细一点,约15米宽;浜底头稍粗一点,约20米宽;浜口向东约30米处。北边还有一只小浜兜,浜宽约15米,浜长不足30米。石前村唯一的众家河埠,就坐落在这只小浜兜的浜底头。石前浜虽不大,但在一般情况下,5吨以下的船只均可通航;汛期能通10吨左右的船只。

石前村的农家大都沿石前浜而居,饮水石前浜。

石前村陆姓居多,另有马姓、俞姓、邵姓、李姓、顾姓若干户。陆姓为河南群。证据是,新中国成立前后陆姓人家的大农具上,如水车、稻桶上都写有“河南群陆某某记”的字样。相传,陆姓人是南宋时期从河南那边迁移过来的。只是传说,无从考证。

新中国成立初期的石前村,仅 36 户 151 人。户主姓名从西到东的排列依次为陆梅生、陆顺法、陆连法、陆有法、陆根法、陆寿春、陆学俊、陆雪其、俞福泉、俞兴标、李寿根、陆林岸、陆根寿、陆贵福、陆文有、陆瑞林、陆寿泉、陆根生、陆玉泉、陆小毛、陆锦寿、陆应岸、陆宝松、陆文虎、陆文连、陆有富、陆寿元、陆阿寿、陆福根。住在浜南的户主分别为邵庆高、陆寿华、陆阿年、顾瑞贤、马富庆、马有根、马松根。

在石前村居住的 36 户,除顾瑞贤一家以开棺材铺为业外,其余的 35 户,均以农业生产为主。1951 年土地改革时,石前村有可耕地 438 亩,其中水田面积(含田埂,俗称毛田)403 亩,旱地 35 亩。拥有可耕地 30 亩以上的有 3 户,20 亩至 29 亩的有 3 户,10 亩至 19 亩的有 8 户,5 亩至 9 亩的有 8 户,1 亩至 4 亩的有 9 户,1 亩以下的有 3 户,无田无地的有 2 户。

土地改革划分成分时,陆学俊、陆雪其、陆文虎等 3 户被定为地主,富农户无;陆文有、陆文连、陆寿元、陆阿寿等 4 户被定为上中农(即富裕中农);陆有法、陆锦寿、马松根等 3 户被定为中农和下中农;其余的 26 户被定为贫农。

土地改革分配土地时,石前村人均可耕地不足 1.5 亩的贫农,都分到了土地,有的分到了一两亩,有的分到了三四亩,原先以开棺材铺为生、无田无地的顾瑞贤一家,分到了 5 亩。石前村进入“耕者户户有其田”的时代。

石前人在新中国成立前后居住的住房，大都是木结构平房，住楼房的只有“火墙里”两户地主和贫农陆有富家三户人家。贫农为何有楼房？据说，陆有富家原来是一户有15亩田地的殷实人家，造了这三间楼房之后，就造穷了。到土改时，只剩下一个不到半亩的“瓜子”塘。正印证了坊间的一句俗语：买田买不穷，造房要造穷。因为田是活产，房子是死产。

石前村有史以来没出过一个做官的人，不仅是朝廷命官没有，连公务员也没出过一个。近年来，竞选村干部蔚然成风，然而，在张榜公布竞选者的名单中，不见有石前人的大名。可见，石前人官瘾不大。

无官石前村，个个平民相。大家平起平坐，不觉得自己比谁矮多少，不知不觉中一天过去了，一月过去了，一年过去了……年年，月月，天天都是有吃有穿有笑的好日子。

石前村的名人轶事

石前村没有官员却有名人。石前村的名人，是坊间公认的，不是哪级组织认定的。

石前村的名人，应首推“甲鱼王”陆根法。

陆根法在十来岁的时候，就成为捕鱼捉鳖捉黄鳝的行家里手。长大成家后，他对捕鱼捉鳖捉黄鳝的兴趣丝毫不减，饭前工后经常将一只只甲鱼、一串串鱼虾或一条条黄鳝捉回家。根法捕鱼捉鳖捉黄鳝多，自然吃得也多，吃多了，就吃出了功夫。一般人吃鱼，鱼刺要从舌头上慢慢舔出来，从嘴里一根根吐出来。而根法吃鱼，鱼刺会从嘴唇两边钻出来，且快而干净，鱼刺不沾带一点鱼肉，因而村里人戏称根法那张嘴里，有一只鱼刺分离机。根法也常为自己吃鱼有本事而自豪。

“甲鱼王”陆根法的成名，是在轰轰烈烈填浜造田的时候。那日，几个填浜造田的毛头小伙子和根法正坐在浜兜边小憩，忽然，那只小浜兜里浮起一串串小气泡，根法见了哈哈一笑，便吩咐一位毛头小伙到浜兜对岸去朝着浮水泡泡的地方抛一块小石头。然后，他卷卷裤脚下了水，双手往河岸边摸索了一阵，前后不到三分钟，一只两斤多重的大甲鱼便拎上了岸。我们问，你为啥晓得甲鱼在岸边了？他说，石头抛下去，甲鱼就会逃，逃到岸边没处逃了，就会拼命往烂泥里钻，这叫“河中抛石头，岸边捉甲鱼”。那个时候，因为根法经常要溜出去捕鱼捉鳖捉黄鳝，因而队里评先进，很少有他的份。

后来，队里干脆放他出去捉甲鱼，捉黄鳝，每天向队里交一元六角钱，给他记10分工分。这样一来，根法真当是如鱼得水，一度成了专门捉鳖捉黄鳝的人。有一天，他在德清县境内的一口野塘里，创造了一次捉起甲鱼17只，大黄鳝32条的纪录。可惜那时甲鱼黄鳝还不那么值钱，根法家的生活只是过得比别人家宽裕些，并没有到吃不完用不完发大财的地步。

捉鳖捉黄鳝并不是一件轻松活，1992年冬天，平时不吸烟、不喝酒、不生病、不吃药的根法，突然病倒了，且病得很重，孝儿孝女已为他备好寿衣，左邻右舍也都来陪夜。在余杭广播电台工作的一位近房侄儿，也匆匆赶回家来最后看一眼根法伯。可当那位侄儿一站到根法伯的病床前唤了一声根法伯，根法伯虽然没有回音，但眼珠还是转了转。于是，侄儿连忙弄来一辆车子，把眼珠还在转的根法伯送进了医院，后来根法伯的身体竟奇迹般地好起来了。

几个月后的一天，春光明媚，根法扛着鳝锹，锹柄上挂着只大鱼篓，又去捉他还未捉完的甲鱼黄鳝了。不过，这时的根法，半月十天才去捉一次甲鱼、黄鳝，自然不是为了换钱，而是为了寻找乐趣，过一把捉甲鱼、捉黄鳝的瘾。

进入新千年之后，根法也进入了耄耋之年。从那时开始，他很少出门捉甲鱼捉黄鳝了，经常约几个闲来无事的老农，打打扑克，搓搓麻将，生活过得有滋有味。

公元 2007 年，“甲鱼王”陆根法无疾而终，享年八十七岁。

说过“甲鱼王”陆根法，再说巧嘴马松根。

马松根，原本姓朱。新中国成立前几年，他在石前村陆文虎家做过几年长工。新中国成立后自由恋爱入赘在石前村有田有房的马家，才改朱姓为马姓。因而在很讲究成分的年代里，马松根本人的成分是贫农，而家庭成分是中农。大概是这较为特殊的身份，造就了他这张敢讲真话的“巧嘴”。

合作社化初期的一天，上面派人到石前村来调查农业合作社到底是办好了还是办糟了，要求被调查者要讲真话，声明一不扣帽子，二不打棍子。可找了好几个石前人，都不肯说合作社好，也不敢说合作社不好。找到松根后，他直说，不好！问他为什么不好，不好在哪里。他说，大家到田里去干活——出门像条虫，收工像条龙，干活磨洋工，你穷我穷大家穷！

有一年年底，有人问松根分到了多少钞票，他就随口答道——日做夜做没得歇，铁耙做得银子式，钞票分得三块七，卖了蜡台过大年。

这一次，石前有人打了小报告，这话一传传到一位南下干部的耳朵里，说松根对现实不满，是右派言论。到了石前一查，松根是长工出身，文盲一个，右派分子的帽子戴不上，就挂了他一天的饭篮（公社大食堂不给他饭吃）了结了此事。

由于大字不识一个的马松根能把很难说明白的事三言两语说得明明白白，石前人就给了他一个"巧嘴马松根"的雅号。松根对这雅号不仅不推辞，且有点洋洋得意，他似乎觉得不随时随地"巧"上几句，便有负于送雅号的石前人。因而，经常不断地有与时俱进的顺口溜从他口中"溜"出来。比如，分田到户之后的有一年初夏，晚稻种子刚下田没几天，老天爷整整下了一夜大雨，把刚出土不久的晚稻秧苗没了个头。天亮之后，打水员跑到抽水机埠上去抽水救苗。谁知抽水机埠上的马达被人偷走了，洪水无法抽了。种田人都晓得，刚出土的秧苗不能长时间淹在水下。救苗心切，无奈之下，为排秧田水，有的人拿了料勺，有的拿了脸盆，有的一边排水一边骂偷马达的小偷不得好死，有的埋怨老天爷早不下迟不下，偏偏在秧苗刚出土的节骨眼上下大雨。这时，巧嘴马松根发话了。他说——分田到户是好事，天要下雨是常事，干部不顾田头事，一场大雨出大事。

说罢巧嘴马松根，再说老板俞庆法。

俞庆法，俞福泉的三子。俞庆法是随着他一手创办的崇贤纺机厂的成名而成名的。

1968 年，从部队复员回到石前不久的俞庆法，被当时的崇贤公社选派去负责一家社办小厂——崇贤农具厂。从此，他带着六位民间手艺人，开始探索乡村工业之路。至 1986 年，由崇贤农具厂更名为崇贤纺机厂，年获利突破 500 万元大关。当时的 500 万元是一个什么样的概念呢？是崇贤乡村工业的半壁江山。为此，余杭县委县政府破天荒地在一家企业——崇贤纺机厂召开了庆功大会，奖给崇贤纺机厂“开拓前进，再上水平”大红锦旗一面。

石前人佩服俞老板，不仅因为他工厂办得好，还因为他钱多不离农民本。养猪养羊，是农家传统产业，不少还不那么富裕的石前人，已过早地丢掉了这一传统产业，但老俞家在 20 世纪 90 年代仍饲养着两头大绵羊，老俞家中有 5 亩多田地，一些务工经商的农民，大多把土地丢在一边，任其处在不加管理、粗放作业的半抛荒状态，而在 1999 年，崇贤镇最高的高产田，就出在老俞家，经镇农办验收，晚稻亩产高达 640 公斤。

1998 年，办厂种田都获得高产的俞老板，被浙江省人民政府评为劳动模范。这是迄今为止，石前人获得的最高荣誉。因而，在相当长的一段时间里，在石前、崇贤，甚至余杭、杭州，他也是一个响当当的人物。人们在谈论他的时候，往往会把他的名字和他的企业联系在一起，名曰“纺机厂的老俞”。石前人、崇贤人这样称呼他，既是对他的一种尊称，也是对他最好的犒赏。在崇贤，从种田农民转变为企业老板的人数以千计，但名字能够长久地和他的企业名称联系在一起的人却屈指可数。俞庆法便是其中的一位。

纺机厂的老俞，在漫漫的创业路上，风雨兼程四十余载。他饱尝着“从无到有”“从小到大”的欢乐的同时，也经受过“久合必分”“从大到小”的痛苦。纵观俞老板的创业史，可以用八个字来概括：成也纺机，败也纺机。关键时刻他若不抱住纺机不肯放，或许纺机厂的结局不会是“从大到小”。当然，从小到大也好，从大到小也罢，这些都只是说明老俞在创业途中有过那么一段曲折的经历，丝毫不损他崇贤纺机第一人的形象。他在崇贤乡镇工业中所做出的贡献，仍铭刻在石前人的心中；他在崇贤工业中的历史地位，更无人能替代。

已在天堂的俞老板，安息吧！

解读石前村

新中国成立初期仅 36 户的石前村，至 2013 年春，已增至 89 户，60 年约增长至原来的 2.5 倍。农户数的增长，很好理解，属“树大分叉，人大分家”的正常现象；石前村家庭人口的增长速度要比农户的增长速度快一些，已由解放初期的 151 人增至 438 人，60 年约增长至原来的 2.9 倍。

“一对夫妇只生一个好”的独生子女政策已实施了三十几年，石前人也从被动到主动地执行了三十几年。一对夫妇只生一个了，为何会有这样的增长速度呢？“五一”节后的一天，石前人挤在一起在石前一户农家吃喜酒，席间的边喝边聊，聊出了一组令人费解的数字：2000年至2012年，已有43位姑娘或小伙婚嫁到石前村，而在这些年中，石前村外嫁的姑娘仅4位，小伙一个也没有。其中有一位外嫁的姑娘，婚前还有个约定，男家女家轮流住，出生的第一个孩子随父姓，第二个孩子随母姓，因而，只能算“半嫁”。也就是说，新千年以来，石前村婚嫁进出的比例应是43∶3.5。而这之前，比例是27∶29。

1951年土地改革时，石前村有可耕地438亩，除去田埂、旱地，可种水稻的水田有356亩。田多地多，既是石前的优势，也是石前村的特点。

石前村的优势和特点，给石前人带来了诸多艰辛，也带来了诸多欢乐。田地多，农活多，吃了二月二的青塌饼，石前人驮蓑衣，戴笠帽，晴天落雨都要出门，天天过着“出门鸟叫，进门鬼叫”的日子；“双抢”期间掼稻掼到天黑，拔秧苗拔到半夜是常事。田多地多的石前村，自然也有风风光光的时候。当四邻八乡还在饥饿线上挣扎时，石前村已在崇贤粮站的指导下，在村中建起了一座可藏粮15万斤的储备粮仓库，几年之后，藏在仓库里的储备粮达到11万斤，青黄不接的时候，石前人每年开仓放粮，春天借出一斤夏天收还一斤，从不多要一两。

1984年，发展村办企业方兴未艾，没旱地建厂房了，向阳村先后向田多的石前村征田20亩。那时，说是征用，其实是不付征用费的，每亩每年仅付田租金200元。因为征田是建村办集体企业的，办起来的企业也有石前人的一分子，有没有征用费大家也不太计较。到了1994年，村办企业卖的卖掉，租的租掉，转的转掉，集体企业只剩下了一顶红帽子，石前人才生起气来，要求村里付土地征用费。镇里村里都认为石前人的要求不过分，土地征用费应该付。问题是过了这么多年，按什么标准付？镇村干部邀请了六七个村民代表，心平气和地坐下来商量。商量的结果是，村里已办出征用手续的土地，分征用年份按镇政府出台的征地标准分别每亩付4 000元和每亩6 000元；没有办理征用手续，下征上不征的，继续付租金，租金每年每亩提高到1 000元，之后每亩年递增100元。递增了十几年后，村里才重办了土地征用手续，以53 000元一亩与石前人了结了此事。

2000年和2008年，杭州绕城高速公路和申嘉湖杭高速互通公路先后穿石前村而过，征用或租用石前村土地190余亩。在这期间，向阳造纸厂和一品纺织厂，还租用了石前村30余亩水田，排放工业污水之用；经政府批准，石前村先后有十几亩农田转为宅基地，供8户农户改善住房条件。至2013年夏，石前村可耕种的土地，已减少到不足100亩。而这仅存的百来亩土地，大都已成为排灌沟渠不畅、行载道路不通的劣质田。2012年，陆应岸的长孙陆云根种了三分田慈姑，需水时要不到机埠水，就只好用料勺端水沟里的座底水，他端五百料勺歇一歇，一共歇了四次，端了两千料勺才将三分慈姑田灌上水。2013 年 6 月，时令已到早稻抽穗扬花，晚稻耙地插秧，而在石前，曾经年产早稻谷 25 万斤的这片土地上，已难觅早稻扬花抽穗的景象，欲种晚稻的田块，也寥寥无几，扑入眼帘的尽是生机蓬勃的野草。古人云：生意兴隆一蓬烟，田庄香火万万年。上了年纪的石前人，似乎也对这一古训产生了怀疑：田庄香火还能万万年吗？

石前村产生较大的变化始于 1978 年。那一年，石前村村中的那条大路，变成了更大的砂石公路，最具地标性的那座拱顶石前石桥，也由水泥浇制的公路桥替代。

大路变公路的演变中，石前村陆寿元、陆寿华两户农户的六间平房被征迁。那时的征迁叫搬迁，不需要动员，也不派什么工作组，时任崇贤公社党委副书记的陈雪昌到石前村走了走，看了看，把生产队长和搬迁户户主从田里叫了上来。入座后，茶一杯，烟一支，陈副书记轻轻松松地把公社党委拟定的搬迁底牌亮了出来：每户补贴搬迁费 400 元，三个月内搬掉房子让出房基做公路，新的房基地由搬迁户自己挑选。寿华只有一个儿子，选了生产队仓库后面可造三间房的一块白地；寿元有五个儿子，选了白地后面的一块桑树地，拆掉三间要求造六间。书记、队长都说可以可以。茶未凉，烟未灭，搬迁事宜就谈妥了。

石前村另一个较大的变化就是村民居住条件的变化。新中国成立初期，石前人大都居住在平房里，36 户人家只有 3 户住楼房

（阁楼除外）。住房的出面大都为两三间，出面单间和四间以上的很少，主房住草棚的没有。与周边村坊相比，石前人的住房条件，中等偏上。

石前人改善居住条件，始于 20 世纪 80 年代初。这期间，石前村有 6 户人家平房改两层楼房，他们分别是陆应岸之子陆良法，陆宝松之子陆永根，俞福泉之子俞华法、俞庆法、俞寿法，李寿根之子李永法。除俞庆法三间外，其余的均为两间，造价均在万元上下。在之后的十五年时间里，石前村 80 多户人家户户都有了两层以上的新楼房。

进入新千年之后，富裕起来的石前人开始改建新一代别墅楼，造得比较气派的人家有五六户。之后，因当地政府的总体规划所限制，石前村近十年来没有一户改建或新建过楼房。因而，与周边村坊相比，特别是与绕城公路以北的村坊相比，石前人的居住条件，已降至中等偏下。

再一个是石前人的生产、生活方式发生了很大变化。日出而作，日落而歇，是中国农民的传统生产方式，自然也是石前人的传统生产方式。而如今，不少石前人，早上七八点钟还当半夜里，在原本要出早工、要开夜工的“双抢”时期，如今，有的大白天却窝在棋牌室里搓麻将，更多的是窝在家里看电视和玩电脑。劳动光荣、勤劳致富的观念日益淡化。

老人言：“勤是聚宝盆，俭是摇钱树。”“吃三年烂饭，可买一亩田产”是石前人的传统生活理念。在上了年纪的老年人的印象中，没有随意倒掉的食物。而如今,石前村有相当一部分人,不吃剩菜剩饭。论生活条件,最穷的人家也比过去的地主人家好。近年来,石前人操办的红白喜事,档次越来越高。吃掉的还是倒掉的多,说得一点也不夸张。国家提倡的"光盘行动",不仅是讲给公款消费的人听的,也是讲给石前人听的。

原先浜底头五吨农船可调头的石前浜,如今有的地方已造了房,有的地方变了路,更多的地方成了跳一跳能跳到对岸的沟;原先产大红袍荸荠特别大、特别甜的十亩池,如今已成了车流不息的高速公路;石前村南面的施家路,业已消失;站在石前村村口,已能望到高入云端的多高层公寓……

毫无疑问,石前村还会变。变得如何,到时若有机会,再摆龙门阵。

漫步鸭兰村

施建华

2010年7月的一天，我兴冲冲地前往鸭兰村，本意只想再次观赏至今难以忘怀的十里荷花并借道参观“中共鸭兰村支部旧址”。不曾想，十里荷花的壮丽景观，只能在记忆的深处缅怀了；现今，这处那处的，残余的田野气息里，抬眼还能瞥见一池一湾的荷花，仅此而已。因此，借道参观革命旧址就成了我唯一的目的了。

借道观瞻时却意外地让我遇到了一个人——当年的学生，时任鸭兰村党委副书记的赵伟兴同志。

当年的学生非常热情地带我去看他认为值得观赏的地方，但因为职业和兴趣的不同，以及在我脑海里二十多年前的记忆，常常把我的注意力拉回到以往和现在的环境差异里去。

鸭兰桥，曾经的平板小石桥，古运河在她身边经过，浩浩荡荡地携着各色的船只流向杭城。鸭兰桥边的那一溜小平房是至今还留有魅力传说的王家庄。河水流过鸭兰桥，缓缓穿过鸭兰村，在鸭兰村这里停一会，那里息一阵，形成了很多河汊港湾，将鸭兰村滋润得荷花飘香，荸荠葱茏，鱼跃稻壮，一片活泛。

那是自然的鸭兰村，不知起始于何时的鸭兰村。记忆里，村民居住在逼仄的平房里，稍有大雨，各家各户水漫金山。雨后出行，羊肠小道泥泞不堪，与其说走路，不如说是爬行。

可是，赵书记不无骄傲地对我说："你看现在的鸭兰村，道路全部硬化，汽车能开进农家的房前屋后；墨鸦似的仄仄的水边小平房，现在被一溜一排的楼房所替代。"短短的两句话所概括的事实，描述了鸭兰村全部的村落发展史。

"不认识啦，鸭兰村。"我默默地念叨着。

这时，赵书记说带我去看一处风景。

一个美丽得仿佛传说似的水屿，因无桥梁的牵引，我们被挡在了对面。

这就是千亩墩。赵书记告诉我，千亩墩古说有千亩，故名千亩墩，实则是七百五十亩。其四面环水，无一通路而故名墩。发幽古之思，其上草木茂盛，古树蔽日。环而行之，非舟莫能出入。欸乃一声，一墩皆绿。

赵书记激动地告诉我：千亩墩即将开发，前期准备工作已经做好。开发千亩墩是杭州市运河旅游开发工程的一个环节，将成为一个热门旅游景点，因为我们鸭兰村还有更亮丽的红色旅游景点：中共鸭兰村支部旧址。新景旧貌，配合鸭兰村的绣花，以及三家村藕粉，不久的明天，鸭兰村将成为沿运河最靓丽的水乡、最富有特色的旅游场所之一。"到那时呀，"赵书记憨厚一笑，"我也说不好。"说着，他胡乱抹一下寸长的短发。

赵书记脑海中的魅力场景，笔者在此做个粗略的勾画，以慰鸭兰村村民对美好前景的期盼之情：河水似锦，画舫游船，笙歌曼舞，桃柳红绿；游船到了鸭兰村，一个宽阔的码头伸到河边；游人漫步，村人迎送；一片热闹喧腾以后，接下去是村民囊鼓颜开，言说着彼此的心中乐事。

可是，接下去的闲聊中，赵书记没有像我描述似的轻松和愉悦。我不解，问其故。赵书记娓娓道来，心事重重。

鸭兰港缓缓东去，将鸭兰村一分为二。河浜港汊，星罗其间，羊肠小道，密布左右——一个美丽富饶的江南水村。然而，水上交通让位于陆上运输以后，鸭兰村的美丽虽依旧，但财富进入的宽敞途径却变窄了。“所以呀，”赵书记不无沉重地说，“对现有道路的拓宽和硬化显得非常重要。眼下的工作，村党委和村委一班人马，正在着手准备塘康公路连接线和拱康公路延伸段至鸭兰村的筹建工作，并配合上级政府对土地的征用和房屋的拆迁，力求尽快将鸭兰村和外界畅通，争取在现有经济基础上，与外部世界和谐发展。”

由于经济区块的规划，自然环境的保护，传统因素的制约，地理位置的特殊等因素，3.6 平方公里的鸭兰村，至今还没有一家像样的工业企业。鸭兰村3 800多村民何以过上好日子，990 户农家何以走上富裕的道路——对于村民的带路人，这是个最为关键的问题。假如，任职期间不能给村民带去富裕的生活，起码也要给村民指明富裕生活的方向。“不然，”赵伟兴不无感慨地说，“还是外出打工去吧。”

农耕时代结束以后，人们对土地的感情渐渐淡薄。几千年的农耕史，赵伟兴深深地觉得，那只是温饱的历史。要过上有尊严的生活，将其界定的特定的时间内，首先要摆脱土地对劳动力的束缚。全村3 500余亩农田，世世代代不知为之劳作了多少年，但曾几何时，村民除坐在家门口向往月宫之外，其余的时间只剩下叹息和苦思。

如何合理配置和利用土地，早已成为村领导班子迫切要解决的问题。当然，要处理好这个问题不是一朝一夕的事情。现在的基本概况，赵伟兴告诉我：运河西岸，近1 700亩土地业已有偿出让给高新开发园区；占地 750 亩的千亩墩，行将作为旅游业即将开发；土地流转为 700 亩，其中 70 亩等待塘康公路连接线和拱康公路延伸段全线贯通以后，用作货物堆藏，用以建设村级集体经济；现在，村民可支配的土地只有 100 多亩了。

以此观照，鸭兰村的村民已经基本失去土地。村民失去土地以后，唯一的出路是走向市场。仍然依赖传统的茭白、荸荠、鲜藕等农副产品，那只是一份怀恋和思古心肠。但因区域等诸多原因，招商引入工业企业已经不太可能。唯有可以做的文章是鸭兰村多水，靠水吃水。做活水的文章，也就是说利用运河的有利环境，做好旅游这篇大文章。

“等到千亩墩开发旅游的那一天呀，会全方位带动鸭兰村的经济。在保护自然环境的基础上，鸭兰村会改变它原有的面貌。”赵书记不无向往地笑起来。

“我们鸭兰村的手工业，其实发展得很早，”赵书记接着说，“20世纪70年代，鸭兰村就办起了绣花厂。发展到今天，已经有七家刺绣企业，几乎解决了全村所有妇女的工作问题。其刺绣产品除了供给国内市场，还能漂洋过海挣得外汇。鸭兰村刺绣，因其历史悠久，市场广阔，所以还带动了三家村、龙旋村、四维村和仁和镇一带的家庭经济，给鸭兰村每年注入了800万元的经济收入。眼下的问题，是如何提升鸭兰村的绣花品牌，创造出规模效应……”

赵书记和我交谈着，抬眼看到一块石牌，上面写着“中共鸭兰村支部旧址”。我们在石牌前默默站立一会，随后，赵书记把我带到一间土楼，那是中共鸭兰村支部陈列室。从一楼到二楼，赵书记逐一给我介绍各种陈列的物品和图片。

我在沾桥工作过五年，每周回家都要经过鸭兰村，但从未观瞻过革命先辈的奋斗事迹。那天，我怀着非常崇敬的心情，随赵书记看完了每一个展室，并用手机拍了照片，回家就输到电脑里以作纪念。人，不管是谁，到了一定的年岁才会懂得过往的不易；有了人生的诸多阅历，才会懂得生活的真谛。希望中共鸭兰村支部旧址陈列室能带给我们的后人丰富的启迪。

走出陈列室，我告别了赵伟兴书记。待我再次回头，看见赵伟兴书记还站在石牌前，向我挥手道别。

三家村遐想

屠再华

崇贤有个三家村。

陆游有诗云："屏迹三家村。"(《与丞相书》)"屏迹"是远避之意。"三家村"也早成为一个条目，落户在《辞海》之中。它泛指的是乡间人烟寥落的地方。"三家村"原本是个形容词，而崇贤之三家村作为地名而存在，历史悠久，谁也说不清它始于何时，也许是开始时住户少，又离大村较远，是喝过几口墨水的人，随口儿叫叫出来的吧。

诚然，要追溯三家村的起源，就得涉及举世闻名的良渚文化。创造这璀璨良渚文化的，是我们余杭区也是大中华的先民。但不说几千年前的先民生存状态，以及他们生活状态一步步的演变，即便是近代的生活史，我们亦支支吾吾地说不清楚。其实真正研究人类学的专家很少，占有一些资料人云亦云的居多。令人尊敬的，还是那些考古学家们，他们从地下发掘出古物，而后又用碳-14去测定这些古物的年代。鉴于此，最近出土的独木舟和用木板拦住的河埠，似可以同今天崇贤"小桥流水人家"的三家村衔接起来。

当然也可以与整个典型的江南水乡相联系。

我几次去了三家村。因地处偏僻，到那儿不可能是顺路，必须诚心诚意专门去。似没有去别处的通道，返归也得走回头路。但说没有通道，却有四通八达的水路，就看你有没有划船的本领。

崇贤三家村，因其处处有好水，适宜莲藕成长，是驰名中外的藕粉产地。早被赞美为“出淤泥而不染”的荷花，而今也显示着它独特的自身价值。此地亭亭玉立的荷花，不仅赐予当地人的许多实惠，更是可叹可赏，成为一种昭示廉洁的精神食粮。记得那年沪上著名女作家程乃珊寄语文联会刊《藕花洲》说：“生命本身就是一种美，不管牡丹、玫瑰，还是荷花、藕花，都是大自然的创造，它和人的个性一样，是一种自然的显现，透露出生命的坚韧与辉煌。”藕花虽不具艳丽的色彩，但它以独特的方式，注解着生活中自然真实的画面，在百花齐放的今天，祝福她日益茁壮。

与其说人主宰万物，不如说人是大自然的最大受惠者。自然是值得人去顶礼膜拜和敬畏的。人的贪婪、横蛮和野性的抑制，需要山山水水的洗礼，需要大自然的精神陶冶。崇贤拥有两项独特财富，即沾桥的大红袍荸荠和三家村的莲藕。大红袍荸荠在留下鲜红的果实以后，自身便没有什么保留了。被誉为出淤泥而不染的荷花，则一生清白，在千呼万唤着廉洁之风！

鸭兰新赋

施建华

鸭兰乃一汪水村，崇贤之属地也。其东毗西庄而邻塘栖，南望独山而眺杭城，西带仁和而听运河流水。曾闻鸭兰男子彪悍而善水，久凫而不沉。更闻鸭兰绕村多菱藕，每至夏，曲水浮绿色，方塘摇红艳。阡陌走斗笠，河埠盈俚语。心甚奇而好之。

明有高僧曰海理，募金而营鸭兰桥。自此也，水阻为通途，沿河走纤夫。访户可弃舟，商旅南北贾。登斯桥也，北眺运河，闻水声与南舫北舟欸乃声；走夫荡纤绳，风帆随飞燕。薄暮霞蔚，一河云蒸。渔舟架楫，乡音互答。水风徐来，月沉灯浮。此景何及，此乐何堪？

桥南有村随桥名，雅俗共赏鸭兰村。水屿舟楫渡，户造水屿浦。环屿多高树，入户皆矮莲。鸡犬相闻邻里近，桨楫悠悠天地远。炊烟绕梁稼穑勤，池边春意耕柳烟。春田黄花蜂舞忙，夏植莲藕婀娜状，秋有红橘摇绿枝，冬跃肥鱼贾新帑。居此村也，彩云不飞徘徊顾，大雁徜徉无去意。

鸭兰为花名，生于澳洲而状如鸭。茎顶一花无枝叶而色白，状如飞鸭而冠名鸭兰花，极似石蒜花之性状。僧海琞时，每有大水暴逆，堤岸为淹，四乡泽国，唯此桥如鸭之浮于水，故名鸭兰桥，象形而甚美。

然鸭兰人世代为水所苦，每遇大水房屋为淹，庄稼浸于泥水。良田成水池，河塘变深潭。每于此也，诸多防水器械杂陈于外，一村土著奋战于水，车水舀水堵水，声声凄苦，户户呐喊。春雨秋水，分季肆虐；屋前堵围堰，房后筑高坝；灶膛养游鱼，屋内进野鸭；檐下水漫漫，屋顶挂浮萍；出入无通途，唯有舟相随。年年岁岁水相侵，岁岁年年复是患。呜呼！居是村也，望云如遇虎，遇雨一屋苦。

每历梅季，阴风怒号，河水拍岸，消消停停三夜雨，愁愁凄凄三日苦；惊闻河水漫，举村外乡徙；大水消退日，一村速速归；归来见乡村，禾苗皆烂根；举头望落日，夕影一脸悲；赋者叹曰："如是水患之村，终以繁衍而长存，遇水外迁而归回，任斯者何？心系祖业者是也；情有所归者是也；每思之，深知世之根基之所在矣。"

赋者曾觅食于崇贤，每七日而归，归而必行走鸭兰村。小径如刀斫鳝端，坎淤凹凸，斗折蛇行。遇雨则淤泥没膝，雨靴夹于底而似阎路。此时也，手提鞋，目暴突，身晃荡，脚受伤。一身臭汗一肚气，短短路途一整天。如是者五载，遇雨或初晴，必复蹈旧辙，观之心惊，行之肉跳。居家或于觅食处，每视上苍黑云如墨，则思鸭兰小径泥泞如血。嗟呼！思往昔而观现今，行脚之别天壤之间也。

吾家与鸭兰村一水相隔，隔河相望，然去觅食后无复以往。倏忽三十载悄然溜去。忽一日，有生诚相邀，幸而复往鸭兰村。途中，睫下鸭兰旧景盈于胸膺，每思旧日之狼狈，老颜新色溢于言表。事务与饭间，鸭兰村干部盛赞村之巨变，尤为路之畅达。饭后茶余，赋者倡行鸭兰村。

噫嘻！路之畅达连大衢，村道纵横似网纲。河浦砌石，屋筑水边；凫鸭引颈，岸鸡低唱；沉鱼倏忽，小舟暮归。农舍似别墅，式样如宫廷；道边栽瓜果，院子绿色满；池底植荷藕，水面绿菱角。赋者曾问曰："几度大水仍患乎？"笑答曰："观村貌，岂有水患之劣迹？"

古语有曰："色灰而心重，景美而情动。"移步眺望鸭兰桥，一线夕阳横水波，一点小舟出桥门。运河一线亮色，大船一派喧闹。回视鸭兰桥东，千亩墩一圈在水。墩上氤氲现灵性，一圈小河蒸紫气。

夕阳在山，鸭兰村小河闪金。秋高气爽群雁南渡，秋池依然绿色成烟；耕者荷锄而归，贸者驰车而去；鸡禽塒而渔者出，绣姑藏而织品俏；曲水似带兮蒲草随水，直道如虹兮秋田泛浪。处此世也，人如风而归去自如，情如水而乏陈有余。一村新貌，一路喜色，风池沉秋色。一河映高楼，众池照晚夕，鸭兰村水流系运河。

抢险铜锣当当响 | 王跃田

农村抗洪抢险的主力军是谁？自有“主力军”这一说以来，我便断定是农民。这是因为从我记事起，民间就有这样不成文的规约：只要听到抢险铜锣当当响，险不分南庄北庄，人不分本乡他乡，都会像潮水般向抢险铜锣当当响的地方涌去。抗洪抢险就近搬土拿门板，是一条人人皆知的规则，绝对没有讨价还价者。

家乡有条龙皇圩，北至斜桥港，南到青龙桥，圩内有千余户人家，3 600亩水田。听老辈人讲，民国初期有一年发大水，北端的斜桥港大决堤，抢险铜锣一响，四邻八乡的人人手一只麻袋一个木桩，直朝出事点奔去，不到一个时辰，半公里长的决堤处，出现两道人墙，筑起了一道新堤。

事隔两代，变化甚大。为提高抗灾能力，新中国成立初期就将龙皇圩一分为二，圩中人工拦腰开出了一条同家浜。昔日圩周低小单薄的河堰，现已变得高大厚实，河边四周排涝机埠，星罗棋布，抗灾能力大大加强。然而，在这千变万化之中，我发觉不该变得也在变了，那便是农村抗洪抢险的主力军也在渐渐移位。这何以见得？1999 年的“6 · 30”洪水，一夜之间水满田野，淹没禾苗，各级领导紧急部署，深入灾区，广泛发动，但仍有不少“主力军”面对滚滚洪水无动于衷，有的干脆足不出户，好像洪水离他很远很远，一副不搭界的样子。三天过去，按启动的排涝劳动力测算，田里的积水应已所剩无几，但实际上多数田里仍是白茫茫一片。沿堤一查，有的涵洞竟还未堵好，河水还在倒流。好不容易听到一位村民自告奋勇下水堵了三个涵洞，我出于职业关系连忙赶去看他，他却连连摆手。问其原因，更使我大吃一惊，因为他下水堵涵洞，事先没有同村委讲好堵一个涵洞多少钱，有的人就骂他是呆子，不会挣钞票。又闻一个重灾村，洪水已漫堤，你急他不急，村民主任只好在广播喇叭里急喊：“除了生病的、家里死人的，其他所有人都要上塘护堤。”一时间，连广播里讲的、报纸上登的、电视里放的，抗洪抢险的主力军都为人民子弟兵。

东拉西扯说了这些，别无他意，只求更多人理解唯有民魂是最宝贵的，只盼日后农村抗洪抢险的战场上，重现农民主力军的风采。

看电影

孙高平

时光倒回三十年前，那时候像我们崇贤这样的市郊农村，精神文化生活很匮乏。家家户户除了那只天天准时响遍整个村坊的有线广播，只有电影了，而乡村的电影一般放的次数也不多，大队干部要费神费力和公社里联系叫放映员来放上一次，一个大队估计每年也就轮到三四场。

20世纪80年代，我一直在贺家塘小学读书，而我们的小学和大队房子隔着一条窄窄的机耕路。因为放映员用钢丝车拉片子和机器到村里后，都要把它歇在大队房子里，所以，每次都是学校的这帮孩子比村民更早知道电影的消息。在有电影的日子里，我们都情绪高涨，以最快的速度把老师在课堂上布置的作业做完。然后背起那只从我哥哥手里传下来的书包和同学们一路狂奔回家，见人便嚷嚷："放电影喽！今朝（今天）夜里头放电影喽！"

因为消息可靠，我们村坊里有个叫作国建的，就经常向我打听影讯。那次我刚给了他消息，他就屁颠屁颠跑去隔着一条河港向正在对岸河埠头洗澡的老友阿龙快报，说今朝夜里放电影喽！阿龙问什么片子。国建连忙答:“乔老爷!”大概他记不清片名,迟疑了半晌才接着喊:“上轿!”弄得阿龙跟别人再传时说这回要放两部电影,闹出了笑话。

村里的电影是在露天放映的。一般总在相对开阔的道地(屋子门口的空地)边上用毛竹搭起一个门字形的框架子,然后挂上幕布。再从村民家里牵一根电线供电。电影一般在晚上六七点的时候开始,因为那时候刚好是家家户户放下碗筷收桌鸡狗上舍的时候。村民对于电影入场无疑都是积极的,三下两下就把饭扒进肚子里。然后扛上一张长条凳,到银幕前去抢占好位子。当然,观众还没有到齐时放映员也会播一些没头没脑的加映片来安抚到场的观众。

记得那时候放的电影以国产黑白战斗片居多,比如《智取华山》《英雄儿女》,再后来的《渡江侦察记》《上甘岭》。国产的影片从台词到插曲我都能哼上几句,而外国的电影似乎就不大记得住,大致的风格就是“美国英国搂搂抱抱,巴基斯坦唱唱跳跳,南斯拉夫飞机大炮”。放外国片时,我们常常是边看边笑得莫名其妙。比如卓别林所演的电影,现在看只觉得很做作,但是当时就能笑翻全场,人人觉得非常滑稽。

还有一次,靠近半山的杭钢四食堂大会堂在放风靡大江南北的《少林寺》,我们村子中几个年纪相仿的伙伴决定当晚跑长途去看。大家一合计,就瞒着家长们去了。当时的道路不像现在这么平整,差不多八九里路弯弯绕绕走着走着偏偏下起了大雨,半路里根本找不着躲雨的地方，我们几个都淋得瑟瑟发抖仍无所畏惧，总算初次见识了李连杰的绝世武功。等我们回村里的时候，夜已经很深了，父母寻我不着正在家里着急，见我跌煞绊倒（急急忙忙）地赶回家来，迎面便是他们酝酿已久的一顿棍棒。

现在想想，观看乡村电影，真当是一种精神乐趣，同时也是我们众多过来人今天独有的一份美好追忆。

那晚，鸭兰村歌声嘹亮

许莹

龙年正月十六，因天雨推迟了一天才拉开帷幕的鸭兰村首届乡村文化节，人气可不一般。虽然露天，虽然举办的日子是在这个冬天最寒冷的夜晚，可是丝毫没挡住村民们上台一展歌喉、一献舞姿的热情，也没有挡住观众们的阵阵喝彩声和雷鸣般热烈的掌声。

舞台搭在鸭兰村村民最自豪的红色遗迹——余杭区农村第一个党支部诞生地边上的旧址广场上，红色的灯笼加上正月十六圆圆的月亮，那晚的鸭兰村更有一种节上加节的气氛，比起“月上柳梢头，人约黄昏后”的景致不差丝毫韵味。说起这鸭兰村的首届乡村文化节，最难能可贵的是无论前期的搭台、布置，还是演员、主持、音控，整个文化节都是鸭兰村村民一手操办的。在筹备的最初，当村民们听说村里要举办属于自己的乡村文化节，都踊跃报名参加，这股热情甚至还感染了周边的三家村村民。

晚会在漫天绽放的烟花里准时开始了，上至八十多岁的老奶奶，下到几岁的小娃娃，可谓全村总动员，参加这台村民“做主”的晚会。村委会准备的凳儿不够，村民就自带着板凳、条凳。前面的人太多了看不见，于是本来是台上台下的舞台慢慢变成了环状，分不清台上和台下，尽管这让维持现场秩序的同志犯了难，可是却让演员和观众有了更加亲密的互动和交流。村党委书记赵伟兴也带头唱起了歌，这个重视村里文化发展的村党委书记在接受区里电视台采访时感慨地说："老百姓富裕起来了，对精神生活的追求更加高了，这种村民自发组织、村里搭台的文化活动正是百姓期盼着的活动。"被称为鸭兰村"情歌王子"的马庆茂一出场，就迎来一阵"粉丝"们的掌声，一曲闽南歌曲《闷》唱罢，观众还高呼"再来一个，再来一个"。鸭兰村的文艺骨干不仅有年轻的鸭兰小伙，还有发挥余热的鸭兰村前村党委书记马茂仁，他登台献唱一首自己填词的《我们的鸭兰村》，咬字不是很准确，但是劲道十足，感情饱满，用特别的方式表达了对鸭兰村的喜爱。文化节也成了孩子们展示活力的舞台，马莉丽、马筱轩两个女孩中午起就为了晚上的演出好好打扮了一番，一曲童声版的《荷塘月色》在鸭兰村演唱可谓是应时应景，歌声仿佛带着我们穿越回到鸭兰村荷风阵阵的夏夜。晚会音控师马跃兴在这个晚上也忙坏了，他要保证每个节目的声音控制正常，自己还有一个登台演出的节目。他说，我们鸭兰村老区人民有着光荣的传统历史，人人都会唱红歌，歌颂党，歌颂新生活，这是我村首届文化节，成了村民展示文化艺术节风采的大舞台。正因为如此，他显得特别高兴，这项义务工作也做得分外负责。

持续两个多小时的首届鸭兰村文化节在《难忘今宵》的旋律中

落下帷幕，不愿散去的村民还在现场讨论着晚会上的一个个节目，还有些怀有文艺绝活和文艺天赋的村民打算下次有机会也上台露一手……那夜的鸭兰村有太多让人回味和感动的时刻，村民们对文化活动热爱的情绪不会戛然而止，今后的鸭兰村的文化活动将会更加热闹精彩。

车子情缘 | 顾建文

我的家在崇贤，这是个依山傍水的好地方。小时候，我家屋前是连绵起伏的群山，那些山一年四季都那么苍翠欲滴，每一天都是那样温柔可亲。我们这些小娃娃整天在她们的怀抱里嬉戏耍闹，而她们就像母亲，深情地注视着我们。一条柏油马路静静地在我家屋后延伸。在炎热的夏季，当马路边传来“卖赤豆棒冰”的吆喝声，我便匆匆拿上零钱，飞奔出去，回来手上便多了两支赤豆棒冰，和妹妹美美地舔着，一边舔还一边比谁吃得快，完全没有注意到塑料凉鞋上黑黑的柏油。

在这条柏油马路旁边，有一块茶叶地，那是我家的自留地。清明前后，在春雨的滋润下，茶树的嫩芽像比赛似的纷纷往外冒。那芽儿嫩啊，只顶着两片瓣儿，用手轻轻一掐，一股汁水霎时流出来，把手粘得黑乎乎的，回家怎么洗也洗不干净。小时的我，只要有空，便挎上我的小竹篮，和奶奶、妈妈一起去茶叶地里采摘。柏油马路上车子来来往往，我的眼睛总往路上瞧。看着各种各样的汽车在马路上奔驰，我犹如一个傻瓜呆呆地注视着。要知道，我们平时去做客，爸爸的29寸永久牌自行车，前面的横档上坐着我，后面的座架上驮着妈妈，妈妈手中还抱着妹妹。看着一辆辆车子在眼前驶过，我痴痴地傻想，什么时候我也能坐在属于自己的汽车里，载着自己的梦想前行。

1997年，我们家拥有了两个轮子的摩托车，那是辆踏板车。我们难掩拥有车子的喜悦，邀上几个好友，晚上7点从崇贤出发，一路驰骋，一直开到了莫干山，再原路返回，到家已经凌晨3点多了。这真可谓疯狂之举，现在它已成了我们美好的记忆，每一次谈起，我们的内心都被一种叫幸福的东西充盈。

2004年元旦，我们真正拥有了第一辆四轮的汽车，东风悦达起亚的“千里马”。真的很感谢这匹“千里马”，是它让我们一家的视野开阔了不少，是它让我们与周边的距离一下子拉近。大慈岩悬空寺有我们勇往直前的足迹；灵山大佛前有我们虔诚的祷告；苏州园林中，我们泛舟湖上；夫子庙旁，小吃尽尝；竹博园里我们与竹为伴；野生动物园，我们与动物为邻……

直至2008年，我们这匹“千里马”才光荣退休，继承它梦想的是赛拉图。三年来，赛拉图让我们走得更远，步履也更稳……

2011年初夏，我家的车库里，迎来了一个新伙计——Jeep家族的成员——指南者。虽说是越野车的入门车，但对于我们来讲，这又是一个新的起点，拥有了它，我们可以超越自我，我们可以让自己的野性得到释放，心也回归自然。

相信，在未来的日子里，我的车子情缘还会延续……

大飞与小飞

俞建莉

10月的一个星期天，我在鸟鸣和狗吠声里醒来，不过才早上8点光景。暖暖的秋阳照耀着这个远离市中心，叫作崇贤独山的小区。我家门口并列停放的两辆车上，两道刺眼闪烁的光线反射进来，照得刚下楼睡意惺忪的我顿时清醒过来。我走出家门，手搭在前额往外面望去，阳光下竟然是一番难得的热闹景象。这景象似陌生又熟悉，好像是小时候的场景，又像是另一个世界的事，恍惚中竟有些前世今生、今夕何夕的讶异。

难道大飞和小飞因做兄弟多年而至心意相通？不然为何竟不约而同，在这个寻常的秋日，开始做起这些他们平时常常说起却一直也未曾付诸实际的事呢？

大飞在房子的东头安装篮球架。虽然阳光充足，但毕竟秋意浓浓，还是带些凉意。人到中年的大飞脱了外衣，只着一件夏天的短袖，正在研究篮球架安装的图纸。网购的蓝色篮球架装起来怕是有些费时，大飞却饶有兴致。大飞生来就不怕麻烦。小飞常常回忆起小时候跟大飞一起去沾桥横泾桥一带农田里戳田鸡的日子。在小飞的描述里，八九岁的大飞总是眼睛一动不动，手持自制的钢叉瞄准田鸡，瞄的时间总是长得令六七岁的小飞崩溃。不太有耐心的小飞常常是咬破了嘴唇才能坚持住不叫大飞出击。因为一旦出声，田鸡逃走，大飞就会咬住下嘴唇，给小飞吃一个含金量很高的“栗子爆”，痛得小飞浑身起一层鸡皮疙瘩。而每每等到大飞终于觉得时机成熟奋力出击时，钢叉却十有八九是空的，摒了长长一口气的小飞就绝望地尖叫起来，扑到大飞身上去打两拳，怪大飞不听自己的话，瞄得时间太久而错过了捕获的最好时机。此时的大飞一定不会还手，让小飞的怨气有个释放。大飞后来做过大学英语教师，从过商，下过海，又有十年在省级电视媒体做新闻人。拍电视的时候，一个镜头会不厌其烦翻来覆去拍很多遍，跟着他工作的实习生常常会有想死的心。后来，大飞辞职自己开电视工作室，跟他的年轻人也多半受不了他的严谨。装篮球架这样的事于大飞，类似于孩童玩搭积木，是件颇有趣味的事。何况篮球架是为小飞装的。大飞认为小飞这些年的血压心脏问题，一半是早年在生意场上透支了健康，一半是因为不爱运动的缘故。继去年为小飞买了一张乒乓球桌以后，今年又为他买了这个篮球架。买的这天恰逢小飞的生日，就顺便做了生日礼物。

隔了大飞几米远，小飞穿着毛衣和外套，蹲在一堆石头旁，捏着一根皮水管，正在反复清洗一堆鱼缸里要用的小石头。小石头前几天从杭州的花鸟市场里买来，要清洗很多遍才会干净，这样和那些假山、绿植、珊瑚、热带鱼放在一起才不会泛起黄色的沙泥。

鱼缸是为大飞家做的。小飞的企业里新近有朋友给做了一个大鱼缸，每天上班闲下来的时候，他会在鱼缸前傻傻坐很久，想想曾经的年少轻狂、困顿艰辛，想想一不小心，活着活着就人到中年，看看这些在水世界里自由游动着的鱼，常常想下辈子要变成张雨生歌里那条一天到晚游泳的鱼，没有烦恼，也没有如今身体上的这些病与痛。有好的东西，要跟大飞一起分享，这是小飞常常存在心里的想法。水世界和五颜六色的鱼给自己带来好心情，那就给大飞家也做一个。年轻时，他是个任性的人，事情发展到不可收拾时，总是勤恳耐心的大飞来收拾残局。历经一路风雨，后来慢慢懂了，才知道长兄为父的不容易。

大飞小飞比邻而居。他们的母亲拥有两户人家的钥匙，她亲自设计了互相打通的走廊间，类似于塘栖旧时候那种雨天不用打伞的廊檐，这样她就可以随意穿梭在大飞与小飞家，走来走去之间有一种充溢身心的满足感。乡下人家的老人要求不高，大飞小飞事业顺利，媳妇孙子孝敬，在两家各为她准备了一个房间，她就觉得很满足了。今天早上母亲煮了一锅颜色诱人的玉米番薯粥。看着大飞小飞忙活着，母亲就盛好粥，招呼说："大飞、小飞，吃粥喽！吃完早饭么，一歇歇又要烧中饭了！"

开肩 | 莫罗松

所谓“开肩”，是吾乡一种颇有意味的风俗，就像如今的“成年仪式”。早些年前，我曾在故乡经历过“开肩”，至今记忆犹新。

乡中年高德劭的长者无疾而终，老于户牖之下，去时安详宁静，就像果子熟了落树。此种丧事，乡人不以为悲，呼为“喜丧”。棺木停在门前，等候起行落葬。四乡年满十六的青年男子，四人一组在棺杠上试肩，抬一段路，即为“开肩”，从此在乡中便具备了成年的资格。那是一种极隆重庄严的仪式。

那年我满十六了，在杭州读书。冬天放假时恰逢开肩的机会。父亲说：“小子，该你开肩了，走！”看我有些迟疑，喝道：“别以为读点书就不是乡间子弟了，肩不开不硬，这长长的人生路到处是重担呢！”

走到棺木处，已围了一圈人。父亲拨开人群，领我到族中长者前。长者问：“孩子也开肩？”父亲昂然说：“他十六啦！”长者点头。人们的眼里流露出严肃、欣喜和期待，笑吟吟地打量我。很多孩子由父母领来了。叔叔婶婶们向我们开玩笑。“开了肩了，婶婶给你说门亲事!”“昨天还爬在枣树上偷枣呢! 转眼就是大人了!”“你爸爸病了这么多年了,这下可熬出头啦……”

族中长者召集我们说:“小伙子们,我给很多人开过肩,现在轮到你们啦!”接着告诉我们抬棺须注意的事项,又慎重地说起顶天立地男子应具备的品质。我们依次穿上白布鞋,换上老麻衣,扎了裤管,卷袖,腰间扎上麻绳。棺木里躺着的是位四乡人们尊敬的年高德劭的老人。老人的孝子向我们依次低头欠身行礼:“谢谢各位兄弟!”

起行了,孝子们打头,女眷们随后,三四个孙子扶棺,后面是长长的送葬队伍。我们四人一组抬杠向前,一段路后,在空中换杠被人顶替。老人入了土,我们回来喝了主家的红糖汤,慢慢走散。

开了肩,就是成年了。到别家去,主人就来敬烟献茶,说话也和气;村中有事,被喊去聚集商量。务农的伙伴就得做繁重的农活——挑担、罱河泥,腊月里风餐露宿摇船去卖荸荠。大水冲了河堤,必须毫不迟疑地跳入河中,以身体做砥柱,接沙包堵口子。深夜胸顶刺骨的西北风巡夜。开了肩了,似乎真的长大了,要担起责任,做一个男子应做的一切。

家乡一代代的少年长大成人,世世代代绵延不绝。每念及此,心中不觉产生崇高的感觉,对土地和历史产生深深的敬畏和感激。

独山何处横里村

陈如兴

这是我在翻阅旧志古籍过程中引出的问题。生在长在独山西麓运河之畔，我却从来没有听说过独山有个横里村。而在那些遥远的岁月里，它却是那样的闻名于世——景色如画，宜居宜游，人文荟萃，多少先贤们为之神往，名望之盛似乎盖过独山。受好奇与兴趣的驱使，我不免一再在老乡中打听，以期求证它的方位与人文轶事，然而憾无所获。此路不通，我只得再回头啃读书本，细细聆听那久远的回音。

周天度在他的《丁山湖游记》中似乎在指点横里村在独山西麓。周天度，字让谷，号园趣，清代仁和唐栖人，乾隆壬申(1752)进士，官至河南许州知州，退居杭州。他说："出北关二十里，至横泾桥，东望有篑山然，曰'独山'。舟溯桥而入，行可五里许，曰'横里村'。居民数十家，背山临溪，茅屋在桑枣中，如罨画然，盖独山西麓也。"原来，那个古横里村就是今天的莫家塘，我外婆住的地方。莫家塘河东岸原先是小山头的位置，其村落确处"背山临溪"之境。然而，20 世纪 70 年代小山被开山采石夷为了平地，这一带的景色远不如前了。

在关于独山的史料中有载“独山北有村曰横里”,并说“村人以梅畦为田,花时一望如雪”。按照这个说法,昔日的横里村也就是今天的山后路村啰!

在有关桥梁的史料中有这样的记载:“干家桥(即沾驾桥)、陈黄桥、北马桥俱在东港,地名横里。”岂不是说独山西南三四里外的沾驾桥到独山东侧北马桥这一大片区域也属横里村?

据载,清代咸丰与同治年间常到独山赏游、著有《横溪(或独山)十二咏》的举人马慕蔺时说:“马慕蔺,字蓝桥,家横里鸭阑村。”难道六七里之北的鸭阑村也附属横里村?

更为费解的是,北去十余里运河之西的仲墅似乎也属横里之内。这一疑问源自我对一位明代著名人士平显故居的寻访。平显,字仲微,号松雨。他博学多闻,善诗文书法。明洪武官至广西藤县令,后降为主簿,贬谪滇南戍边。经平西王沐英向朝廷请命,遂免其伍籍,聘为塾宾西席。永乐四年(1406)退归仲墅故里(今平宅村)。他酷爱松,著有诗文《松雨轩集》。清代一些文人为表达对他的怀念,竟把横里、仲墅缠绕在一起,纷纷指着横里访仲墅,我读着总觉得蹊跷。厉樊榭的《舟过横里怀平显松雨先生故居》诗中说:“谢村已回首,仲墅望依依。宽漾十二里,中有诗人扉。”并自注:“平仲微居北关外之横里,地有仲墅洛山。”十二里漾在独山西横泾桥外的运河水域,俗呼鸦雀漾,确有横里,而距仲墅还远得很,岂能“望依依”?稼穑斋《十二里漾》诗中也说:“十二里漾中来往熟，不知中有古诗人。"其诗后自注云："明平仲微故居在此，地一名横里，或者河之两岸傍涯而居者，皆为横里欤?"魏成宁的《夜泊横里大雪》诗，题目说的是"夜泊横里"，诗句中却说："官漾十二里，风力加寒威""人怀松雨往""且就仲墅泊"。未知他当晚船泊何处？诗人们把横里、仲墅混为一谈，志书编撰者也人云亦云："平显，仁和人，居横里。"读到平仲微《九月二十日怀故里》诗中的那句"万顷水云横里北，百年邱陇洛山阳"之后，才悟出诗人们"迷路"的由头。

横里村啊，你好负有盛名！也许是一些未曾亲临的先贤们的推崇，才使你更添了神秘色彩。你究竟在哪里，你属于谁？被搅糊涂了之后，我平静下来，仿佛身临独山顶上眺望，眼前似乎终于有了方位——如今已经融入新港区的横泾港，恐怕就是古时所称的横溪。它从运河十二里漾东岸的横泾桥口，朝着独山径直东流，到了莫家塘便向北拐了弯、随即又折向东，经独山北的山后路逶迤而去。莫家塘拐弯之后至山后路村的那一段，可能被称为里横溪或是横溪之里，"横里"便是了。志书对这一带的风光赞美有加："独山之北，旁皆藕荡菱田，居人住洲渚上，榆柳森荫。夏日水波弥漫，莲芰则红白相间，翠绿相萦"。另有"人家隐约于回洲合浦之间，桑畦禾亩远近交映，舟艇出没烟波，渺茫俨如图画。真绝胜也"。周天度在《丁山湖游记》中对这一段也有赞词："溪循山而东，入三四里，两岸皆良田广陌。其南皋亭诸山，如屏如障，山下村人以梅李代谷种，花时弥漫如雪。"横溪源源流，"横里"处处有，缘何此最爱，只在独山怀。志称:“独山,一名金鳌山,高二十丈,周二里,脉连皋亭,而耸出一方,犹西湖之孤山也。北山巨石,状若虎踞,下瞰横溪……”周天度有诗曰:“试上独山山顶望,村村香雪压檐齐。”并自注云:“近日横里独山人,以种梅为业,花开,弥漫十余里。”因为有独山,横溪、横里才独具风韵,胜若仙境;若没有横溪、横里的拱卫、衬托,孤独山包又何以招引众人青睐。正是这种有山、有水、有村落的“三合一”配套的自然生态景观,独山、横里才成为杭城北郊曾经盛极数代的宜居宜游之所,达官名士、文人骚客慕名而至,或构墅隐居,或赏景探幽,演绎斑斓人生,积淀文化底蕴。

有一位高官退居这里,独山名望为之倍增。他叫陆谷荣,元朝宣政院同知。退老回家后,他“依山构屋,凿翠架岩”,建有“凉亭燠馆”,屋为“花木环绕”。他独爱梅,植有梅树数百株。其时“宾客日填于门”。然而,运去物改,元末兵燹之后,其家“靡有孑遗,独老梅数十百本在”。其孙陆秉中,字孟言,遂在故址筑室,以“君子比德于玉”而取名“万玉轩”,“隐居其中,读书养晦,不慕荣进”,成为读书而不求官职的处士,常与弟孟恭、友人陈士宁“徜徉其间,以行其志”。我在旧志桥梁资料中见有记载,位于独山南麓的南马村桥,于永乐九年(1411)建造而成,为木桥,后圮废,天顺四年(1460),由横里人李致良、陆孟恭重建为石桥。可知当年陆氏之善举。陆氏的“万玉轩”名噪四方,贤达之士纷至。陈士宁请来唐栖举人张辂(字行素)为陆孟言作《万玉轩记》,其中不乏咏梅颂景之词,说每当隆冬互寒、万木僵立之时,其“梅独含英吐葩,与雪月争妍”;称其园

“琼林珠树，错落璀璨，映带左右”。刑部郎中夏诚也成了“万玉轩”的贵客。夏诚，字与诚，号园趣，青年时由慈溪迁居仁和县三峰山（今云会西南山），因一贯乐善好施，于明正统七年（1442）获得英宗皇帝赏赐的玺书羊酒。他在《为其友陆孟言题万玉轩》中留下了美妙诗句：“暗香疏影句能传，暮景空林色信妍。琼馆梦回春似海，琪园坐对日如年。娟娟霜叶将三五，粲粲冰花逾十千。独鹤归来风动处，霓裳小队舞群仙。”塘栖文友夏之城（字超墅）到访“万玉轩”，还在陆家过了夜。他又赏梅又饮酒又吟诗，兴奋不已，好像终夜未眠，直到“空山唤起罗浮梦，翠羽嘤嘤伴晓禽”，不觉鸟叫鸡啼天已经亮了。

孟言的友人陈士宁何许人？他名陈雍，字孟熙，号士宁。他涉猎书史，与同里的郑璧、仁和的夏诚为莫逆之交，皆喜收藏法书名画古鼎等。县大夫曾两次以明经举荐，他皆推辞不就。他世居仁和七宝巷，因厌嚣尘之扰，在官巷口与陆孟言结识后迁徙独山，构筑横溪别业，隐居耕钓至终，年四十卒，无子。另有记载：“征士陈雍墓在独山”。清康熙《仁和县志》为其赠诗，全诗为：“清字营西小巷幽，衡门寂寂思悠悠。一生清事无闲日，夹径黄花满园秋。卖帖偶逢官巷口，评诗共宿独山头。谁知扰扰红尘里，荷蒉行歌得自由。”张辂在诗中赞美他的住所“横溪别业锦云乡，红白莲花薜荔墙”，称颂他所享有的“佳人雪藕供微醉，童子分茶坐晚凉”这种悠闲的乡间生活。

有位屈死的官员家居独山。他叫郁鲁珍，明洪武中期受皇帝召见辟举。后被罪，退居独山村中，从此不复入城。然而，祸又从他的《松石轩诗卷》而起，遭受文字狱之累，被逮入狱，最终冤死牢中。据志书记载，当年瞿某有《元宵诗》一联云：“三市灯花依旧好，一天明月为谁圆？”鲁珍和云：“夜灯闲论谁家好，正月初看此度圆”，为众推许。当然，其受文字狱之祸并非此句，志书意在证明其作诗才华。

独山另有一处横溪别墅，主人孙鲁，号公颖。自言“公颖，自太学归”。他托海盐张宁（字方洲）作的《横溪别墅记》中说：“杭去城四十里，有独山，山下有横溪，两涯多田亩。”在记述自己身世中提及，他与世居独山的王公执中有交，公死后，弟文史公作主将兄女嫁与孙鲁，并以一夫之田从嫁，使他得以成业，构为别墅。估计他处于明代，未知官居何位。他似乎对为官之道颇有见解，认为当官必须先立业，以利进退。他在《横溪别墅记》中说：“昔先儒名卿，以施教任官，常取于能治事有生业者，其道良是。”说他本人由于受父兄师友教养资成，“方在闱布（考场），已能自裕，他日及士而行，成功而止，居廉位显，进退合时，其心休休，盖壮有家，时已然，不俟及而后定矣”。他说，如果“贫而仕，则卑薄取容，未有始进之，不淑而能淑，其终退者，由是患得患失縻禄保位，不以贪斥，必以耄放，甚则无所于归，而穷饿以尽，多起于恒产不立，艰难素尝。有所愿虑，不能自遂也”。

有位独山人自居故国明朝诸生，坚拒在清朝入仕效力。他名应撝谦，字嗣寅，号潜斋。家原居杭郡威乙巷，后迁居独山。他“天性孝友”,“好学乐道,殚心理学,躬行实践”。明朝遭亡,他“诵《黍离》之诗,欷嘘泣下”。明亡,他“绝志进取,益尽力于著书”,“学穷底蕴”。他拒绝新朝之意竟如此坚决——在杭郡时,其家“隘屋短垣,甚贫”,太守稽宗孟数次到他家,似欲赠物相助,读了撝谦所著的《无闷先生传》后“乃不敢言”。海宁县令许西山请他“主讲席”,一再到访,他不见;一再致书,他不赴。而后他自思觉得“亦非君子中庸之道”,遂“扁舟至其县报谒”,县令大喜道:“应先生你真的答应我了?”撝谦说:“令君学道,从事于爱人以德足矣”,乃礼貌推辞。康熙戊午(1678),诏征博学鸿儒,内阁学士项景襄、李天馥交章推荐,应撝谦却卧床称病,推辞不去。崇祯甲申(1644)明亡之年,杭郡大乱,为避兵,第二年其父应尚伦率家迁居武林北乡独山。居未久,白天一条白蛇从梁上堕下,认为是“兵象”之兆,随即移独山之东居住,“越日,果有游骑至,破数十家,掠人畜而去”。“撝谦与弟允谦后由独山奉母陈孺人迁西南山,遂至骆庄。”

一位独山人的处世之道与上述各位截然不同,令人肃然。他名莫封,字廉州,清代仁和独山人。志书说他家“有田数百亩在横里”,“父殁,家中落”,“遂由栖水徙锁茗桥居焉”。咸丰十一年(1861),清廷所指“粤匪”即太平军攻陷省城杭州后,“乡村盗贼蜂起,余杭青山土匪尤横,地近锁茗桥”。“莫封与举人马慕蔺请于大吏,给军火办团防贼掠”,塘栖等地民众前往依靠,“存活者无算”。“省城克复”,莫封以五品衔带领团勇,随副将徐某在攻克太平军控制区德清的作战中有功,但他的儿子钦策阵亡。“湘乡蒋公奖封功，以银绢赙其子。”遂令莫封在官塘口（今通往獐山的武林头港口）设难民收养局，并令修复桥梁，掩埋尸体。“封实力奉行，无倦容，不居功”。“同治十一年（1872）八月初七，合掌而逝”，“卒葬武康之界山头”。志书称他“生平力行，正直有豪气，人皆敬服”。

独山不能不提的“横里鸭阑村”人马慕蔺，道光癸卯（1843）举人，一度入礼部任事，归家后“杜门不出，著述自娱”。他中举之时，正值鸦片战争爆发不久，洋人开始在华横行之际，他的退居可见骨气。咸丰、同治年间，这位“马五先生”，脚穿芒鞋，手扶竹杖，步履蹒跚，频频往来于鸭阑村（鸭兰村）、金鳌山，细心观察、巧妙构思，留下了《独山十二咏》，可谓是以诗文歌咏、推介独山风光的第一人。他所传咏的独山十二个风景点的标名为：横山白鸟、独港渔罾、南峰龟泉、北岩巨石、圩泾客渡、斜桥远翠、云坞春桃、阑村秋橘、金兜白莲、小山红叶、古寺牡丹、鳌峰积雪。

也许，平仲微先生指点横里，除了对自然环境的赞美，可能还有对熟识人文的思念，更有对亲人的眷顾与向往。因为他的胞弟平仲容也加入在独山横里的怀抱，平家终于让仲墅与横里结了缘，他在《闻仲容弟居横里》诗篇里洋溢着对弟弟的庆幸、祝福之情，也包含着恨不能船往横里，与弟共“就鱼虾”、同“夸鲁酒”的遗憾之意：“舍弟谋生亦有涯，横里移居就鱼虾。藕花官漾十二里，桑阴邻村百数家。飐字帘风夸鲁酒，卖丝船雨避吴娃。白头两地遥相忆，梦绕鹡鸰原上沙。”

千亩墩，古运河畔的璞玉

平洪吉

千亩墩，古运河畔的一块璞玉。倘若把千亩墩比作一位窈窕淑女，那么，她身前身后的京杭古运河及其支流，犹如缠绕在她身上的玉带，且无论从哪个角度去欣赏，均是楚楚动人，美不胜收。

初识千亩墩，其实是在图纸上，看着这一方用点跟线勾勒出来的水土，我不禁浮想联翩，脑海里浮现出了一幅洲渚图景：夕阳西下，一座岛渚在微泛红光的河面之上，微风拂动着满岛的绿意，飞鸟纷纷归巢，又被船桨欸乃之声惊起。

随着千亩墩地块的一些开发工作，我对千亩墩的认识也逐步加深。千亩墩位于崇贤镇北侧鸭兰村，四面环水，墩内田畴交错，附近百姓唯有划船方能入墩耕作，不免使人联想到那"争渡争渡，惊起一滩鸥鹭"的场景。近年来，随着周边的发展，申嘉湖杭高速的开通，塘康路的北延，千亩墩也日益彰显出她的独特区位优势。

千亩墩去了两次，一次隔岸相望，一次深入其中，从远观到近赏，感触也各有不同。

周六与同事来到千亩墩对岸，隔岸相望，春天的千亩墩，别有一番景致。在这里，听不见塘康公路过往车辆的喧嚣，看不见施工工地弥漫的粉尘，闻到的是油菜花淡淡的芬芳，看到的是黄绿相应、春水环绕的秀美之地。河岸边，已铺好狭长的水泥小道，沿着河道线一路延伸，小道两侧，已种上桂花等树木，遥望对岸，能看到千亩墩绰约的身姿，墩内绿树生烟，田畴井然，与独山相映成趣，可能是阴天的关系，千亩墩蒙着一层薄薄的雾气，似一位绝代佳人以轻纱掩面，却掩饰不了灵动的气息。耳边传来岛上清脆的鸟叫声，同事说千亩墩内生态极佳，不仅庄稼长得好，还是个鸟语花香的好地方。

第二次坐船前往墩内，先是绕着墩环游一周，河面开阔，凉风徐来，泛着粼光的水面上，倒映着金黄的油菜花、墨绿的枇杷树，却被一只水鸟扑腾着打乱。进入墩内，首先传来的是阵阵的蛙鸣。田坎两边，一棵棵枇杷树上结满了青色的小枇杷，一株株蚕豆开着花，春风拂动，活脱脱是蝴蝶在飞舞。池塘零星分布着，一位大婶在一个干涸的藕塘里挖藕，满手的泥，满脸的笑。

大抵风光独特的地方，都有各自的故事，千亩墩也不例外。据说当年杭县县委委员马东林被千亩墩的荷池果地所吸引，于 1927 年 6 月在千亩墩身前的鸭兰村产生了杭县第一个农村党支部。1928 年又在千亩墩上的太平庵内召开杭县第一次党代会，会议对杭县党的工作开展起了关键作用，随后，根据会议精神，在运河两岸发展党员，领导农民开展土地革命，进行二五减租减息斗争，宣传党的政治主张，扩大党的影响，壮大党的队伍。1930 年遭到血腥镇压，党组织遭到破坏，随后又发展……从成立到破坏，再到壮大发展，革命先辈们谱写出辉煌的篇章，使得千亩墩充满内涵而愈显深刻。

寻访崇贤的几座古桥

吕伟纲

老鸦桥即志书上之凤凰桥

《唐栖志》桥梁一章中有载："凤凰桥，俗称老鸦桥，在水洪庙前。明季建。"

320国道旁的崇贤老鸦桥、水洪庙一带，每周都要数次路过，奔波往返的旅程中，却每每都是匆匆而过。但心里却一直记挂着附近那座方志上记载着的"凤凰桥"。

今日下午从径山归来，时间尚早，终于下决心去找这座"凤凰桥"。

从国道旁崇贤钢厂西侧的红绿灯左拐，在通向崇贤新港的马路上一直向西，凭直觉在第一个红绿灯处右拐，向北行了约一公里多路，蓦见前方已是熟识的南鲍山了，我遂知道走了冤枉路，见公路边田里有个农妇在摘菜薹，于是赶紧下车去询问。

一问老鸦桥，这位五十多岁的阿嫂立马说："老鸦桥还在的，还是原样的老石桥。"并给我指点了方向。

谢过这位淳朴的农妇。我又顺着来路折回，其间又停车去路边一小店询问，终于知道了古桥在崇钢南北厂区间的河道上，位置在厂区围墙西侧。

终于顺利找到了离公路近在咫尺的“老鸦桥”。

古桥可怜兮兮地紧挨着宽阔通畅的申嘉湖杭高速崇贤连接线上的“新老鸦桥”，蜷缩在新桥东侧，相较之下古桥愈显出其岁月沧桑和矮小卑微。

古桥呈东西走向，是一座平梁单孔古石桥，用脚步丈量了一下，桥长十五六米，桥洞约七米多高，桥宽两米左右。桥面原先是由三整块大条石铺就，只是北侧那块已被换成了水泥石梁，在桥西北侧混浊的河水中静静躺卧着的，正是那块原来古桥北面的杠梁石。

古桥南侧刻有清晰的桥额，正是志书上记载的“凤凰桥”三个大字。只是桥额前后却找不到重建纪年文字。

在古桥南北两侧四根望柱上镌刻着桥联。其中西南侧上联尚十分完整，“人杰先徵栖凤穴”。西北侧最上面一个字已看不清楚，文字是“灵其吉卧龙津”，分析缺少的那个字应是“地”字，故下联是“地灵其吉卧龙津”。而桥东侧上联字迹最模糊，勉强读出“源流通千艇”五个字，下联是“ 近临安第一桥”。

从古桥现状观察，此桥近年曾得到过维修，目前保存状况尚好。

从崇贤镇独山北面的龙旋村委东侧村道往北，约一里左右，在名为“朝西埭”和“朝东埭”的村坊中间，有古桥名为“山后桥”，因桥之左近村名大都姓唐，故当地村民又称此桥为“唐家桥”。

横跨沿山港的老鸦桥(凤凰桥)

山后桥东西向横跨于山后港上，该桥是一座三孔平板石梁桥，长度在十五米左右，宽度近两米。

王同《唐栖志》记载：山后桥，在东港内（按：古人将大运河俞泾渡至王家庄河段东侧小河港汊均称为东港），(康熙)《仁和县志》载，独山之后，有村曰山后路。

古桥目前保存状况良好，桥面两侧近年又加装了钢管栏杆，说明此桥至今仍是两岸村民往来的通道。

山后桥两侧中间梁板上镌刻的桥名尚算清晰，但实在无法读出其前面的重建年月。从桥石的风化程度分析，其重建年代应不会晚于清代中期，重建至今应有一百五十多年了。

位于独山北面的山后桥

运河东岸三家村的太平桥

太平桥，是一座始建于明代的古环桥。桥位于崇贤三家村裘家兜自然村，此地西距京杭大运河一公里，是当地年代最老的一座古石桥。据说在太平军的行军路线图上，标有塘栖太平桥。太平桥东西向横跨于村中小河港上。

太平桥为单孔小拱桥，长仅六七米，宽有两米五，桥孔宽有近三米。桥两侧各有三块条石作桥栏。桥两侧各有八级石阶。

2000 年前后，该村浇筑水泥村道时，在古桥北侧建水泥平桥一座，遮挡住了桥北侧的面貌。

传说明代时，此地曾有过瘟疫。老百姓为求平安，在村中建起了太平庵，又建了这座太平桥。如今，太平庵早已湮没在历史尘埃中，而这座小巧玲珑的太平桥却完好保存至今。

崇贤最古老的太平桥

沾桥南马浜的万年桥和南马桥

在崇贤独山前面一里，有南马浜、北马浜两个村落。

北马浜村原有一座单孔石拱桥，桥名“居驾”“北马”，前些年被临平一家房产公司拆买去，改名“保元桥”，改建成了楼盘景观。至今当地老百姓讲起此桥被拆，都还耿耿于怀。

而南马浜村东西两侧尚保存着两座古石桥。

东面那座叫“南马桥”，是一座三孔石梁墩板桥，桥呈东西走向横跨于河港之上。用脚步丈量了一下，桥面有十二米左右，加上两侧桥坡各有四米左右，估计桥长在二十米以上。桥宽大约一米八左右。该桥由于近年结合河道整治，政府已经出资整修过。

桥由三块条石并排铺成，只是桥北侧中间和东面两块杠梁石已被水泥梁替代。而南面则还是原来的杠梁，可以看清桥额。我找遍桥身，却未能找到纪年文字。从桥排柱上的两块莲花碑的工艺分析，南马桥应重建于清代。

从南马桥上眺望，南面不足一公里处即是杭州绕城公路，而桥西北处则是近年刚建成的大型农居安置点——沾桥新村。新村北面即是独山，山前山后都有公路畅通。

从南马浜村道前一直往西，穿过石塘公路，在距离南马桥约有一公里的南马浜村西首，有古桥名曰“万年桥”存世。

万年桥又称“官行桥”，当地村民传说，当年该桥建好时，恰巧有一条官船通过，所以当地都叫该桥为“官行桥”，而不称“万年桥”。该桥东西向横跨于沾桥港上面。

万年桥是一座三孔平板石梁桥。桥长近二十米，桥宽一米五左右。桥两边安装有完整的石板护栏。

万年桥两侧杠梁石上均刻有桥额，并有建桥岁月之明确纪年。为“康熙甲子年仲冬重建”“咸丰戊午年仲春重修”。桥额后又刻有“众姓捐资”字样。

查考咸丰戊午年，为 1858 年，故此桥重修至今已有一百五十余年了。

根据王同《唐栖志》记载：“南马村桥，在青龙桥北。永乐九年创建木桥，后圮，天顺四年里人李致良，陆孟恭建石桥（按：独山陆氏是当地名门）。”另载有：“东马斜桥，在南马桥北独山东，洪武十年重建。”（《成化杭州府志》）

坐落在沾桥村的南马桥

古运河东岸那座沾驾桥

沾驾桥位于距塘栖古镇三九路程的京杭大运河东岸沾桥街上，桥建于清代。桥东西向横跨于沾桥港上，西距大运河不足一千米。历史上此桥东西两侧都是店面房，如今此桥东侧仍是沾桥市集的中心。

沾驾桥是一座单孔拱顶石环桥，桥长约十五米，桥宽三米，桥高在五米以上。此桥两边各有石级十一级，桥顶左右均有宽厚的护栏石，桥正中石梁上刻有“沾驾桥”额。桥两侧石柱上刻有两幅桥联，由于 2004 年紧贴古桥南侧建了一座公路平桥，遮挡住了古桥外貌，所以无法拍摄南侧桥联。据《余杭古桥》一书记载，该桥南侧桥联为：“北往南来均沾利济，水将山绕税驾凭临。”而北侧两条桥联的上部字迹，不知是人为还是岁深月久石质风化，字迹均已漫漶不清，都是只能看清下面四个字，系：　　　水接星槎，　　　山标月柱。

此沾驾桥，当地民间有一传说：乾隆皇帝初下江南时，曾圣驾光临过此地，当时正是南方雨季，春雨绵绵，运河边乡间小道泥沾如胶，沾了他的乘轿，故名此桥为“沾驾桥”。

传奇的沾驾桥

三家村古三星桥

在古运河东岸的三家村，有一座古三星桥。

相传，明代时此地仅有三户人家，每至晚间，三家亮灯，古运河畔犹如亮起三颗耀眼的星星，照亮了晚间往来的船只和行人的路，后来建桥时便以三星桥命名。

“古三星桥”南北向横跨于古运河支流上，是一座单孔平板桥，桥长有十二三米，宽近两米，高有五六米。桥堍两边各有台阶八级，桥面两边则是由两块硕大宽厚的杠梁石铺成，杠梁石上又凿出石槽嵌上十三块石板做成中间之桥面。

据当地村民讲，此桥在日占时期曾被日本兵砸断过一块桥顶石，后经当地村民修复。又由于此桥离古运河不足三百米，过往船只很多，加上运河水浪冲击，因此极易损坏，历史上曾经多次维修。

古桥两侧的杠梁石上镌刻有“古三星桥”桥额。其中东侧桥额前后刻有“道光二十年重建”字样。清道光二十年是1840年，正是鸦片战争爆发那一年，也是中国纪元进入近代史的第一年，可见古桥重建距今已有一百七十余年了。

古三星桥所在的三家村，在20世纪70年代以前，是当地农村市集的中心，当时古三星桥两边均为商铺店面，附近平泾等地的村民出街便在三家村，运河中又有客运班船在三家村停靠，所以小小的三家村是当时南往杭州、北至塘栖的重要驿站。

古三星桥桥头还洒有新中国成立初期革命烈士的鲜血。那天我在鸭兰村问路，当地几位老人告诉我：“新中国成立初期，曾有土匪在桥头枪杀了当地第一任乡长。”

归家后，我查阅了有关史料，史载1949年8月8日，时任平泾乡第一任乡长的郭彬，被土匪杀害，献出了年轻的生命。

如今，时间的年轮已转过六十余个春秋，烈士的英魂早已去了天国。若古三星桥有灵，它应会记住当年这一人间罪行，而当地的人民将会永记烈士的英名。

三灯高照的古三星桥

漫步家园

第四章·山水

家乡的河埠

陆云松

如果把家乡的四季风貌比作一幅幅或淡或浓风景画的话，那么，一座座造型各异，或窄或宽，或陡或坦，或弯或直的河埠，就是画面上的落款和印章了。

家乡的河埠，它的权属大致可分为三种：一种族中河埠，也称大家河埠。这类河埠，有宽、坦、直的特点。我们家乡的大家河埠，坐落在浜里的一条荡湾里，用清一色青石条铺成，从上到下共十六级石阶，中间还有一个十米见方的大平台。大家河埠除了供村人取饮用水、洗涤、装卸货物外，还承担迎送全村新娘的重任，不知是哪朝哪代定下的规矩，不管自家河埠比大家河埠气派，也不管离大家河埠有多远，村里若有男婚女嫁，大伙都会自觉从大家河埠下船上船。不过，有一种人出嫁，是万万不能从大家河埠下船上船，只能从别处去爬河滩，否则，众人会发怒的。这种人，就是再婚女，俗称二婚头。可见，那个时候，家乡的封建意识还很强烈。

另一种就是门中河埠了。所谓门中河埠，就是氏族门中几个哥儿兄弟合用的河埠，大多用不长不短的“书包”石砌成。

再一种就是自家河埠了，大多坐落在单门独院的房前院后，河埠的造工如何，则要看主人家的地位和富裕程度了。考究的自家河埠，是与住房连接在一起的，晴天晒不到太阳，雨天落不着雨。也有的自家河埠，只用几块乱石头铺铺。

家乡的河埠还分上身河埠和下身河埠。上身河埠专供人取饮用水、淘米、洗菜、淋浴等；下身河埠专供人洗马桶和女人下身之物等，一般都砌在上身河埠的下水头。至于下身河埠的下水头还有上身河埠，则顾不得这些了。家乡人有“眼不见为净”之说。

家乡的河埠旁，大多有樟树香香、杨柳依依的景色。“月上柳梢头，人约黄昏后”，家乡的河埠头，也就成了家乡少男少女谈情说爱的佳地。对水乡姑娘来说，河埠头既是她们情窦初开的花园，也是她们张扬美丽的平台，那时的水乡农村，最靓丽的画面，莫过于河埠头三五成群正在洗衣、洗菜，柔情似水的媳妇和姑娘了。听老辈人讲，家乡有户大户人家的二少爷，在城里娶了一位穿旗袍戴眼镜的姑娘，可谓新婚燕尔。未过夏，从城里娶来的二少奶奶嫌乡下蚊虫、苍蝇、百脚虫多，叫一条小船从河埠头落了脚，再也不见她回来。二少爷发誓再也不娶城里人，要娶古运河畔最漂亮的姑娘。最漂亮的姑娘怎么找？管家终于想出了一条妙计，吩咐大小长工每天早上到四邻八乡的河埠头找。果真，不久就在义桥河埠头找到了一位令二少爷十分满意的姑娘。这位来自河埠头的二少奶奶，陪嫁虽不多，但当村里的花篮戏班赶庙会缺少漂亮的戏装时，新来的二少奶奶二话不说，就拿出绸缎面料的陪嫁衣，送给花篮戏班快快去赶庙会。时值“土改”时期，有人要斗地主婆二少奶奶，全村的贫下中农出面坦言：二少奶奶是好人，她和我们心连心。

在我的记忆中，家乡的河埠头当然也有惨事发生过。那是1947年夏，村里的一位伯伯在赌场输光了钱，半夜回到家里，要妻子把戴在耳朵上的金耳环摘下来给他去翻本。妻子不肯，就逃出了家门。妻子往外逃，丈夫后面追。妻子逃到了河埠头，一句我死给你看，就“扑通”一声跳到了浜兜里，等到邻居隔壁听到动静爬起来救人，救起来的已经是一个没了气的死人了。

光阴似箭，岁月流逝。如今的家乡人，早已用上了来自苕溪的自来水。不用也不能到河埠头去淘米洗菜洗衣裳了。那些或窄或宽，或陡或坦，或弯或直的河埠，有的已荡然无存，有的已被杂草垃圾覆盖，幸存的，也都成了下身河埠了。面对家乡河埠的荒废的现状，我时常回想起孩儿时期河埠所给予我的种种乐趣，船橹划过一埠河水，浪拍河埠石，煞是好看；久晴水清能观鱼翔河底，惊喜不已。待到春暖夏热时，约三五同伴，在河埠头打水漂，摸螺蛳、钓鱼虾、玩“狗爬式”……至今想起，还是那么有滋有味。

人说四十不惑，年过花甲的我，面对家乡河埠的功能不再，美景不在，却是十分困惑：是家乡的文明程度、生活质量高了，还是低了？或许，是我这个老头儿太背时了？但我认为，家中有了开开水龙头就来的自来水，家旁还有一埠碧波荡漾的好河水，家乡一定会变得更加美！好在近来有迹象表明，家乡人正在为此努力。期待着家乡河埠头“活水源头清如许”的这一天早日到来。

摇船曲

赵焕明

水乡。

河汊如网如桠，称漾、称港、称湾、称荡、称兜……水路四通八达。

那时的生产队，船是最吃香的，碾米、卖粮、装氨水、罱河泥、下田畈、卖秋货……都离不了船。全队的主劳力，都抽签排了号子，轮流外出。不抽签也行，但技术再高，力气再大，也不能得十足工分。所以我们几个刚下乡的男知青，都商量着要学摇船。

这船，在人家手中老实，到我们手中，却滑得像条小泥鳅。细一看，也真难怪，橹上一个小坑，按在船尾的一个铁钮上，前后扳动，船才会进。刚学，稍一动，橹就滑下来。我这摇船的天赋，实在是差。有时摇得好好的，前面一座桥，见那窄窄的桥洞，心一慌，橹就滑脱了。等我慌忙弯身按上，船已偏了右，左一撞右一撞，磕磕碰碰地捱出桥洞。本来一条船上五六个人，或抽烟，或聊天，或歪着躺着，几多自在，当我摇橹过桥便一齐动员起来，这边仨那边俩，用手，用扁担，抵着桥壁。我心下那份愧疚，自不待言。

俗话说："天下三般苦，打铁摇船磨豆腐。"逢着大冷天，风刮得冰片似的，遇着顶头风，摇出一身白毛汗，船纹丝不动，或料峭雨天，赤脚蓑衣，水雾茫茫，真有一份凄苦。但也不能忽视其中的乐趣。春日晴明，或天高气爽，遥望水天一色，心旷神怡。若是路远，带上两条被子，五六个人挤在船上过一夜，也蛮有趣。船头三五块砖，支起锅舀着清清河水煮饭吃，恰如野餐。

水乡河道，一如城里大马路。虽没有红绿灯、交通民警，也有一些不成文的规定。大凡过桥，或急转弯处，须老远的拖声一喊："松摇——"意即缓慢些，防止相撞。喊声在辽阔的水面平畴上缓缓扩展，颇有几分粗犷的乡野之美。巧的时候，桥两边两声"松摇"同时喊出，便有一番小小的沉着与紧张。

水乡人出门多了，深感外出的难处。万一擦船，搁浅了，都能容让，并相助一把。碰到断橹断篙等意外，拢了岸，随便哪户人家，都肯鼎力相帮。那一份人与人之间的友爱与亲情，真正让人怀恋不已。

而今的水乡，修路造桥，差不多乡乡都通了汽车。但这船，仍不可缺少。如今更多的是，船后装了马达，机器一开，船就"突突"走了，只需手握舵把，把住方向就是。只有一些极小的船，依旧一船一橹，进进出出，如城里人自行车般方便。只是那船，船身不足两尺宽，人一上船，晃荡得紧，操橹自然更具难度了。身居水乡这些年，我一直未敢问津，也算留一份小小的遗憾吧！

在河流间游荡

莫罗松

很多假日的清晨，我总是背起牛仔包走向远方，在河流纵横的乡间游荡。

我看到很多湖泊、村庄、道路和石头。鸟在飞翔，鱼在嬉戏，庄稼在风中摇摆，雨水打在大地上。在一条河与另一条河之间，人们在大地上生长、播种、造屋、娶亲，繁衍生息。我在湿润的泥土上行走，用眼睛和心灵感受着曾经和正在发生的一切，血肉和情感融合于河流之间。

桃花水猛涨的春天，我向河边的守渔人讨茶喝。在简陋的草棚中，脸上刻满皱纹的老渔人向我微笑，并且拉我喝酒。他讲述了水的博大、洁净和善良，各种鱼的生活习性，以及他和鱼、水之间一生的悲欢离合。暮色渐起，我醉醺醺地向老人道别。老人在我牛仔包里塞进鱼干，站在河堤上目送我走远。

我看见一条小船，就大声喊："大哥，我要去新市，能带我一段吗？"于是这两位壮实的兄弟带我去了新市。在附近的水田里，我看见牛蛙被圈养着，当瘸腿的主人给它们喂食时，我看见这些绿色动物跳跃聚集的可怕情景。一片微雨声中，忠厚老实的瘸腿小伙向我描述了他的生活理想：牛蛙快快长，卖个好价钱，造屋娶妻。

在果园旁，我向一位姑娘喊："妹妹你真漂亮啊！"果园姑娘啪地扔来一块泥巴。我悻悻地走开。她弟弟却赶上来送我一大捧枇杷。

我在早市的茶馆里听茶客谈天。我发现那些穿着像茶馆的门板一样灰暗衣服的老人，深藏着令人震惊的智慧。在这里，浓缩着温暖动人的生活景象。

我不停地上船下船，和很多人擦肩而过，他们的眼神永留我心间。一些微小而难忘的情景经常出现在梦中——河埠头的青石板被磨得光滑无比，烈日下劳动者的饭箩挂在树上，荷叶般层叠的蚕匾，身手敏捷的鸬鹚却石头般沉默，芦花雪一般飘扬，夜色中孤寡老人背着稻草回家，人们在乘凉，月亮升上了树梢头……

我栖身于一条大河边的江南小镇。这些年来，生活的种种磨难降临于身，心情像风中的水面无法平息。于是在假日就经常拎起牛仔包甩在肩上走向远方。我看到了很多美好的事物和情感，帮助我恢复生活信心。在泥土河水中，人们胼手胝足辛勤劳动，于是我想自己要好好教书，勤奋地看书写字。

在这片水汽蒸腾的土地上游荡，其乐无穷。

水乡风景 | 胡建伟

茶 会

冬季，是睡懒觉的好时光。太阳八丈高了，也难见有三两户人家开门拎水洒扫庭院生火做饭的。吃了早饭，男女老少便搬出桌椅板凳，惺忪着眼，寻一个背风的地方，袖手，"孵"太阳。开会是乡村的一件大事。有线广播大会是公社的，社员大会是大队的，都是"孵"了太阳开的。漫长的冬季是团结友谊的冬季。面红耳赤、吹胡子瞪眼、敲台拍桌、鸡飞狗跳、鬼哭狼嚎的事情不大碰得，倒也不大听得见。乡村的冬季轻松愉快，喂喂猪、搓搓草绳、走走亲戚、做做过年衣裳。冬季乡村最显得坦悠悠的，莫过于晚间的吃茶了。

吃茶，其实是茶会。聚会吃茶，口头请帖是三天或一个星期前便已经发出去了。被邀请的人，都是爽爽快快满口答应，从来不会有推脱有忸怩。当然，说聚会吃茶有点蓄谋已久的意思，根据不独是提前邀约通知，茶料也早已储备，可看出东家的心意。春风吹，地气转，雨水一多，屋前屋后矮矮的茶树，开始转嫩转绿，摘了，晾了，铁锅土灶，焙成光青碧绿的谷雨明前茶。这种茶，用报纸包包，金丝般的稻草缚妥，一包一包搁进矮墩墩石灰甏里，草蒲团盖紧，平时是绝对不吃的。“双抢”不吃，秋收冬种不吃，婚丧喜事祭祀祖宗都不吃的。不吃的，还有茶料。茶料的储备，差不多要花去一年的时间，丁香萝卜、五香豆腐干、土笋干、芝麻、谷芝麻（又称野芝麻，其实是留兰香籽），还有烘青豆。烘青豆是选秋天的香脂毛豆，很糯，剥了，在竹筛子上用炭火烘，奇香飘逸。有茶会的人家，早早吃饭，早早收拾停当。柴炉烧起来，柴火噼噼啪啪响，旺盛的炉火带出了柴火的淡淡清香，渐渐弥漫了整座房子。柴炉上放了泥茶壶，一铜勺水，噗噗地冒着水泡。客人们来了，一个、两个、三个……围着已经斑驳的八仙桌坐拢。蓝花边的白瓷茶盅里放入半茶盅的茶叶、烘青豆、丁香萝卜干、豆腐干、谷芝麻，泥茶壶里的水早已沸腾，拎了来，一盅一盅地冲转。趁着滚水激起的清香，抿一口，全身感到久违的舒坦，酥酥地直扑心里。吃着茶，东家长西家短，今年的收成，明年的梦想，扯成一条叮叮咚咚生活流。

乡村的热情

村子坐落在一片浓荫繁花里，都是两层木结构青砖房，从东面到西面一排，从西面到东面又是一排，所谓鳞次栉比，便是这个模样。此地乡村在表明方向上方位词上都带上个“海”字。比如到南面去叫作到南海。从北面回来叫作从北海过来。于是房子的走向，叫作从东海到西海。村里的人好奇、热情。村外的人出现在东海的时候，有人看见了，认识不认识，都笑着招呼。不管什么时候，都问，饭吃过了？抬腕看表，上午10点下午3点，还可能晚上10点，都是与吃饭有些距离的时辰，只好顾左右而言他，说“孵”太阳（或说淘米汰菜啊）？很多时候，男人们都在田里劳作，女人们都在道地上呼鸡赶鸭训狗骂猪，或者是在一条芦苇婆娑桃柳夹岸的小河里洗洗汰汰。河埠是每户人家都有的，有实力的人家很考究地用条石砌一墩两面都可蹲人的八字形河埠。更多的，是在河边夯几根杉木桩，搁几块不规则的蛮石，因陋就简，因地制宜。女人们蹲在河埠上，把浸过了草木灰、碱水和擦过了肥皂的衣裤被褥放在绿波里，奋力地揪过来甩过去，再搁到河埠上用木棍“啷啷”敲。女人们把碗洗得没有一点污渍，米搓得晶莹雪白，瓜菜汰得水珠盈盈。在绿波里消遣精力，是女人们惬意的事情。手不停，嘴也不停，隔了河埠，家长里短，叽叽喳喳，热闹了一条河港。有外人来了，女人或男人，立起身便喊自家细鬼（孩子）。细鬼在，便喊，“快，水根家来客人了。”细鬼得令，风一般刮向西海。若不见细鬼，便隔了河埠探身，喉咙梆梆响，“西海水根家来客人喽！”一声接一声喊过去，像鬼子进村时抗日武装的暗哨一样通风报信。客人东张西望地还在路上，主人家已经从从容容坐了茶壶，抹了八仙桌，放好茶盅，在门口恭迎客人了。

来客人，是此地乡村很开心的事。吃饭时候，男人们裤管高卷，踏着殷红的夕照荷锄而归，一进村子，便晓得谁家来客人了。吃了饭，去有客人的人家串门。串门的人很多，都把高兴放到脸上，招呼着别人的客人，像对自己的客人一样，给别人的客人敬平时舍不得吸的、刚从村店里买来的好烟，一点不肉痛。东家给邻家筛一盅茶。捧了茶跟人家的客人东扯头西扯脑，不失时机地领些市面，回家后再在枕头边向老婆传达。从东海到西海，来敬烟的说话的很多，一般是前客让后客，人一拨一拨地走，又一拨一拨地来，茶喝白了好几回。有时来的是城里的一位能说会道见多识广的体面客人，敬烟说话的都不想走，满屋的人围了油渍斑斑的八仙桌，竟像是在开一场不算小的座谈会。

赖被窠

男人们都剃了头，年纪大的和尚头，年纪轻的西发头，把戏(小男孩)们一律瓦片头。绒线帽、罗宋帽、蓝布棉军帽、时新的是鸭舌帽。对襟棉袄，蓝布棉裤，年轻的，故意把红色棉毛裤露出一截，一拖一拖晃入眼。女人家清早起来拎满一缸水，扫清几爿地，烧了早饭，便拎出一只梳妆盒，坐下来齐整自己。桃木梳子蘸了水，一遍一遍地梳，把头发梳得像刚买的黑绸布一样，油光煞亮。还不满意，再有牙刷细细抹一通生发油，照照镜子，真正是一丝不苟，油光可鉴了。梳妆盒里有一根油腻腻的棉纱线，拿来一遍又一遍地篦脸上的汗毛，等脸庞成了“不毛之地”，便用鹅蛋粉细细擦脸，等鹅蛋粉一个瞌充(打一个盹的时间)瘦了一圈的时候，脸已经白了许多。从箱子里翻出带好闻的樟脑丸味道的出客衣裳，穿戴了照镜子，一身的桃红柳绿。

这是冬日乡村某个早晨的情景。在这样的早晨，许多人家都这样忙碌着。冬季照例是乡村无所事事的休闲季节，不用劳作，既能吃喜酒，又有新衣裳穿，还能展示些风采。乡村的喜酒，五服之内不论，五服之外的，只要有丝丝缕缕沾亲带故，都是应该去送礼、贺喜、吃酒的，宁请千家，不移出一家，是此间乡俗面面俱到皆大欢喜的最佳概括。那样的日子，田塍、机耕路、大河小港里都是去赴宴吃喜酒的人。喜酒场面盛大，无疑喜气也渗透了整个乡村。

喜酒的午餐不怎么丰富，因为婚礼的主角都不在。主角们都去女家接亲了。女人孩子们不吃酒，吃饭吃菜，很快便把一桌菜席卷一空。男人们仄了一碗，慢慢吃酒慢慢吃菜，说一些风调雨顺或一年进账的话。酒足饭饱，泡一壶红茶末子，掇条凳子，叼了烟，在背风的地方“孵”太阳。茶，吃白了一壶，又来一壶。香烟很远很客气地掼来掼去，瘪了烟盒，嘴里也寡淡起来。太阳已经是殷殷西沉，“潮头货”们早已在门口道地上一个一个戳满了炮仗，叼着烟，嘟嘟哝哝开始不耐烦。可是，在这样情绪高涨的时候，接亲的婚船却不见半点踪影，便是烦人的锣鼓也成了一种奢望。掉了牙的精瘦娘舅，笑笑说，看来新娘子赖被窠了！

新娘子的确在赖被窠。新娘子一切准备就绪，却赖在被窠里不哼不哈。赖被窠是乡村赋予新娘子的一项特权，当新娘子在婚礼操办过程中感到有点搁搁牢（不顺心）的时候，她便可以理直气壮地充分享受这项人生中唯一的一次特权。在这样的时刻，任何人不得恶言相向或威吓，人们只有赔小心。新娘子有什么可以搁搁牢的？只有她母亲知晓。被窠一般赖到天擦黑，这也可说是对男家的一次小小的示威。戏做半场，见好便收。这时丈母娘看看心急火燎却不敢怨也不敢言的新郎官，坦悠悠地说，新娘子大概想讨只铜火缸吧？哇！原来如此。铜火缸速速搬来，也好让新娘子快点上路。

拜了堂，吃酒的时候，人们便多了点褒贬不一的谈资。

乡村医药

乡村，在赤脚医生出现之前，都是自给自足，很少打针吃药。吃五谷杂粮，哪个没有头疼脑热？乡人强健，得了病不用休息，也不用打针吃药，房前屋后，田头地角，随便掐片什么叶子，贴了，捣碎吞了，病便好了。

乡谚说，识得是个宝，不识只是草。此话一点不假。一个人好好的，身体的某个部位突然起了个包，接着是头昏脑涨、全身发热。蛇蝎未咬，可能是毒蚊所为。去阴暗潮湿的地方，采摘几片连羊也不吃的、满是鱼腥味的蕺菜叶子，用小石臼捣烂，凉凉地敷在红肿的包上。如此这般，不消三天，病人便可以重新荷锄下田了。老式瓦房的顶上，微风中晃动着一株株寸把光景的瓦松。瓦松暗红色，长在瓦缝里，并没有招人注目的意思。细鬼头痛脑热伤风感冒，拿枇杷叶文火煎膏，吃了治感冒，却难治老呛。这光景，便要搭梯上房求瓦松了。把瓦松堆在土瓦上，放到炉子上煨。青色瓦片上的瓦松焦黄一阵后，便萎了，捏成灰，开水吞服。一日三次，感冒的细鬼便不咳了。

在暑气正盛的夏日，从墙角或竹篱间冷不丁闪现的鸡冠花，给人们带来的不仅仅是悦目和爽心。当乡下人不小心吃坏肚子时，它是专治痢疾的妙药。咽喉肿痛，扁桃体下垂，嗓音都哑了，不打紧，去杂草葳蕤的坟地里找几片白毛夏枯草来，加盐捣烂，挤出浓绿的汁水，闭了眼吞服。哇，几近黄连苦，但可以使人中气富足、喉咙梆梆响。逢年过节，满桌的鸡鸭鱼肉糯米点心，细鬼们贪食难免吃坏肚子。治这病，老太太们有绝招，从大菜橱里寻出一两只鸡肫，在柴炉上煨成焦黄甚至炭色，捏成粉，取一撮，喂了。这样一日四五撮，第二天，细鬼们又是鲜灵活跳一个“草头王”了。

最神的莫过于草药治蛇伤了。乡村地带，难免阡陌荒僻，蛇虫百脚横行。天气闷热的仲夏夜晚，好好地走在乡间小道或田塍上，脚突然被什么啄了一下。捂住脚一看，哇，是蛇！乡村的水蛇无毒也不咬人，毒蛇主要有五步蛇、灰头壁（蝮蛇）。灰头壁全身灰黑，头呈三角，像一截烂草绳，咬了人便扬长而去。人被毒蛇咬了，不多一会，便开始疼痛肿胀。乡村的说法，人肿到胸口的时候，便是难以救治了，所谓毒气攻心。刚被咬，乡邻会一面用刀给伤口划了十字挤血水，一面让人去田塍边找一种叫作“半枝莲”的草来，外敷内服，救死扶伤。乡村治毒蛇咬伤最好的草药，是一种叫作“七叶一枝花”的野草。这种草七张叶片，一枝花朵，亭亭地立于杂草荆棘之间，像一位山不显水不露的村姑，救助的，却是垂危的生命。

乡村的船

乡村多船。

乡村里，一片片桃林果树，一片片黄熟田畈，一片片深藏于浓绿丛中的屋舍楼宇，初看，是由一条条黄泥小道勾连成的。你可能自信地循着小道去乡村的某个地方，可是也许会忽然一怔，发现自己已无路可走，一条河坦悠悠横在你面前，你不可能涉水而过。举目远眺，你要去的地方隔河相望。但周围没有桥。这时，你往东或往西走，不多远，拐弯的时候，你忽然又会一怔，啊，一条船！这是一条平头平底木船，浮在一小片在风中微斜的芦苇中。船上没有船夫，也没有木桨、大橹和可供点岸的竹篙。船上有长长的棕绳，系在此岸，也系向彼岸。你跳上船，不断地收拢湿漉漉的棕绳，到达彼岸，便不是一句空话。这是乡村给你准备的一种无言的邀请，表达一种劝人自助的诚意。这种别具一格的渡船，乡村唤作“扯渡船”。

乡村多小道，多小河，便也多船。乡村的船，大体分为两类：划船和橹船。划船船身长，两头稍尖，像一条对剖的黄瓜。划船一般用两支木桨，扳桨使船向前，推桨使船保持航向。划船在大河小河里穿行，速度飞快。乡村的新鲜蔬菜、四时水果、土产特产，划了船去老镇交易，天蒙蒙亮时镇上便繁荣热闹起来。甘蔗窖熟的时候，船们都在运河里聚集交易，船贴船，船接船，远远望去，竟如皮影戏一般。逢年过节，或者农闲时节，乡村划了船去镇上玩耍购物或走亲访友。物资匮乏的年代，要变着法子弄一桌酒菜招待这些乡下客人，谈何容易？于是镇上人家戏谑：划揖（木桨）一笃，爬上一桌！

橹船基本上是运输工具。慈姑、荸荠、甘蔗、枇杷、藕、菱……是乡村的活期存折。收获了，要兑现，便装上橹船，穿小河，走运河，直至长江以北。日晒雨淋，朔风飞雪，芦扉苫船，船梢置了缸灶，装满了一船的艰辛，又承载着一船的喜悦与希望。乡村婚丧喜事，靠的也是橹船。老人百年，棺材抬到船上，四周有较大的空间，以供妇人们哭诉，号啕俯仰而不受限制。婚船是一个充满喜气的吉祥物，穿红戴绿的新娘自不待言，送亲的队伍也是满身喜气。摇橹的汉子，在一片锣鼓咚锵声中，嗷嗷叫着，能把船摇得船头高翘，寓意着乘风破浪。

乡村还有梆梆敲击捕鱼的敲梆船，还有打网船、滚钓船、墨鸭船……

春天过去，夏暑将临，在等待夏暑的时光，船大都拖上岸，翻扑在木架上。壮健的男人们赤裸着上身，在石臼里捣着油泥，然后嵌到已经有裂缝的船身上，等到空气中飘逸了熟桐油气息的时候，阳光下的船们早已是焕然一新。修船、油船，是为了等待一个充实和丰收的季节。

与水为伴

莫罗松

我对水极为熟悉，因为我似乎就是在水中长大的。我出生在大运河边，三面环水的家就像一艘泊在岸边的船。水的气息弥漫了整个童年时代。我在水中成长，自身气质性格的养成似乎也离不开水。现在我工作的地方，是一个运河边曾经十分热闹繁华的码头城镇。与水为伴，看水起水落，夜夜枕着水声入睡，我感到非常愉快。

水边人家伴水栖。一汪碧水连接了很多平凡人生的悲欢离合。我看到人们在水边生长，水中觅食，水中娱乐。擂鼓声声，欢呼阵阵，赤膊的人们赛着龙舟，我感到一种力与智结合的美，一种源自生命深处的活力和激情。半水半岸的舞台上，社戏演得红红火火。夜色沉沉中，无数船上的观众痴迷入神，人间的温情、英雄的业绩在水乡的每一个村庄上空响彻。敲着锣鼓的迎亲船从一个石埠头来到另一个石埠头。暗夜里的点点渔火，快乐的人们唱起古朴的《收网歌》。在一条河和另一条河之间，祖祖辈辈的人们歌哭于斯。我想起祖父讲的莫氏家族的来历：一个卖萝卜的年轻人，手握竹笛，双脚划船，穿行在村庄之间。每次经过一棵香樟树时，笛声得到另一管竹笛的回应。于是他停下船，看到一位荷花般的姑娘下来淘米。他说，妹妹能借口茶喝吗？姑娘红着脸点点头。于是莫氏家族就在水乡扎了根。

有关水的美好回忆太多。我想起坐船夜行。船擦着水面的潺潺声，岸边的犬吠声，挑担夜行人的交谈声，来往船只的应答声，芦苇丛中惊起的野鸭声，都极有意蕴。躺在船舱里，外婆讲着古老的故事，剥着水里捞起的菱角。月色溶溶，穿过一座座石桥。很多个夏天，我像一条鱼，除了吃饭睡觉，几乎都在水中。在蓝莹莹的水下，我看到了一个奇妙的世界。一个透明的、身心俱净、坦荡自由的世界。被父母赶上岸，我只能用兔子般的红眼睛注视着空气中的人世间。我与水草相亲，与鱼儿交谈，我真的想象一条鱼一样一直待在水中。

水教会我沉静流动而不凝滞，谦和平凡而不浮躁，涓涓细流水滴石穿；水告诉我自然的美丽和谐，拒绝粗暴、虚假、丑恶，向真向善向美。近而立之年，在经历了个体生命的风起云生之后，我感谢水教会我如何在水中岸上生存，并且确信在未来的日子里将得益匪浅。

水墨崇贤映栖霞 | 陈冰兰

这是一个初秋的早晨，我与几位摄影朋友沿大运河水脉去崇贤拍摄水乡风景，带着凉爽的微风渲染着一路的景色，生出令人心旷神怡的惬意来。原野有一层薄薄的雾霭，在霞光的映衬下，与远处天际飘浮的白云似有一种约定。

我们在路口的一个大池塘边停了车。从车上下来的人个个都被这乡村美景所陶醉，连声说："哇，太美了、太美了！"接着便都迫不及待地拿出相机从各个角度拍摄起来。

池塘边长着很多让我欣喜的狗尾巴草和一些我不认识的闲花野草，几棵我叫不出名字的小树随意生长在塘边的小路上。小树们悠然的姿态在静谧的池水里倒映出水墨画一样婆娑的影子，池塘便多了一分草木的生机和情趣。池塘的另一边有两只大白鹅像是在看着我们，却又没有一点专注的眼神。这两只大概就是所谓的呆头鹅吧。但看它们浮在水面依偎在一起的样子，让我感觉到动物们那种无言的默契和悄无声息的抚慰，给水乡添了一笔画龙点睛的浪漫。

与这个大池塘相邻的是个荷花塘。荷花虽已在夏末秋初的季节里枯萎凋零，但她孕育的鲜嫩果实却似白玉般晶莹。荷塘里有几个藕农在踏藕，他们穿着水裤，在泥泞的荷塘里踩踏、劳作。我早知道藕和荸荠等水下植物的采收都是人工下水操作，也知道莲子的滋补与鲜藕、荸荠等的鲜美，更知道崇贤盛产莲藕、荸荠、茭白、慈姑等水生作物，是三家村藕粉和大红袍荸荠的原产地，但当亲眼看到藕农在水中劳作的情形时，心中顿生敬意，真正感受到了水乡农民的辛劳和每一颗莲子、每一个荸荠所凝聚着的心血和汗水。

离池塘不远处有一大片种植草皮的田垄，十多只白鹭在草皮上觅食。它们起飞、停下，起飞、停下，天空和草地都成了它们肆意捕食的领地。

几户农家的房舍在秋日的阳光里显出几分慵懒和自满。这几户农家门前的院子里都晒了些刚从地上摘来不久，和豆梗连在一起，散发着植物清香的毛豆，与房前屋后的银杏树、枇杷树、桂花树、枣子树、石榴树泛黄的树叶及野菊、芦苇、美人蕉等，绘出了秋的斑斓和旷意。房屋后面是一片竹林，竹林通向一条小河，两只小木船静静地泊在一棵向着河面生长的树枝下，与远处的一座小石桥和这条向西延伸的小河构筑成一种恬静古朴的美。摄友们兴奋不已，将秋天的味道、水乡的味道，全部定格在相机里。

我也把相机镜头对准了这些让我寻觅的场景。城市的拥挤让我们有些疲惫，而水乡的池塘、小河、石桥、田垄、村路、房舍及花草树木、鸡鸭猪狗，在我眼里，点点滴滴都是画中美景。

几小时光阴匆匆过去。在一农家小店休息后大家决定再拍晚霞暮景。待到日光西斜，我们在一条小河边找到一块依水草地，拍摄烟霞之景。

太阳渐渐地往西移去，阳光由金黄慢慢地变为红色，晚霞映照在小河上，河水泛出红彤彤的粼粼波光。在暮色里，水乡的小河、水塘、房舍、村野，与远处的天际交汇在一起，于是，我拍下了崇贤最美的景色。

古山古田迎新港

陈如兴

320国道自崇贤折向西行。平旷富饶的沃野与村落间，一座古山丘突兀耸立在大运河东岸，这就是闻名遐迩的独山。它的西侧曾毗连一小山，故横看独山，状若巨龟，栩栩如生，古称“金鳌山”，鳌，龟也；亦呼横山。俗话说“山不在高，有仙则灵”，独山之“仙”之“灵”，恐离不开与古运河相依相偎，互为拥有。有故事传说，独山巨龟将头向西伸去，想饮运河水，山后路人为抄近路在其颈部踏出了一条路，巨龟头颈就再也伸不长了。运河水喝不成，它就索性朝西而卧，把守护运河边栽种大红袍荸荠的古田畈横泾圩作为自己的天职。久而久之，山变得愈发俊秀，大红袍荸荠越长越好、越长越多。自此，独山就以它诗画般的风景名胜和四周田畈盛产优质大红袍荸荠等特色而名声远扬。我从小啃着荸荠，听着这样的故事，在横泾圩长大。

据古籍所载，独山脉连皋亭，因在平原独耸一方，故名。另有一说，独山因有“每出云，晴则雨，雨则晴”之特异而称“独”。遗憾的是，20世纪七八十年代，在山石材料与名胜景观的较量中，前者占了上风，龟头小山被刨根掘底，荡然无存。古书、古人曾在独山留下过不少的史证与赞誉之辞。记载古镇塘栖人文历史的《栖乘类编》称："栖镇地脉，由皋亭穿渡之独山而来，故山川形胜，当以独峰居首。"民国的杭县志书则记述更详。一说独山四面皆河，东侧突起云拱山，山上庵名云拱禅院，周围多植桃，花时登山游赏者尤盛；一说独山西麓横里村，背山临流，村屋在桑枣中，如卷画然，山后村落，春日桃花夏时菱藕，风景尤胜；还有一说，民国二十四年(1935)，闽人凌氏，购山左地百余亩，开荒植果，名三叶园，并筑楼于此，仿古宫殿式，极雅，抗战时山林被毁，民国三十年(1941)10月，楼及张老相公殿并付一炬。

志书中所说的那个环境幽雅的横里村址在何处，我不知底细。20世纪60年代中期，作为管区公安民警，为了解有关治安情况，我曾推着自行车上云拱禅院看过，遗址断壁残垣犹存，山前大队因陋就简改建为养蚕共育室。至于三叶园楼、张老相公殿等古景我均未曾一见，只是儿时常听做厨师的父亲，每在主持新郎新娘拜堂仪式时，必哼唱的那句"独山顶上，张老相公，如何如何"的吭词，却不知道张老相公为何人，更不晓得山顶上还有其殿。要不是日本鬼子作恶，也许今人尚能一睹遗迹。

清道光癸卯年(1843)举人、仁和县横里村人马慕蔺，曾有诗作《独山十二咏》，亦即赞颂独山十二风景区之美，其标题分别为"横山白鸟""独港渔罾""南峰龟泉""北岩巨石""圩泾客渡""斜桥远翠""云坞春桃""兰村秋橘""金兜白莲""小山红叶""古寺牡丹""鳌峰积雪”。若能赏吟十二咏全文,定能引发对古山胜景的神往。

岁月流逝,独山古风已经远去。独山西守的古田畈横泾圩,于20世纪50年代初起,经历了轰轰烈烈的土地改革,当家做主的人们,在党的领导下,走过了从农业互助组到初级、高级农业社,再到人民公社等多个阶段的农业集体化道路。三十年的实践,风雨兼程,人们在与天灾人祸的斗争中艰难跋涉,在执着探索中收获成果。80年代起,改革开放推行的家庭联产承包责任制。又是一个三十年,横泾圩焕发青春,能量与活力得到最大限度的释放,如同敞开的舞台和宽阔的跑道,思想解放的人们勤劳致富,朝着小康目标奔跑。过去曾经有个说法,独山人离不开家乡,离家远了见不到独山就会哭。如今,他们离开独山、离开田畈,开工厂、办企业,做生意、搞营销,国内国外满世界地跑,经济搞活了,人们富裕了。前不久有报道,已创办三年的崇贤镇独山工业园,已落户企业二十几家,其中亿元企业有多家。

在可持续发展要求的推动下,本来被冷落的横泾圩,以其水连京杭大运河,陆通省道国道,南北牵着苏沪杭的区位优势而身价倍增。开港口、筑码头、建造物流中心,横泾圩自然成了人们心目中的最佳选择。可谓巧合的是,70年代,担任余杭县围垦指挥部和临平区委负责人的独山横泾圩人陈圃兴,在县委的领导下,带领临平区各公社干部、民工,在下沙苦战近十年,成功围垦钱塘江海涂4.2万亩,实现了沧海变桑田、进而建都市的壮举。时隔三十几年的今天,他的家乡故土却反其道而行之,改桑田为沧海,教古田畈翻身成了港口。两者时间、地域、内涵不同，却殊途同归，同为因地制宜、服务发展、造福人民之善举。

占地56公顷的崇贤港作业区第一期工程，自2006年初动工起进展顺利，一百七十几户港区拆迁户已在独山南麓新农村居住点定居。横泾圩古田畈的最后奉献已经呈现，泱泱新港荡漾着清新气息。古山与新港融为一体的独港新景画卷已初露端倪。可以相信，智慧的独山人已在对画卷的特色与精彩之处进行揣摩、构思。他们或许会在港区与运河、港区与独山融和、协调的总体格局上做文章；或许会在码头作业与观光游览互不相扰的设计上动脑筋；或许会在整个区域的植树绿化上铺底子打基础；或许会在古老独山的装点复苏上涂上浓墨重彩；或许会在与新农村建设相互衬托一致上寻找契合点；或许还会让独港渔罾、云坞春桃、三叶园楼等古老景观的重现与更新。愿独港新景比想象的更美，已步入晚年的吾辈尤翘首以盼，祝独山人好运。

抚今追昔话水路 | 陆云松

近读姚水林先生的《上塘河之殇》，对生在古运河畔，长在古运河畔，又对临平周边水系略知一二的我来说，除了同感之外，还多出了一分惆怅。

事实上，如今已“没有舟楫”的临平，曾经是一个船来船往的水陆码头。据有关史志记载，南宋时代，以穿临平而过的上塘河为运河，元末张士诚新开运河之后，京杭运河才途经塘栖。听老辈人讲，20 世纪 40 年代前后，临平还有临平至塘栖、临平至大麻、临平至杭州等多条载客的航船班次。直至 20 世纪 70 年代前后，临平还可接纳南来北往的舟楫。在这期间，我曾二度驾船光顾临平。

一次是 1970 年，莺飞草长的阳春三月。那一天，大队书记拿了一张公社出具的介绍信，喜滋滋地赶来对我们的队长说：“县里分配给我们大队一批毛竹和木头，是给下乡知识青年造房子用的，想用你们队里的那条五吨平底木船把它运回来。”队长二话没说，当即就把去临平载毛竹、木头的任务分派到永龙、法连和我三个年轻人身上。临走时，书记还补了一句：余杭县木材公司在临平西洋桥南边，你们去时要走上塘河。

上塘河，离我们的家乡并不远，仅十来里水路。第二天一大早，我们便带上路上要吃的米，要烧的柴，搬出队里为船出远门备着的缸灶、纤绳等必需之物，然后解开缆绳，将那条停泊在石前浜里的五吨大木船驶进了石前港。船过杨店桥、康家桥后，转眼就到了上塘河的皋亭坝。上塘河与古运河的水位落差有两三米，船靠坝闸后，一根长长的弯篙连同一只小竹篮便从坝基上伸将过来，我们便将早已准备好的过坝费六角钱正放进小竹篮里，八位手拿弯篙的壮汉便把我们的船拉进了上塘河。此程序，称之为"过坝"。

上了上塘河，扳艄去杭州，推艄去临平。皋亭坝至半山桥这一段，还有纤路，可背纤。这一天恰逢顺风，备了纤绳的我们没有背纤，只是将躺在船舱里的那张芦篌挂了起来，借着风力摇橹前行。船过半山桥，看到桥洞两边均有尺余宽的纤路，印证了上塘河曾经是一条黄金水道。半山桥过后的上塘河，河面虽不宽阔，但像我们这样的五吨大船，仍来去自如，两船相会交错也无障碍。船至上塘河星桥段，已到午时，我们便支起缸灶，先舀一勺上塘河里的水，解了渴；再舀一勺上塘河里的水，烧饭充饥。大约在吃点心的时分，船至临平保障桥，远远望去，西洋桥边的河面上，已停满大大小小的船只，我们那条五吨平底船，只好停泊在保障桥与西洋桥之间的河面上。

另一次，也是最后一次驾船去临平，是 1972 年深秋。这一次不是公出，是帮队里一户困难户去临平罗庄砖瓦厂提政府配给他的一千张平瓦。罗庄砖瓦厂在临平北端，用不着过坝走上塘河，走内河即可。而走内河去临平，我们似同去娘舅、外婆家一样熟悉，途经那几条港，那几座桥，心中一目了然。因而，我们几位帮工，就建议主人家半夜就动身，当天就把平瓦从临平罗庄砖瓦厂运回来。

深秋的深夜天高云淡，皓月当空。我们一人捧橹，一人拉梆，扳扳推推，你来我去，船过至此，满河满港的星斗均被橹板划得支离破碎。船出杨店桥，一个大推梢，便进入了青龙桥港，穿过前村港、章家桥，沿山港，老鸦桥，当一个板梢驶进泰山港时，太阳已从超山顶上伸出头来迎候我们了。在泰山街上吃了早点，稍作休息后，我们又点篙棒橹，一推一板地赶着尚未走完的水路。船过和尚桥，我们的行程已过半。当船至小林境内，河道就渐渐窄起来，最窄处，河滩两旁向外张扬的甘蔗叶，会主动与我们亲密接触。我们看看四下无人，就瞄准长得最高最俏的甘蔗，一把把它拖进船舱里，先卸它的绿色外套，再剥它的红色内衣，娇滴滴的白肉露出来了，我们便迫不及待地啃了一口又一口。当我们还沉浸在甘蔗的甜蜜之中，河滩旁全是参天大樟树，临平罗庄砖瓦厂就到了。

20世纪70年代初的两趟临平之行，让我对临平周边的河道有了大致印象。她虽然没有我们家乡的古运河、鸭兰港那样平和大度，大小船只来者不拒，但仍畅通无阻，不失小桥流水的风情。是什么时候，什么原因，使天然的水道愈缩愈小，水乡特色愈变愈淡，自然不是三言两语能说得清、道得明的。我要说的是，如今“没有舟楫，没有鱼虾，没有埠头淘米浣衣的女子，连‘河’都难以胜任”的水道何止上塘河一条！以我居住的那个地方为例，在两平方公里的区域内，近五十年来已消失或正在消失的河港有马家浜、曹家浜、金钱浜、焦家浜、喇叭浜。有的造了田，有的盖了房，有的被道路、垃圾、烂泥、高架桥桥墩所占据。我家旁边的那条石前浜，20世纪90年代初，五吨农船可在浜底端调头。现在，五吨农船可调头的地方，已盖了房，其余的地方，大多成了蹦一蹦都能跳到对岸的沟。

抚今追昔，面对水乡河道功能的不再，只余惆怅伤怀！

独山缺一景

孙高平

文坛大师郁达夫在其游记名篇《钓台的春昼》一文中，曾提到：“因为近在咫尺，以为什么时候要去就可以去，我们对于本乡本土的名区胜景，反而往往没有机会去玩，或不容易下一个决心去玩的。”掩卷而思，的确是如此。譬如我们崇贤人，对于举目可见的，貌似熟悉得不能再熟悉的独山，多半是一脚也不曾去攀登过。至于要说山上山下的景物，那更是不甚了解。

那么独山到底有什么风景？屠再华老先生在他的《常有灯为伴》集子中，说到了杭州有“鳏”“寡”“孤”“独”四座奇山。“鳏”“寡”二山，据说就在老余杭的仓前境内，山有石窟造像，古迹斐然。孤山独领西湖天下景，名闻遐迩不在话下。与之相提并论的独山，突兀于水乡的平畴中，且形若巨鳌，襟运河而带丁湖，穿皋亭以引塘栖，原本就算得是一道风景的。

独山的山名，颇带点历史的沧桑印记，不同朝代叫法也不同。独山除了众所周知的“金鳌山”之名，还有“钵盂山”“横山”“云拱山”等别称，其来历大多已无从稽考。至于“云拱山”的称法，至今在山后路一带乡村老者口中尚能听到。有心去翻书探个究竟，直可追溯到南宋时期的《咸淳临安志》。志书记载，独山在当时“每出云，晴则雨，雨则晴”。不知道有没有人较真而细察过这云景？要知道，那时的独山之巅，确有一座唤作云拱禅寺的梵刹，风和日丽时有的是上山进香的善男信女。不消半个时辰的脚力，便可来到独峰绝顶，俯瞰山脚下蜿蜒曲折的河浜，和漫漫无际的桑稻，分辨三三两两的烟柳人家，与登上近乡黄鹤、皋亭或超山所见情景想来并无二致。

清朝同治年间，出身仁和县大云乡鸭阑村的举人马慕蔺，独自以诗记形式总结了家乡独山的处处景观，题名为“独山十二咏”。在此不妨将这些景名罗列在侧：

横山白鸟：由下塘运河乘舟入杭，独山耸出一方，尤其到夏秋季节，迁徙而来的白鹭云集松杉枝头，翠树白羽相间，极为壮观。

独港渔罾：独山西面港汊密布，渔民歇船聚居而成村落，地名罾网兜（方言音：沉莫兜），日暮渔歌晚唱，颇饶幽趣。

南峰龟泉：泉眼在独山南麓，形状有如龟，清澈甘冽常年不涸，山前村坊间汲此泉烹制茶饭。故名。

北岩巨石：独山北坡巨石嶙峋，其中状若虎踞的大石岩下有洞穴，俗呼老人洞（方言音：老宁洞）；洞口处可下瞰横溪，此处冬日寒鸦古木，十分萧瑟。

圩泾客渡：总官塘桥的东面即是横泾圩，横泾也称横溪，东西两岸凡农民、客商往来均需摆渡，横泾圩可唤渡船。

斜桥远翠:独山西北方向,有石拱桥俯跨横溪,斜对独山,郊游远足,山色尽收眼底。

云坞春桃:独山东南坡,花事最盛况,清明节旧俗看桃花,山坞里云影霞光,红男绿女踏春,掩映桃树林中。

阑村秋橘:阑村即鸭阑村,因普宁寺和尚海理化缘建有鸭阑桥而传名,村居散布鸭阑桥东西岸,家家户户皆栽橘树,花果天地,入秋成景。

金兜白莲:独山西麓有长春桥,桥之西有村坊金家兜。村人于池沼中植莲藕,盛夏则风蒲猎猎,以白莲居多而可赏玩。

小山红叶:小山与独山一脉相承,秋末冬初,枫叶见霜而醺红,常有人趁雅兴,携酒菜来登上小山山头,对景消遣,自得其乐。

古寺牡丹:古寺即是普宁寺,寺院原在今东塘普宁村。村即独山西北之处,古时大云乡地域杂错现今崇贤、仁和两地,普宁寺牡丹相传为明朝于谦所栽;花丛至今茂盛。

《独山十二咏》写的即是十二处景致,到此已经说了十一个,那遗下的一景又是什么?并非是笔者摆噱头,实在也有所不知,所以本文的题目就实话实说了。

这独山的风光,有的现在还依稀能辨。如斜桥远翠——鸭兰港之上古斜桥尚存,立于桥端眺望独峰,天地悠悠山色空濛,犹如一幅江南画卷。又如古寺牡丹——运河西岸的普宁寺,庭园中成为文物保护点的牡丹花已开谢数百载,据说政府最近还有了重建寺院恢宏殿宇的规划。可惜更多的独山景物,则随时光荏苒,彻底地湮没在历史中了。

文章的末尾，我试图借了古人《独山十二咏》诗抄作向导，配以独山的示意图，把知晓的十一处胜景，大略地标示在这图面上。一则期望对驴友们寻觅旧景能有些按图索骥的功用；二则也是抛砖引玉，期待乡土文化研究人士针对独山人文历史，进行更深的发掘和研究。

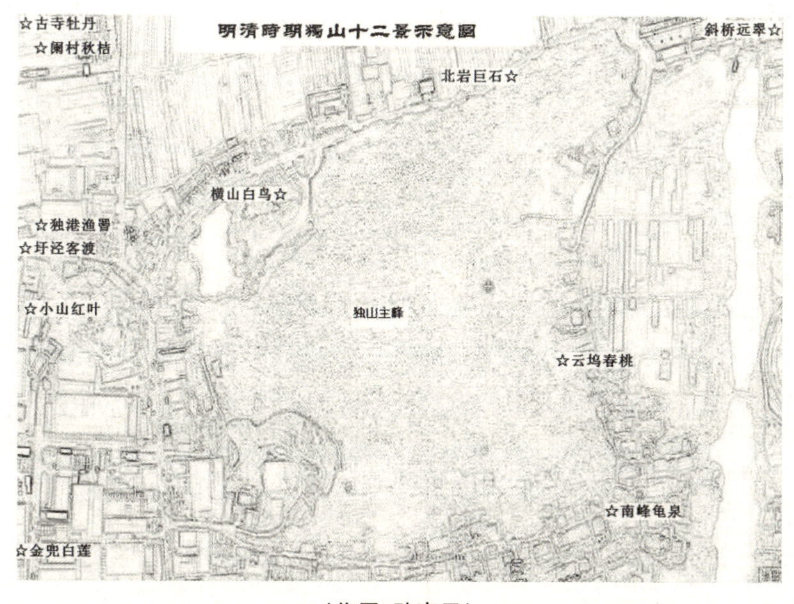

（作图：孙高平）

独山，让我相思相忆

李俊武

独山，这名字老老实实的，不虚。

它是平坦肥沃的田地中间，猛地戳在那儿一座山丘。只有这么孤零零的一个山丘。

看似不起眼的一座山丘，仿佛女娲娘娘补天飞落的仙石，在一望通透的崇贤田野里这么一立，如同花园里的一座长满青苔的假山，又像披挂着绿藤的屏风，将崇贤的风景画装点得愈加文雅娴静，使得淳朴中透露着灵气，雅致中氤氲着浪漫。

山虽小，却蒙着一层民间传说带来的神秘色彩。据说是乾隆巡视江南水灾，人马被困，一只神龟载龙体渡过洪水，随即化为独山之丘，造福人民。带着先入为主的印象，独山看上去果如一只巨龟，伸长了脖颈，头贴着蔡马村的北马桥畔，似在畅饮河水。原来的沾桥中学，即现在的崇贤二小，正坐落在巨龟的脖子上。而独山就是高高鼓起的龟壳。传说虽有些牵强附会，但是崇贤人杰地灵，物富人丰，却是不假。

我在沾桥中学教书的时候，经常在二楼走廊眺望风景。春天看田野里的油菜花，夏天看静静的北马河，秋天看五彩斑斓的独山，冬天看温暖的阳光。冬日的早晨，太阳悬在东边楼顶，发出耀眼的光。我感觉目眩，扭头向西边，独山的风景和山顶矗立的电视转播塔清晰可见。半山腰是学校的旧址，北面和东面相连的瓦房伏在乱石榛树丛间。顺着几十级石阶走下，便来到山脚下的学校。楼前的围墙外有一大水塘，水波在阳光下闪闪发亮。不只是水波，粼粼闪动的还有鱼。鱼儿可真多，在浅水的地方窜窜跳跳。几个穿水衣的人正在往竹篓里拣鱼，鱼尾在用力甩动挣扎逃窜。鱼塘外边，是稻田，被卷地的大雾遮着，看不甚明白。我心里舒畅，正陶醉在美景里，不料，东方迅速地漫来弥天大雾。我竭力去搜寻美景，先是拱桥和河流不见了，接着鱼塘也不见了。大雾在阳光的驱赶下，迅速膨胀，扩散，逃逸。它顺着山脚卷上山去，遮掩了整个山体。我呆呆地站着，这变化来得太快了。阴冷袭来，我没有离开，期待着阳光的再次出现。果然，一会儿，雾渐渐淡了，散了。山体和鱼塘愈来愈清晰，终于像一幅画般呈现在眼前。阳光正是描绘这幅画的丹青妙手，它正温柔地注视着我。

我们每天绕着独山生活。曾记否，山南的山前村敬老院里传出团员青年的欢声笑语；曾记否，山北的山后路村的农户里有我们家访时品着毛豆、橘皮、芝麻、茶叶泡制的咸茶的身影。

当然，我们也经常登上独山，放松身心，找一找极目远眺的感觉。通常是春秋的季节，春天嗅着茶树的清香，跟随着翩飞的蝴蝶，受到路旁山花的簇拥；秋天轻抚着赤黄绿紫的树叶，拨开千绕百折的藤蔓，聆听轻风送来的松涛声。寻觅着曲折的山路缓缓而上，来到电视塔的西侧，躲开高大的针叶松，视野豁然开朗。一条白色的路向西延伸，到了沾桥街；另一条白色的路向北延伸，到了三家村。这两条路像编织的经线，将大大小小的长方形水田连接起来。其中穿梭着许多弯弯曲曲的河流。更远处，围绕在北面和西面的京杭大运河仿佛系在姑娘美颈上的一条白色的丝巾，被微风吹得飘浮起来。水乡的迷人之处就在于曲折。

我住在沾桥街上。沿着沾桥河，走在鹅卵石铺就的小路上，路边是面店，走进去坐下，点一碗热腾腾的腌菜面条，要一碗坛装的黄酒，慢慢地品味生活。路边地上摆着本地人自己地里种植的茭白、慈姑、毛豆、青菜，还有从地头水沟里捞起的螺蛳——这个用辣椒大蒜和黄酒爆炒，做下酒菜最妙。扎着马尾辫的姑娘，穿着印花的裤子，袅袅婷婷地走着，用吴侬软语打着招呼。街上有座独拱石桥。这座不起眼的石拱桥，在独山顶上也是望不到它的，却有着一个响亮的名字——沾驾桥——相传为乾隆立足之处。站在沾驾桥向南看，沾桥街一览无余，早市过后，能一直看到去塘栖的公交车532路(现在是350路)。我常想，沾桥是缩小版的塘栖。坐532路绕过独山，不用半个小时即到塘栖。站在大运河上闻名遐迩的广济桥，向南一望，广济大街尽收眼底。广济桥是七拱石桥，沾桥街就是七分之一版的广济大街，小得与满街人都亲近。

从独山往北直到古运河畔，有一个三家村。我倾慕于它的文化气息——让我想到邓拓、吴晗、廖沫沙的“三家村札记”，尽管两者风马牛不相及。这个三家村盛产藕粉。站在独山顶上，我脑海里闪出“接天莲叶无穷碧，映日荷花别样红”（杨万里《晓出净慈寺送林子方》）的夏日图景。走进田野，那里的确有一口口方塘和密密匝匝的荷叶。取些藕粉调上一杯，细细滑滑，甜甜蜜蜜，闭上眼睛想，这就是生活的滋味吧。

独山脚下的乡亲，喜欢喝黄酒或自家酿的老米酒。饮酒时静静慢酌，不劝酒，不逞能，不似北方人喝酒时吆五喝六，推杯换盏，一醉方休。然而，我总是会喝醉，因为我总以为黄酒米酒度数低，殊不知正是这种慢慢蕴出的厚味和醇香让我沉醉。这和独山何其相似！看似不起眼的小山丘，却能让我相思相忆。

杂话独山

裘黎华

独山海拔 82 米，突兀在平原之上。南面与沽驾桥这座乾隆皇帝到过的古桥相望。据说其顶与杭州武林门的城墙相齐。独山原来全山葱绿，树茂竹秀。山下土地肥沃，著名的大红袍荸荠以独山脚下为最。当年乾隆皇帝下江南，船过虎林头就抬头望见独山。问旁边的大臣，这是什么山。无人能作答。一小太监聪慧过人，随口应道："这是金鳌山。"金鳌意即金色的大龟。龟为延年益寿的象征，又与独山的形状十分相似，乾隆皇帝当即称好。从此，独山也就有了金鳌山之名。乾隆皇帝来到独山，当时独山脚下有一个很大的寺院，称独山庙。刚进山门，见一竹匠在编竹席，随即指着一块刚劈的毛竹，问老和尚此为何物？老和尚答道：此乃蔑皮蔑肉，作编席之用。乾隆皇帝心中暗暗称老和尚机智聪敏。若此时他说声蔑（灭）青（清）蔑（灭）黄（皇），那么，老和尚这条老命休矣。稍事休息，由老和尚陪同拾级而上，沿途翠竹深深，竹径通幽，颇有大山高岭之风。乾隆皇帝称道：想不到这平原之上，还有这么个好地方。

独山顶上，有一块平地。荒草萋萋，修竹几枝。过去曾是个很大的尼姑庵。20世纪60年代后期，还存有断墙残垣，可见当年香火之盛。80年代末，余杭电视台在此建造电视差转台一座。

站在独山顶上，极目远眺，运河似带，机船如蚁，白墙彩瓦，楼房鳞次栉比。晴好天气，南可望见杭城，北可看到塘栖，西边西山如黛，东面良田千顷，江南富庶尽收眼底。

独山南面是山前村，半山腰有幢小洋楼，系民国时期所建，在20世纪60年代以前，小洋楼在农村实为罕见。村北有银杏一棵，相传明代开国军师刘伯温为破此处“龙脉”风水所栽，虽历数百年风雨，仍华盖葱绿，枝茂叶盛，秋季果实累累。村中有一山泉，聚一深潭，长约米余，宽不足米。奇的是一年四季无论旱涝，水总是不深不浅，清澈甘甜，农户多作为饮水。

山上过去有多座古墓，后来陆续被非法挖掘。曾出土过不少钱币、银元宝、陶器之类文物，部分文物流失，古钱币大多进了废品收购站，甚为可惜。山南向阳处，有一解放军烈士墓，里面葬着解放初期被土匪杀害的原平泾乡乡长郭彬等四位烈士的遗骨。每年清明时节，中小学生均前去扫墓凭吊以纪念烈士。

如今独山成了崇贤工业园区，公路沿山而过，交通十分方便。从东到西，一个农村小集市应运而生，独山不再寂寞孤独，它已融入了现代生活之中。

诗话独山

孙高平

成书于乾隆十年(1745)的《塘栖志略》,辑者何琪将崇贤的独山记在“山水”篇目之首,让人颇觉有些突兀。笔者多方查考,方知古时文人编书修志,也信奉风水之说;所以塘栖四近虽则不缺丘阜,但状如龟鳖的独山因当时“形家”(风水先生)指作一地之龙脉,故而连闻名遐迩的超山,也只能屈居其后。

独山,不唯地理方位奇绝,更因南宋《临安志》所载“雨出云则晴,晴出云则雨”的风云异象而让人称奇。既入官修的方志那就不只是口口相传的民间传闻了,何况“里人占之屡验”,或许确有其事。至于人文掌故,尤其自明清二代以来,倒是颇有些考据存在的。

最早使独山彰显名声的,或许是“世居独山之东”的山前村人陆谷营了。陆谷营官至元朝宣政院同知(元朝官职,掌全国佛教僧徒与西藏地区军民政教),卸任后“退老于家,依山构屋,花木环绕”。这所宅第想来也就在今天山前白果树下的一带吧。陆家书香门第,后继者如其孙辈陆孟言、陆孟恭两弟兄,饱读诗书,才思过人，与四方贤达常有交谊酬唱。陆孟言曾在山麓遗址上重建了被毁于元末兵乱的故居，厅堂里高悬“万玉轩”匾额，楼台落成之后几成杭州塘栖一带文人雅集之所在。《塘栖志略》即有夏与诚所作《题万玉轩》诗，诗云：“暗香疏影句能传，暮景空林色信妍。琼馆梦回春似海，琪园坐对日如年。娟娟霜月将三五，粲粲冰花逾十千。独鹤归来风动处，霓裳小队舞群仙。”其后又有孙治题写的《过独山陆氏》诗：“曲水临蓬径，横山隐晚花。壮心思越石，雄辩折田巴。剑引浮云尽，杯深溪柳斜，著成新语在，迟暮莫长嗟。”诗中引经据典，寓意古奥。当然也有写得直白易懂一些的，如明朝著名诗人张舆造访陆宅时，留下了溢美之句：“孟言兄弟独山栖，轩匾清夸万玉题。压倒林家三百树，梅花并不数西溪。”他将独山东麓陆家梅园的盛况和林和靖的西湖孤山况比，大约那时的梅林委实很壮观，又怎奈沧海桑田、斗转星移，山前小村落里现已无半点雪泥鸿爪可觅了。

元末张士诚为与陈友谅、朱元璋争天下，开挖了从塘栖武林头到杭州北新关的运河，从此舟楫畅通，往来称便。在水一方的独山也由此走出深闺，并以更大尺幅进入了过客游人的视线。需要提及一个慕名迁居独山的人，那就是明末杭州征士陈雍。他原本家住杭州城里的七宝巷，因为“厌其嚣尘，徙独山隐居耕钓”，表面上他纵情山水心无所系，实则是忠贞爱国回避满清，贤士总以归隐不仕的方式来保持自己的民族气节。康熙《仁和县志》中，有一首好友全斯立赠独山陈雍的小诗，诗云：“青字营西小巷幽，衡门静寂思悠悠。一生清事无闲日，夹径黄花满院秋。卖帖偶逢官巷口，评诗共宿独山头。谁知扰扰红尘里，荷篑行歌得自由。”字里行间透露着对陈雍乡间耕钓生活的羡慕，也不难体会到独山曾因“荷篑行歌”的田园风情，引无数文人墨客纷至沓来。“评诗共宿独山头”——不正是客人们兴之所至流连忘归而留宿于此的生动写照吗？陈雍对独山的情愫，更堪比金石名家吴昌硕与超山——陈雍身殁之后墓冢设在了独山北麓，寒鸦枯树下瞰横溪，志书里亦略有所记。

独山北隅一带村舍，文献旧志上大多唤作“横里”，渊源自然是因为那一条从运河分岔过来的横泾（或称横溪）了，故而独山西北两翼，迄今仍有“山后路里”“宋家路里”之类的称谓，盖因横泾横贯左右，村舍遂分里外。清代诗人吴颖芳作《横泾村舍》，诗云：“玉杯初罅小池莲，村酒经蚕味可怜。移过林端樯孑孑，碧沙洲外水摇天。”风光旖旎的横泾两岸，遍地是藕塘和桑园，诗人的小舟缓缓西行穿过横泾桥，便驶入烟波渺渺的运河。如今，那一头建起了崇贤港区，水道也变成了一个专作靠泊钢铁货轮用的北港池，不复秋水长天、落霞孤鹜的诗意境界了。

漫步家園

第五章 · 农趣

往事九题

沈妙忠

返老还童只有神仙做得到,凡人是做不到的。传说中国最长寿的人叫彭祖,活到八百岁,但最终还是“老去”,而没有“还童”。我更是凡人,身体上是返不了童的,那就心理返童吧。

心理返老还童后,童年往事在脑海里放起了旧电影。模糊的焦距慢慢清晰起来,第一个镜头,便是——

割羊草

我儿时农村里是集体劳动,十分看重土杂肥,羊粪是重要肥料。“生产队里开大会”,定下一只羊每天多少工分,记得五六只羊可以抵一个正劳力的工分。于是家家户户都养羊,家家户户的孩子都割羊草。我上学前已经开始割羊草了,上学后只上午读书,下午没有工夫去学校,要割羊草。

那时候对农业生产抓得很紧,一年三熟,耕地上绝不容许长草,连路边也很少有草。羊草“踏破铁鞋无觅处”,要找冷僻的地方，沟港边、村角头，甚至坟墩窟里。孩子胆子小，不敢到太“阴”的地方去，所以背着草篰出去大半天也割不满。篰里羊草浅，回家怕大人骂，下面用树枝撑起来好看点，叫“耸耸起，羊晦气”。但羊吃不饱老是“咩咩咩”叫，还是要被大人骂。如今看到满地的草，我第一反应是，那时候有这么多草该多好啊！

我家离乔司农场不远，所以经常到农场里去割羊草。当时乔司农场改为“建设兵团”，知青种地不精细，草较多。而且他们种棉花，打下来的“雄枝”是羊的好饲料。我们跟他们换工，帮他们打枝，他们打下来的枝也归我们。每天都可以挑一担回来，羊吃不完晒干，留着冬天喂。还有“丰收”的时候就是瓜地收蓬。瓜地里长满草，小伙伴们把草篰放在地头事先“瓜分”，帮他们收获完西瓜或黄金瓜，再收获自己的劳动成果。这是最开心的，因为收草的时候，还能收获他们丢弃的歪瓜生瓜，拿回家吃好几天。

我长成毛头小伙子后，改为骑着自行车出去割羊草了，经常骑到钱塘江边。那时候千军万马围垦钱塘江。新围起的土地上，第一年寸草不长，第二年开始有少量耐盐植物。早晨出门带些番薯、芋艿之类当午饭，傍晚回家。我割羊草最远跑到杭州九里松和植物园一带。那是风景区，山上长满青草。我悄悄把自行车藏在树丛里，夹着麻袋和割草的茅刀，悄悄进入树林深处割草。塞满三麻袋后，装作看风景的样子，若无其事地走到路上东张西望，看没有人，快速将麻袋拖到路边，快速装上自行车，快速向岳坟方向“逃”下来。到杭州风景区割草毕竟太远，而且有“偷”的意思，因而只去过两次，更多的是到乔司农场去割草。

我记忆犹新的是，每当我背着或挑着羊草，在暮色深深中，饿着肚子，迈着沉重的脚步往家里走的时候，农场里干部职工有的在路边散步，有的在树底下围坐着吃西瓜。我心里充满了羡慕："他们真是好福气呀！"

前不久，我把这些事说给已成家立业的女儿听，她说："你现在也是好福气呀！"是的，跟那时候比，现在真正是好福气。

寻野食

农村里把孩子已经能帮衬干活称为"不吃死"了。我"不吃死"后主要做两件事：一是割羊草，二是寻野食。

那时，几乎家家都是粮食短缺。记得当时有一句话，说是"吃饭忘记种田人"。可能是受"放卫星"的影响，产量报得高，"爱国粮"卖得多，农民自家留下的少了，也就青黄不接不够吃了。我兄弟姊妹四个，吃劲来得咯好，一闻饭菜味，个个猴急，经常被父母骂"饿死鬼投胎"。所以，寻野食是跟割羊草一样的日常劳作。

寻的野食品种很多，如荠花菜、马兰头、木耳、蘑菇、麦穗、稻穗等，最多是番薯。我老家的土地以旱地沙土为主，大量种植番薯。番薯占口粮一半，早上番薯汤，晚上蒸番薯，中午番薯饭。生产队里分的番薯全部当饭吃，还需要寻来番薯作补充。寻番薯用铁耙翻番薯地，是体力活。我排行老大，总是我翻地，一个弟弟或妹妹后面跟着拣。每次寻番薯都要寻到天黑看不见了才回家。除了寻番薯，还有寻花生。寻花生用小耙子，不需大力气，但蹲着身子时间长了，腰腿麻木酸痛，比寻番薯还吃力。下雨天是寻花生的好时机，雨水冲洗了表面泥土，裹在泥里的花生露出来，拾起来放进腰上系着的竹篓里。吃炒花生，对那时候的农村孩子来说是奢望。生产队收获的花生，除了嫩籽分给社员家庭，老花生全部卖给供销社。我寻来的花生，自己舍不得吃，晒干留到过年炒了请客人，是非常体面的食品了。

这些事跟现在的孩子讲，一定当童话听。因为情况完全倒过来了。过去是想要吃没有吃，现在是有得吃不想吃；过去是父母怕孩子多吃，现在是父母怕孩子少吃，不可相提并论。更让人奇怪的是，我儿时为了吃饱而去寻的野食，如今都成宝贝了。

揈大水鱼

如果真能返老还童，我一定要更多地去亲水，去揈鱼。现在回想起来，儿时最快乐之事是揈鱼。揈鱼之乐，莫过于揈大水鱼。

春天里涨桃花水，是一年中揈大水鱼的开始。野生鱼儿在水底“猫”了一冬，地气转暖后，开始生儿育女，需要补充大量能量。暖洋洋的桃花水，从地上流入沟里，从沟里流入塘里，带来丰富营养。春暖水“肥”鱼先知，鱼儿都游向流水中觅食来。沟里流水浅时，鱼儿会侧身从塘里逆水抢上水沟，鱼身露出水面，徒手也能揈起来。等到塘溢河满的时候，连接塘与塘、塘与河的水沟和小河港里，游动着许多觅食的鱼儿。这时候才是真正意义上的揈大水鱼。

我至今仍清晰地记得当年罚大水鱼的情景：头戴笠帽，身披蓑衣，手里提着四脚网，腰里系一只竹鱼篓，赤脚草鞋，来回奔跑在水沟边和堤坝上。罚大水鱼要识得鱼纹头：尖尖长长快快前行的，是叉条鱼；平平缓缓慢慢移动的，是鲫鱼；翻起浪头，游游停停的，那一定是草鱼、黑鱼等大家伙了。看到鱼纹头，快步追上去，追过鱼纹头，一跺脚，手中网在水沟中拦腰扫过，溅一身水花的同时，一条甚至几条鲜灵活跳的鱼儿，进入我鱼篓了。也有"打阵地战"的，把网横放在水沟里，守网待鱼。我识鱼纹头识得准，喜欢打运动战，主动权在手，十拿九稳。

除了罚大水鱼，另一种经常用的罚鱼方法是"干鱼塘"。不是真的弄干鱼塘，而是弄干连通鱼塘与河的沟港。汛期已过，沟港水清清凉凉，清清的流水中，晃动着青青的水草，青青的水草下面，躲藏着各种野生鱼儿。约上几个伙伴，两头筑上总坝，中间分段筑子坝，用粪桶脸盆之类工具把水舀出去，竭泽而渔。干了第一段子坝后，上一段子坝内的水放流下来，省了一半力。越到后面越省劲。日落西山，大家都满身泥浆，满载而归。

摸螺蛳、摸河蚌等不算罚鱼。这些水产，那时只要长水草的地方都有。想吃螺蛳河蚌，下河摸一会儿就得，或沐浴时顺便摸摸。

我二十岁参军离开农村以后，这些罚鱼的乐趣再也没有体验过。如今老家农村里的孩子，也不再有这些乐趣了。小沟港已大多填掉，还在的，也早已面目全非。清清的流水不见了，青青的水草不见了，小沟港里各种野生的鱼儿不见了。

真怀念呀，那些清清的流水，那些青青的水草，那些鲜鲜的野鱼儿，还有，我那快乐的䀢鱼童年。

穿木拖鞋

我第一次穿买来的鞋已经是十九岁了，记得很清楚，是一双黄色的塑料凉鞋。以前都是穿自家做的鞋，布鞋是母亲做的，草鞋、蒲鞋、木拖鞋，是我自己做的。

那时雨鞋凭票供应，农村里大人也很少有，孩子更没得穿。下雨天出门，要么赤脚，要么草鞋，冬天就在布鞋下套一双木拖鞋。木拖鞋在夏天还当凉鞋穿。我十四五岁就跟着父亲学会打草鞋了，还晓得在草绳中加点布条，穿起来牢许多。打蒲鞋要难一些，因为不光要编织底板，还要做鞋帮。夏天里把最茂盛的蒲草割来，晒干后青里透白，做成蒲鞋。冬天在鞋里填上厚厚的芦花，既舒适又暖和。做木拖鞋要难一些，先找到好的木板，锯成鞋样，寻来皮带布做鞋襻，最后用细钉子钉住两边。材料既难得，技术要求又高，做双木拖鞋，在我儿时心里是一项大工程。

穿木拖鞋走起路来“笃笃”响，所以还有个好听的名字：木笃靴。后来读古书才知道自己儿时错了，应该叫木屐。秦汉魏晋唐，早有人穿了，而且在诗文里被写成是文人高士穿的鞋履。如今在日本电视电影里，经常看到身穿和服的日本女人，穿着木屐，踏着碎步，“笃笃笃”走过来，给人以足下生辉的感受。日本人穿木拖鞋，大概是中国唐朝时候学了去的，一直穿到今天。

穿木拖鞋本该日本女人那样踏碎步，既文雅好看又不伤鞋。可我们儿时穿木拖鞋是要赶路的，走起来啪啪作响，很容易坏掉。晚上穿出去看露天电影，踢着石头或被人踩着后跟，就脱钉子了。经常是赤脚回来，木拖鞋拿在手里当竹板敲。对木拖鞋破坏最大的是门槛，跨时一不小心绊住，鞋子肯定要修过甚至重做了。

我真想再做一双木拖鞋穿。

打 草 扇

我说的打草扇，不是用草编织成纳凉的扇子，而是把草编织成门板那样一扇一扇的草片，是盖草房用的。

我儿时老家很多人家住的是草房。草房的墙壁和屋面都是用草片夹牢和覆盖的。日晒雨淋，风吹雪压，很容易损坏，每年要小修，三年要大修。小修是屋面上隔一层替进一片新草扇；大修是掀掉屋顶，从屋架修起，跟新造差不多。农家日节月省都是为了修草房，每次修草房家里弄得一塌糊涂，真是既穷苦又劳苦。修草房先要备好草扇片。谁家准备修草房，左邻右舍都去帮助打草扇。

打草扇，材料很简单。把竹子劈成半寸多宽做骨架，将草的根部整齐编过去就行了。打草扇的草，最好是茅草，比较耐用。茅草很少有，多数是稻草。稻草不够，就用更差的麦秸。打草扇的工艺也很简单，一个人坐在长条凳上，屁股压住竹子骨架，算是上手，然后从对面下手手中接过草编织。我那时还是孩子，只能当下手，坐在小椅子上，胸前横抱一捆草，一撮一撮分递给上手。打草扇从晚饭后开始，一直打到半夜。东家会烧出半夜饭请大家吃，好一点是面条，一般是稀饭，也有番薯的。我们孩子干活是下手，吃起来个个是上手，所以帮人家打草扇很积极，不光热闹，还可以饱吃一顿。

最简陋的草房是“直头所”，只开一扇门，又黑又闷。20 世纪 60 年代后，慢慢都改成横所，门面大了，屋里就敞亮。考究一点的，后檐和东西两壁下半截打成泥墙，人工费和材料费都要多许多，但下次修起来省事不少。草房的屋架，基本上是大大小小的毛竹搭的，很少有木头。后来用上水泥横梁，那是很有身价的草房了。姑娘去相小伙子，看到有水泥横梁，会添几分满意度。

20 世纪 70 年代时我老家还有草房，后逐步被瓦房代替，又从瓦房到平房、两层楼、三层楼，直到楼面、屋顶都现浇的别墅，如今，只有瓜棚和鸭棚还是草房。过去有句话：街上人造肚子，乡下人造房子。现在是街上人、乡下人大家一起造肚子和造房子。

儿时的玩意儿

洋片儿，我儿时最高档的玩具，一寸多长、一寸来宽的纸片，画着关云长、鲁智深、孙悟空等人物。跟现在教幼儿认物识字的卡片相似，但质量远没这么好，数量也没这么多。那时买一副洋片儿，需花去一大半压岁钱，舍不得买，只能玩别的。

儿时的玩意儿很多。推铁箍是一种，上学放学一路推，还会正手推、反手推、箍内推、箍顶推等多种玩法。打弹子是一种，玻璃弹子有很多花纹，玩法也很多，除了路上来回打，大多数时候是打“进洞”，有点像如今富豪们打高尔夫球。旋陀螺是一种，寻一小段木头做成圆锥形，头上嵌一颗小铁珠，找根棍子，系上绳子就可以玩起来，因为做得不标准，平衡性差，要不停地抽打，所以叫它“打杀胚”，再冷的天也是抽打得一身汗。跳绳是一种，有左脚跳，右脚跳，两脚并拢跳，两脚前后跳；有正甩跳，反甩跳，两手交叉跳；有前面带人跳，后面带人跳，前后带人跳；还有团体跳。掼茅刀是一种，茅刀是割羊草的工具，几个人割的羊草放在一起，掼茅刀赌输赢，茅刀柄成“高射炮”为最大。翻三角包是一种，三角包是香烟壳子折起来的，玩法是，使劲劈下去，带着一阵风，把地上别人的三角包翻过来就赢了，插进去也算赢。还有滑三角包的玩法，一条长板凳斜立起，三角包从上面滑下去，盖着地上谁的就拿走。此外，儿时的玩意儿还有毽子、称码等。

这些玩具都不用花钞票，就地取材，自己制作，每个玩伴都有几样，同样的都有几件。因为经常玩，所以，过去几十年了还记得。洋片儿是买来的，舍不得玩，玩法跟三角包差不多。还记得我有一副“七侠五义”洋片儿，黑包公的名字和样子，就是从这副洋片儿上知道的。参军那年还在，后来找来找去找不到，不知哪儿去了，想起来很可惜。

换“多多糖”

儿时，村里经常有换糖担来，义乌来的人，手里摇着拨浪鼓，口里叫着“鸡毛鸭毛换糖”，一村一村换过去。

换糖吃，是我儿时非常期盼的事情。一听到拨浪鼓响，放下躲猫猫、打弹子等“工作”，急急忙忙跑到换糖担前。换糖担一头筐上搁着一块板，板上团着白里泛黄的麦芽糖。换糖人是用一把刀敲着沿边把糖切下来。他敲时，我们不停地喊“多点，多点”，往往是买头还是添头多，所以叫它“多多糖”。换“多多糖”的大多是鸡毛鸭毛甲鱼壳。那时候农村里吃甲鱼不稀奇，沟港河塘里都能捉到，有时候还会自己爬到你家门口来送死。其他东西也可以换，如胶皮纸板、旧铜废铁，这些东西换的糖往往比鸡毛鸭毛甲鱼壳换的分量多。那时候见到废旧东西，都当“宝贝”捡回来，用来换糖吃。实在没有“宝贝”换糖吃，忍不住偷偷拿家里还有用的东西来换。有一次，我把妈留着纳鞋底的布头布脑换糖吃了，被妈好一顿打。

换糖人为了做生意，千方百计引我们换糖。一次他说，鞭笋也可以换糖。这还不容易？村里农家前后左右都是竹林，掘鞭笋我们个个是能手。竹地上泥土有点鼓起，或裂开一条缝，掘下去就是一条白白胖胖的鞭笋，长在越深处越白胖，换的糖越多。换糖担经常来，我们经常掘。被大人们知道了，说竹林要败掉哉。聪明的大人编出故事来，说竹林里有红毛鬼，专门捉掘鞭笋的人。孩子们胆小，竟被大人骗倒，谁也不敢再去掘鞭笋了。

儿时没有糖吃，现在怎么也不想吃。我记不清多少年没有主动吃糖了，并不是因为血糖高，实在是不想吃。只有在旅游景点看到卖麦芽糖时，总还想起小时候换吃“多多糖”的情形和味道。

进　学　堂

每次填写身份表格到“学历”一栏，笔头总要停顿一下。近二十年来我一直填写“大学”，但坦白地说，我不知道大学的学堂是个什么样子，我脑子里有的，只是小学的学堂。

说是学堂，其实是一个庙。庙门外的空地作了操场，前殿作了办公室，中间的大殿，前半作了礼堂，后半作了宿舍。后殿已经坍塌，成了教师的菜地。两厢的边殿都改建成了教室。我小学一年级的教室，是礼堂东侧前面数下去第三间。

我上小学是在“大跃进”的年代，农民也过集体生活，村里办起大食堂，吃饭不要钱，但需到规定的地方。我的年龄应该上幼儿园大班。可我的玩伴个个比我大，都上学堂了，我死活不肯去幼儿园。不去幼儿园，到哪儿吃饭呢？恳求村小学校长和老师，答应我自己搬张凳子坐在后面，可以跟学生一起吃饭。期中考试，我这个“揩饭”的拿了第一名，正式成为这个班的学生。

我旁听转正后，凳子不用自备了，课桌是门板搭起来的，围坐七八个人。小礼堂里有一张门板改造成的乒乓球桌，中间用砖头分界。学校里还有几个皮球和一些自制的爬绳、爬杆。我们的体育课，除了立正稍息踏步，多数是打弹子、翻三角包等活动。

小学毕业后，城里中学容纳不了，我就失学了。第二年，几个村联办了农中，我第二次进学堂。刚学到勾股定理，“红卫兵”来了，农中无疾而终。城里学生“造反”去了，我们农村孩子回家拿铁耙种地。几年后，我当兵进了解放军这个大学堂。

入伍表格上我的学历是初中，其实只是认了些字。到部队后，我在政治处图书室看到很多书，便如饥似渴地读起来。所有节省下来的津贴费都用来买书，所有业余时间都用来读书。提干部后，一些“禁书”也可以借阅了。从此，关关雎鸠、生南国兮、两个黄鹂、太守醉也、一江春水，司马迁、诸葛亮、李世民、孙悟空、林黛玉等等，都走进我脑子里来了。后来还写起小文章来，还在报刊上登出来，成了吃“文饭”的人。

经过几年自学考试，拿到两张大专文凭，当时可抵一个本科。但那只是招牌，我现有的知识，基本上是从社会大学堂学来的。

装 电 灯

社会主义是什么，是“电灯电话、楼上楼下”。这句话的年龄比我还大，我是从大人嘴里听来的。农村装电灯时，我已经读小学了。

先是大队部里亮起了电灯，吸引了很多村民来看稀奇。孩子们更是兴高采烈，成群结队去看电灯，白天不亮灯，他们会在上学放学途中拐进去，走到灯下抬头看，天天盼望着自家装电灯。

我那时晚上在煤油灯下做作业。煤油灯已经是“先进”了，再早是菜油灯，俗名“油盏头”。一个浅碗盛点油，一根灯芯线，脚浸入油里，头搭着碗口，点着发出很弱一丝光亮。多点几根灯芯，自然会亮一点，但农家平时只点一根，并非都是《儒林外史》里讽刺伸手指头的吝啬鬼，实在是油太稀缺，炒菜都只能放个“油屁”。很奇怪，我一直在昏暗里看书写字，却没有得近视眼。

生产队里开大会，或大队里演戏，或谁家有婚丧大事，点的是"气油灯"。高高吊起在柱子上，如同白昼。"气油灯"点前需要打气，点亮的是纱罩，会"啵"一声响。只有几个懂"技术"的人才能点着。点起"气油灯"，村里的夜晚最光明。

家里终于装上电灯了。灶间和堂前各一盏，一个双联开关控制，只能亮一盏。房间里不装，不知道是有限制还是没有钱，或者农民觉得房间是睡觉的不用亮。点的灯泡 15 瓦，25 瓦是奢侈和浪费了。我做作业允许点电灯，看书不允许，父母一定会催关灯："要多少电费!"每月一两元钱电费，还不如现在一天用得多，可那时候一两元钱，对普通农家来说，却是一笔很大的开支。

电灯泡还有故事。那时候用的是质量差的普通钨丝灯，很容易断掉钨丝。钨丝断掉了，轻轻旋动灯泡，眼睛看到玻璃里的钨丝，把它搭接牢再用。有时候断第三次、第四次还能接。钨丝短了借近路搭牢，点亮后钨丝变成不同的几何图形。实在搭不牢了才买新的换。换下的点不亮的灯泡也留着。坏灯泡还有什么用呢?你别猜，猜到天亮也猜不着。那时物资匮乏，灯泡也同样。有人想出了修灯泡的办法：玻璃上割个小洞，用镊子新装好钨丝，割口处加温同时抽气使玻璃融合，留下一个小尾巴。这种再生灯泡除了小尾巴有阴影，别的跟新灯泡一样。真是"天生我材必有用"。

种田 | 胡廷煌

插秧，农民称它为“种田”。

种田是技术与毅力结合的农活。用拇指、食指、中指撮苗下种，叫“猫脚种”，容易浮苗；用食指、中指夹苗下种，叫“烟管种”，返青缓慢。正宗种田是食指、中指夹苗根部下种，叫“人钳种”，苗稍直、返青快。会“人钳种”还须做到浅种、间距匀称。老农说，横的六株能种平，竖的六行就笔直，关键是双脚后移要匀稳。长时间的弯腰弓背、面朝水田背朝天地种田，要有毅力，并不比挑担掘地轻松。

我是下乡第一年的“双夏”学种田的。“双夏”时，下午种田，禾苗不会被灼热的日头烤死，所以，每日午后日头偏斜，种田的队伍才挑上秧担向耙好的田块大步进发。

抛好秧把、放好田绳，种田高手便依次“扑通扑通”下田了。他们眼疾手快，一路手摇秧把，如蜻蜓点水，种下的禾苗横平竖直，株株亭亭玉立，身上不染半点污泥。我不愿挤在半劳力中间，竟不知天高地厚地与高手为伍。初次种田，我神情紧张、手忙脚乱，把禾苗种得深一株浅一株，疏疏密密，歪歪扭扭。两边高手一路潇洒而去，我被夹在狭长的“白色长廊”中，农民说是被“关进”了。关进的滋味实在难受，领先者缺了秧把往我处拿，多了秧把往我处推，我的身后要么是“赖孵鸡”成堆，要么“清水晃荡”一只秧把也没有。“锁”在偌大的田畈里，真是叫天天不应，叫地地不灵，只有汗流浃背地孤身躬行。面对白晃晃的水田上漂浮的猪粪发出的阵阵恶臭，滚烫的污水灼得双脚红红的；毒辣的日头穿透汗水浸湿的衣衫，我竭尽全力跌跌撞撞地种完一畦，便瘫坐在田塍上，脸上的汗水和脚上蚂蟥叮咬后的血都来不及抹；茶没喝一口、气未喘一下，高手们已吸光香烟，屁股一拍，又开始插种第二块田。这时，我才真正体味到了“锄禾日当午”“粒粒皆辛苦”的滋味。

高手阿成告诉我，种田手持秧把要直，双腿须呈马步，两手协调快速，才能提高插种速度。几经悉心观察和苦练，果然大有起色。没多久，我进步神速，也跃入了高手的行列，受到了队长的夸奖，还得到了一支“雄狮”烟。

插秧、管理、收割，风里来雨里去，用血汗耕耘大地，用痴心拥抱收获，艰辛繁重的劳作使我深深体味了“农民”的含义。种田，让我养成了坚忍不拔和吃苦耐劳的精神。

去崇贤采莲

朱华

8月，阳光下的丽荷，映入了我的眼帘，我觉得自己犹如一位荷中仙子。能够抛开杂事来到了崇贤乡村，我很是高兴。我也感激挚友，是他的盛情和慧眼，让我结识并亲近了这片荷塘。

这片荷塘忒有气派，放眼望去怕有多个足球场之大。说它是塘而不是湖，缘于它是由水田翻造的，水深盈尺许，便能见到塘泥。若是湖的话，肯定更深，是不可能见得到湖泥的。是塘还是湖，其各自种植的种荷一定是有区别的。如湖中种植的荷一般都是梗长叶阔，荷花开时硕大但稀疏，主要是在泥下盛产莲藕。而塘中所种植的荷则梗短叶窄，荷花开时朵小却甚密，主要是生长藕带和盛产莲子。所以说，同样都是经济农作物，品种的不同，长势就会有区别。不管咋说，我认为，相比湖中的荷，塘里的荷更具有观赏性。

漫步在这片荷塘的土埂上，芰荷弥望，天空湛蓝，无一丝儿云彩。骄阳当头，洒下的是一片金色的阳光。清风掠过，塘中的荷叶泛起层层绿浪，跌宕起伏，甚是壮观。那一支支擎起的艳丽荷花，亭亭玉立，粉面桃腮，有的含苞欲放，有的坦然盛开，真像是一群美丽的姑娘，向游人频频招手，清纯可人，娇柔妩媚。尤其是荷风乍起，送来阵阵带有清新藕味的荷香，透彻肺腑、沁入心脾。“接天莲叶无穷碧，映日荷花别样红”，我和朋友反复吟诵着古人赞美丽荷的诗句，尽情地徜徉在这纯净宁谧的佳境之中。

尽管时令正值暑天，但置身于这样风景如画的大自然之中，身体显得特别的舒坦，心情也变得格外的兴奋，炎热和暑气早已随风逃遁。我和朋友沿着脚下弯曲的土路，向着荷塘的深处，边慢慢走着，边交谈着心中的感受，并下意识地不时伸出手去触摸一下荷叶，或亲近一会儿荷花。这样的举动，不时惹得荷丛中白鹭惊诧地飞起。我感到不安，觉得很是对不起这些鸟儿，它们或许是在进餐，或许是在热恋，一下子被我们的到来所惊扰。自责声中，我不由觉得这也是件趣事。美丽的风景画面，有鸟儿振翅奋飞的鸣叫声，不是变得更为灵动、更加充满生气么！

我们穿过荷塘，来到了一户农家的屋前。这户农家的房子建得很气派：三层楼，琉璃瓦，铝合金门窗。门前生长着两棵高大的香椿树，浓荫蔽日。坑下就是这片暗香袭人的碧塘丽荷了。楼房的主人非常好客，忙在树荫下摆好靠椅，并送上了当地特制的糯米香茶。我们用嘴唇咂上一口，茶香顺着咽喉直透心脾。寒暄中，我们得知，这户农家的主人，就是这片荷塘的承包者。论起日后的收成，这个承包主笑而不答，只是乐得脸上的皱纹像一朵盛开的牡丹花。

摸藕 赵梅林

摸藕，是三家村一带农民的真本事。在当地还流传着一句俗话——“做一世田庄，只有摸藕才被人称为师傅”——可见摸藕之难。二十年前我摸过几天藕，至今记忆犹新。

1978年暑假，在杭州农校求学的我回到三家村家中。队长对我说，农活比较辛苦，我又是读书人，跟着去摸摸藕吧！还说，热天藕塘里的水较凉快。但摸藕是一项技术性较高的农活，比如双手不能用力过猛，弄不好会伤筋；拔藕秆时双手要捏紧，否则杆上的刺会划破手心的；指甲要剪平些，否则一不小心指甲会“吃藕”等等。队长的再三嘱咐使我增强了不少信心。我虽出身藕乡，可摸藕是“新娘子上轿——头一回”。说实在的，一株藕要从一两尺深的烂泥里摸起来而不能有一处折断、碰伤，是一件极不容易的事。夏季里，藕断了泥浆水就会灌满藕洞，很难卖出去，伤了就极易腐烂。尤其在盛夏，男人们去摸藕时只在胯间围一条土布遮住羞处，下塘摸藕时将土布往塘边一甩，赤条条一个，随手搞两张大而厚的荷叶一上一下贴在背上，再围一根早已搓好的稻草绳往腰间一捆，任你在烂泥里摸爬滚打，荷叶也牢牢地固定在背上。因此队长不会把未婚女子派去摸藕，就是年长妇女，也得避让三分。想当初，第一天真有点怕难为情，可到塘边只有自顾自，你不看我，我不看你，后来慢慢地习以为常了。我也不再怕羞。

我紧跟隔壁大伯一道摸了几天藕，学到了不少技术。他教我如何识别藕的生长方向、深浅，拔藕秆的手势，应从藕的哪个部位着手摸，等等。头一天，我使出浑身解数，只摸了七八十斤，近三分之一不是断的就是碰伤的。而年过半百的大伯一天能摸一百五六十斤，又是支支完好无损，让人羡慕。

二十年后的今天，社会发生了巨大的变化，仅就摸藕来说，现在不仅男人们穿衣穿裤，连妇女也能下塘助丈夫一臂之力。过去一年只能种一熟藕，现在摸掉藕之后，还可栽种慈姑，变一年一熟为一年两熟。

耘田 | 胡廷煌

种田称为“摸六株头”，而耘田双脚双手都要落泥，被贬为“当狗爬”。但依我看来，耘田比种田轻松。

下乡第一年，我跌煞绊倒、瞌充懵懂地跟农民“双抢”完后，望着碧空下无垠的绿色田野，头戴草帽、空着双手、光着脚丫去耘田，心里满是得意。双脚插进滚烫的田水，弯腰弓背，一边双手在苗间稀里哗啦地捣，一边双脚缓缓向前移动，看到缺苗补一下，遇到浮苗种种好，没有种田那种你追我赶的紧迫感，似乎是一群鸭子赶下田，哗哗水声不断，光清的田水浑淘淘一片。农民说，苗吃浑水，这便是头操田。

二操田在头操田后十天半个月，这里苗已返青，须用双手在苗根周围掏一遍，把泥块耘碎耘匀。这样耕田速度较慢，一天下来，手脚被水浸泡得发白起皱，手指甲、脚指甲变成橙色，耘头操田那种浪漫情致荡然无存。

待耘三操田时，稻苗也一尺来高，长得葱绿油亮，田间杂草多了。按照规矩，三操田要跪着耘，这样田耘得清爽。跪着耘是骑着左边第三株苗，人趴着，双手在苗间耘杂草、拔稗草。双脚嵌在污泥中，凉丝丝的田水浸在大腿上，一挪一趋艰难前进；撒在稻弄中的猪粪或羊粪，泛起阵阵恶臭使人作呕，可还得用手掰开捏碎将它耘入土中。耘一天田，大腿内侧、手臂上被稻叶割出道道血痕，隐隐作痛。有时白嫩的大腿上还会挂只“灯笼”，血吸得浑圆的蚂蟥还不肯离去；有时大腿上流着行行殷红的鲜血，吃饱喝足了的“魔鬼”早已不知去向……

当农民很苦，学会“摸六株头”不易。我常常想起当农民时的生活，常常回味耘田的滋味。从字义上讲，耕是把田里的土翻松，耘是在田里除草，但耕耘是相辅相成的，耘作要有吃苦耐劳、坚忍不拔的精神，虽比不上耕作那么“轰轰烈烈”“大张旗鼓”，却和耕作同样重要，三分种七分管嘛。尤其现在科技水平不断提高，用除草剂什么的，再也不用我们那样耘田了。但道理是贯通的，生活也是如此，在耕作的同时，只有不断耘作，不断清除杂草，增加养分，生活才能充满新意。

蚕世

丰国需

蚕刚出世的时候只有菜籽那么大，是看都看不清的“小虫儿”。不过它长得极快，差不多一天一个样，“眠”一次长一次，蚕“眠”过两次后，渐渐地就现出了可爱的样子，身子开始泛白，变成细细长长的一条，啃起桑叶来是一片小雨淋漓的沙沙声，听着很像春雨敲到瓦背上，轻轻地，很有节奏，如一曲生命的颂歌。

养蚕实在是一份很精细的工作，蚕很爱清洁，上叶的时候要倒沙（屎）。带露的叶是不能吃的。下雨天，须将叶子一张一张晾干。夜里也要添几次叶。等蚕过了“三眠”，才变得白白胖胖。玉一样白，绢一样光滑的蚕儿抓一条，放在手心里，痒痒的，麻酥酥的，茫然四处觅食的模样让人爱怜。它不怕生，也不欺生，放下它，又与其他千条万条蚕儿一起编织属于蚕房的“雨声”。

蚕从“四眠”中醒来便要找“山”上，它的山是一束稻草扎成的小小的三脚架。一张一张芦席上竖满了金色的小山，把蚕儿一条一条带上山。让人想不明白的是，吃进去是绿的叶，吐出来却是白色的丝，举起它对着阳光照上半天，半透明的蚕肚里也不见一丝青光。这个时候的蚕儿笨拙地移动着身体，昂起头在空中探寻许久后，便惘然地爬上“山”腰，摇头晃脑、悠然自得吐丝的模样，很像自我陶醉的诗人在吟诗。

从蚕嘴里吐出的丝很细，绕过来绕过去，以它自己为中心画弧，当丝渐渐增厚的时候，蚕儿给自己张了一顶“蚊帐”，远看如纱罩里的少女，那种美像一首朦胧诗。

猛然间，蚕儿消失了，它终于结成了一个银色的茧，把自己严严密密地包在中间。蚕上山七天就可采茧，蚕农称之为“还山”。蚕可以抽丝，丝可以织绢，绢可以创造无穷的美丽，而蚕却消失在这美丽之前。

藕乡的趣闻逸事

谢先耕

说起荷塘藕乡，自然想到水声清亮的三家村。

三家村地处杭州近郊古运河畔，是崇贤的一个古老地名。此地盛产鱼虾果蔬莲藕，与鸭兰村、平径、裘家兜为邻，早年乘坐苏杭轮船至杭州，常要光顾这儿，是客轮停靠的乡村码头。

从清水港到三家村一带，菱塘藕田整片相连，种植莲藕古来闻名，并形成传统藕粉的生产基地。用水田种植莲藕，是三家村一带的创新独有。这里土地肥沃，藕质粗壮白嫩，莲子粒大甜纯。盛夏季节，花红叶绿，风光旖旎。白天风荷摇曳，夜晚月照荷塘，处处洋溢诗情画意。然在这美丽村野，曾经爆发过惊雷激荡的革命斗争。20 世纪 20 年代末 30 年代初，运河两岸的崇贤、云会、勾庄，属西镇所辖，发生了由共产党领导的农民武装暴动。军民们在江河湖汊、连片藕田及柳荫芦丛间，展开各种隐蔽斗争。平静的运河水乡，燃烧不平静的怒火烈焰。正义的火种一代代播在藕乡人心里。

生机盎然的水乡村落，更盛产慈姑、荸荠等水生作物，特别是三家村藕粉素负盛名。据史料记载，南宋时期藕粉已成朝贡之品；20

世纪70年代初美国总统尼克松访华来杭时曾品赏过三家村藕粉，食后赞不绝口。而今三家村生产的速溶藕粉，爽口润滑，细腻香甜，冲一杯细品慢咽，作食品，当饮料，美味可口，对病后辅助食疗，更是适宜的营养品。“白似霜雪甜如蜜”的三家村藕粉，为闪光发亮的荣誉品牌，走俏江苏、安徽、上海、浙江等远近市场。

三家村与古运河一样，名声悠久。然而有谁还曾记得，20世纪60年代中期，“三家村”这个荡漾运河水渍的名字，一度遭遇莫名的政治牵连。有段时间，土色土香的名字消失了，取代的是政治色彩极浓的“红卫村”。有次我途经码头听到“红卫村到了”，丈二和尚摸不着头脑。后知那是“文革”时所为。因为北京出了个“三家村”，竟把千里之外风马牛不相及的村名码头给株连了。这荒唐事，让老百姓啼笑皆非。当时，村民一针见血：“更名不近情理，这一改，把祖宗十八代的历史全割断了。”他们一板一眼道明三家村的演变来历。当时，有位乡土诗人曾这样批评此事件：

鼎立的三个村如枝连叶，
苦涩的岁月似环庇荫，
一声霹雳使运河觳觫，
千里河岸爆出奇异怪声。

京华的邓拓吴晗廖沫沙，
影射之箭刺痛莲藕柔情，

彼地搞批斗，此地遭除名，
无缘水火株连冰炭罪名。

乡邻的意愿横遭裂变，
绿色的原野颠倒视听，
橹桨挑不起紊乱波浪，
航标灯暗淡得失魄丧魂……

据《唐栖志》“下漕河全图”载，相传很久以前这儿仅住着姓徐、姓马、姓车三户人家，以农耕兼菱藕为生，遂称“三姓村”。后经许多年代的繁衍生息，人丁逐渐兴旺起来，改名“三家村”。其实，“三家村”地方色彩浓郁，非“红卫”可替代。不过对三家村人来说，即使一时蒙冤受屈，但他们莲藕一般的品性始终不变。

历史走进新时代，这里已今非昔比。莲藕、慈姑等蔬果生产一派兴旺，三家村藕粉又上新台阶。天时、地理、机缘，使藕乡锦上添花。据报载：藕粉生产不断投入资金，扩建厂房，增加设备，并开发盒装、袋装组合系列产品投放市场。

今天，大运河贯通钱塘江，河水一天比一天清洁。而且，新拓建的崇贤港亦将投入使用，藕乡又添新景观，繁荣的码头港口携手典雅的小桥流水，壮观与妩媚相辅相成，老景新景相得益彰。相信“水乡游”的观光船队，将重新驶向这个古老又风光的乡村码头，让人们观赏甸甸莲荷的绚丽景色和三家村的美丽容颜。

紫云英或矮脚花

莫罗松

久不忆及紫云英这种乡间极家常却奇异的花草了。这样的回忆在日下似乎已较为奢侈了，在钢筋丛林的包围下，天空也是一片呆滞的灰白。身体就如圈养的花草，懒散刻板；心灵就如永远匆忙的手脚，心浮气躁，随波逐流，无所归依。

紫云英总是和童年、故乡联系在一起。在极偶然的暮夜清梦中，紫云英也会出现在眼前。故乡的暮春四月，青草的碧绿连着天宇的蔚蓝，桃花映在清亮的小河里，红红绿绿地在水里闪动。抢水鲫鱼穿过桃影，闪闪地窜进水草里。蚕豆花像孩子调皮的眼睛躲闪在绿叶里。蝴蝶在飞舞。黄昏，站在田边，向远处眺望，紫云英依着垂柳、屋舍、炊烟、稻草垛、鸭棚、篱笆，一大片紫白的云彩延伸开去，在灰暗的乡村中涂抹着幽逸的色彩。乡村的一切都像泥土般朴实：南瓜花、丝瓜花，还有轻捷的豇豆也在水沟边开着黄黄白白的花，清逸的梨花滴着水珠，艳丽的桃花下跑着家鸡，但紫云英透着点冷冷的诡异，似乎真有些超凡脱俗。

但是农民们并不为意，他们并不用“紫云英”这样高雅的称呼，他们称它为“矮脚花”或“草子”。是花还是草呢？既然贴着泥土幽幽地开着矮矮细细的花，像是家里最小的丫头扬着一张小脸。秋天播下去的时候却当它是一种极贱的草，套播在晚稻田里，收了稻谷，就准备翻了地，揉进田里做肥料，零落成泥碾作尘。或一篓篓割回去喂猪。那些个年月里，男人蹲在猪栏边看猪吃草子，用手丈量着猪的脊背，一家人油盐酱醋的开销，全在一头猪上。紫云英，能和晚霞斗美的奇异花草，像大户人家的小姐嫁入寒门，脱下绣花鞋下田劳作。有不解乡情的访客惊异于遍野的紫云英时，农民们就像称呼自己家的狗、河边淘米的儿女一样，说："草子嘛，矮脚花嘛！"

天朗气清的早晨，婆婆婶婶们挎个竹篮，到矮脚花地里，捡摘着嫩茎，在河埠头洗净，在饭锅头上蒸熟，拌上麻油、酱油，或下锅清炒，是晚上喝粥时的好菜。门前的青石板上滴着春雨，几头羊在雨里叫着，叫声里有家的温暖，又夹着零落的凄凉。喝粥的声音此起彼落，黑亮的桌上搁着矮脚花的茎菜。这是我浙北故乡的童年情景。矮脚花，连着我苦寒的童年，像父亲脸上深深的皱纹一般刻骨铭心。

孩子们的笑声总是回荡在矮脚花田边。在田边飞跑，紫白的云彩延伸着孩子飞翔的梦想。几个小脑袋聚在一起斗草，赌注就是脚边的矮脚花。或者比赛谁编的花环最好看。紫白的云彩渗进晚霞里。孩子们戴着花环回家去。暮色四合。农夫荷锄至，相见语依依。路上暗红绰约的云影渐渐地淡了，代之于百虫的合唱。

紫云英，或者矮脚花，已二十年不见了。紫白的云彩渗进晚霞的情景也有些模糊了。这种花，或者草，却是我情感中最温暖的部分。什么时候，午夜梦回，紫白的云彩再能映现在梦境中？

第六章·真味

荸荠大红袍

屠再华

因子恺先生优美散文《塘栖》的诱发，今年我两度去了这著名的江南水乡。经表嫂的精心安排，都在沾驾桥落脚。据传，乾隆皇帝下江南那会儿，曾路过此地，老天爷不买账，一场倾盆大雨，污了他的乘轿，故名。

但，引人入胜的，不是这脱了牙的古老传说，而是弯弯曲曲的河浜，河浜两岸青葱葱的荸荠田。这里，是享誉全国的大红袍荸荠主要产地，有近万亩。

夏末时，我早起坐小船来到沾驾桥。上得岸去，在朦胧的晨雾里，隐约见着碧绿的荸荠苗子，一根根像玉竿儿似的，密密匝匝。那水汪汪的田畴又仿佛是一面面镜子，风一吹动，让人遐想万千。乍看去，像一根根插在古代美女头簪上的玉簪儿，似倒非倒，于镜前摇摇晃晃……

顺着这条悠悠思路，我想起了行前查考了一番的《本草纲目》，觉得很有用处。

古人就荸荠的形象，称为“乌芋”“地栗”和“黑三棱”。有趣的是，有一种唤凫的鸟，喜欢啄食荸荠，故荸荠也叫“凫茈”。

李时珍云：“凫茈生浅水，田虫其苗，三四月出土，一个茎直上，状如龙须。”是一点也没错的。

又据记载，昔人宗奭，将荸荠分为两类：皮厚色黑肉硬而白者，谓之“猪荸荠”，皮薄色泽淡紫肉软而脆者，谓之“羊荸荠”。

这里产的荸荠，被称为“大红袍”，个儿特大，颜色鲜红，吃起来脆生生、甜蜜蜜，当属羊荸荠的上品了。

但眼前的荸荠，还是苗子，我想得再美，也是枉然。可我仍贪婪地站着、瞧着，不忍离去。呵，一汪汪田畴，亭亭玉立的荸荠杆儿，迷离飘忽的晨雾，这三者和谐美妙地融合在一起，是多么秀逸、别致、妩媚、坦荡……

入冬后，我再次乘坐小船去那里。正是荸荠收获季节，但见荸荠田里，已没有夏末那种雍容清秀的玉姿。它像一位老妪，甩着满头白发……我的心，蓦地颤动了一下！哦，这荸荠娘，岂不也有灵性？也有一颗慈母的心？当结下鲜红的果实后，自身便没有什么保留的心了！

在遐想中，我被一阵爽朗的笑声所逗引。见齐刷刷的一排青年男女，在收获荸荠，男的挑运，女的挖掘。这挖掘荸荠可是个艰苦活儿，姑娘们弯着腰，在凛冽的朔风里裸着腿，卷起了衣袖管，把白皙的手指插到带冰霜的泥土里去，小心翼翼地将荸荠一个一个挖掘出来……

现在的农村姑娘不像过去，她们质朴又开朗，看见我这个陌生客人,倒反而话多,又说又笑,向我宣传实行农业生产大包干责任制后的喜人形势。这个说:“嘿!一亩荸荠收三十担,哪有过这样的好年景!”有的说:“那当然啰!一亩荸荠削白加工卖给罐头厂出口,还不是上千元!”

她们说得像一串鞭珠炮。这咋不像喜庆日子里放的鞭炮呀,这鞭炮,是党的十一届三中全会英明决策点燃的。曾几何时,有些人谈“包”色变。在那非常时期,这荸荠的长相似乎更像“资本主义尾巴”,“今天砍”,“明日揪”差一点灭绝了这“大红袍”的种子籽!如今,一熟荸荠一熟稻,荸荠田肥沃又促使粮食丰收,岂不两全其美?

据说,“清水马蹄”罐头,也是沾驾桥“大红袍”荸荠精制的上品,出口欧美国家。但不知外国人是否了解这荸荠还有“消暑祛热,温中益气”的药用价值?我国早在明代时,就有了“乌芋能解毒,目血痢、血崩,明耳目,消黄疸,开胃下食”的说法。

我一边想着,一边看姑娘们挖掘荸荠,小伙子运送荸荠,几乎傻了眼!恨不能马上下手买上几斤,去河水里漂漂清,饱尝一餐个儿特大、鲜红粉嫩的大红袍荸荠。转而一想,别忙,这些爱挑刺儿的利嘴姑娘,还不要讥笑你的嘴馋……

我左看右瞧,心里咯噔一下:哎,这么多人挤在一块田里挖荸荠,不像搞“大呼隆”吗?于是,我以责备的口气向她们发起了挑战!

“哈哈!”

“嘻嘻!”

好俏皮的一群姑娘,就是不作回答,就这么哈哈嘻嘻的,仿佛在有意捉弄我。好半天,才告诉我说:“这是五保户的荸荠田,团支部组织来抢收的。要是我们自己的,早洗几捧‘大红袍’给你尝尝鲜了。南来北往都是客,我们还能亏待你一个?”

哦哦,我这才明白了:在实行农业生产大包干责任制后,何止是农民多了几个钱,也把青年人推到起跑线上去了!

返回时,我也夜宿塘栖,惬意地观赏了这江南著名水乡的独特风景。古老的大石拱桥,明明灭灭的渔火,弯弯曲曲的小河,恬淡雅致。翌日清晨,又乘坐小船驶向余杭县城。但在船中,我吃的不是枇杷,而是鲜亮透红的“大红袍”荸荠。当将荸荠皮儿掷出船舷外的时候,水面泛起一片银粼粼的鱼群,你吞我食,十分有趣。细细观赏,小鱼比较大胆,一直跃上水面来争食,几乎戳到我的手指,而大鱼却稳实多了……

我不觉傻乎乎地想着,如果子恺先生还健在,他一定会来尝尝这大红袍荸荠的,也许一幅水乡新图,就即兴写就在这乌油油的小船之中。

二月二，吃青饼

陆云松

我们这一带农历二月初二，有吃青饼的风俗。“正月过，二月到，青饼盘中跳，老牛哞哞叫”的儿歌，我自然从小就会唱。

做青饼的原料，极其简单，糯米、粳米、籼米磨成粉都可，再添上极普通的蚕豆叶汁。不过蚕豆叶的来源，却很讲究。记得我第一次去采蚕豆叶做青饼时，祖母郑重其事地对我说，要采七个地方七户人家地上的蚕豆叶，并讲定地方和人家，其他的一概不要。

我拎一只小竹篮，照祖母的吩咐，去采蚕豆叶了。果真，祖母指定要我采的蚕豆叶，都是全村长势最好的。我真佩服足不出户的祖母，竟有这样的好眼力。我稍大一点之后，土地归公了，但二月二的青饼，还是年年照吃不误。只是采蚕豆叶的任务，已落到了小我四岁的弟弟身上。我只是每年高高兴兴吃青饼，欢欢喜喜教伢儿唱儿歌。

不过，真正吃出青饼的滋味，懂得儿歌的含义，是在许多年之后。那天早饭吃过青饼，老天下起了毛毛雨，我心里一阵高兴，心想，老天下雨了，今朝不用下地了。于是，我便撑着伞，东家进西家出邀了几个伙伴准备到小街上去逛一逛。

路上，碰上了爷爷虎着脸冲我问："今朝几时了？"我不假思索地回答："二月二。""二月二，二月二，我看你枉吃了几十年的青饼，白唱了几十年的儿歌。青饼盘中跳，老牛都哞哞叫着要下田，你到好意思去逛街！"我万万没想到平平常常的青饼，普普通通的儿歌，竟包含着我们祖祖辈辈勤劳的美德。我猛地明白，小时候祖母，为什么要我到那些人家的地上去采蚕豆叶了。这些人家，正是我们村里一致公认的勤劳人家。

三月三，梅子尝咸淡 | 陆云松

人们总以为，一年果子樱当头，其实，农历三月初三，樱花刚落，梅子就可尝咸淡了。

三月三的梅子，梅乡人叫带花梅，仅莲子般大小，里面的核仁还没长硬，但酸溜溜的味道已经蛮浓了。吃带花梅，果园的主人是不会生气的，尤其是大年，梅枝上的梅子挂得密密麻麻的，吃带花梅还能起到疏果的作用哩。“吃大留小，铜钿勿少”，便是这个道理。

青梅最不中吃的时候是梅叶长得最旺盛，梅子颜色像梅叶一样的时候。这时的青梅，正处于青春期，酸劲足得使你难以上嘴。但是，我们这批小鬼头，是有法道对付它的。出门割羊草时，捞一把盐，采一片桑叶包着，带到梅林里，摘一堆青梅，拣一块干净的石头，把青梅敲碎，堆放在荷叶上，再把盐撒在敲碎的青梅上。做好这一切后，我们便赶快散开去割羊草。一篰羊草割满了，撒过盐堆在荷叶上的青梅就没有酸味了。于是，我们便围着荷叶坐一个圆圈，开始吃自己制作的腌梅，吃一颗，要一颗，直吃到荷叶见天，才肯罢休。

我们这样吃着闹着的时候，常常会被果园的主人发现。倘若主人是个小气鬼，眼乌珠就瞪了出来，我们便朝他看看，看够了，准会有人喊："一，二，三，唱！"于是，我们便唱开了哥哥姐姐爸爸妈妈都会唱的《吃果歌》："桃梅李果，伢儿走过，摘个吃吃，不过不过！"

哥哥姐姐教会了我们唱《吃果歌》，嫂嫂婶婶又告诉我们哪个河滩边，哪个塘埂边，哪个坟墩头的哪棵梅树上的果子最中吃。我们便去采了，吃了，果真，这几棵树上的梅子，酸味淡，鲜味浓，肉头厚，核儿小。我们当然要感谢指路人，自己吃够了，再采满两衣袋儿，送给嫂嫂婶婶吃。奇怪的是，嫂嫂婶婶吃了我们送去的梅子，肚子会一天天大起来。后来我们才知道，初怀孩子的女人最想吃梅子。

蚕宝宝快要上山时，青梅便开始采摘了。大概是我们小时候的青梅，不像现在那样值钱，采摘过后的梅园里，枝头上仍挂着三三两两的梅子。这些梅子，我们是不肯轻易采摘的，要等到果熟蒂落，吃最好吃的黄酥梅！黄梅天到了，残留在枝头上的梅子黄了。我们便盼望老天爷快快刮大风。夜里躺在被窝里，一旦听到呼呼的风声，就怎么也睡不着了。天一放亮，拎只小竹篮，便直朝梅园里冲。黄灿灿亮晶晶软酥酥，带着雨点儿的黄酥梅，拾到一颗又一颗，拾满一小篮，我们才肯送一颗到嘴边，用牙齿轻轻地咬破黄酥梅的皮，吱地一吸，满口是酸滋滋、甜津津的味道。那个好味道呀，至今只要一想起，就会来口水。

清明螺蛳 | 楼科敏

家乡到了清明这天，有家家户户吃螺蛳的风俗。

螺蛳，其肉细嫩鲜美，含有丰富的蛋白质，在水乡是一道价廉物美的家常小菜。一年四季中，螺蛳最好吃的辰光是清明。这时的螺蛳不仅肉嫩，而且不结子，所以到了清明这天，在每家每户的饭桌上都少不了一碗清蒸或红烧的螺蛳。

记得小时候，每当清明临近，父亲就会对我们说，快去弄点螺蛳来吃吃。我和弟弟领了这道圣旨后，便高高兴兴地去河边塘边摸螺蛳。清澈的水底下，一眼望去，见螺蛳在慢慢移动。我们小心翼翼地将它们一颗颗捉起来。不到一个时辰，便装满一脸盆。拿回家将螺蛳在清水里养过，然后母亲用桑剪截去屁股，洗净，再加些油盐酱酒葱姜之类的调料，在饭锅清蒸或红烧。螺蛳味道委实不错，是下酒的好菜，有乡谚云："螺蛳过酒，强盗来不走。"我父亲爱喝酒，一边悠闲地喝着酒，一边用筷子夹着螺蛳"嗤嗤嗤"有节奏地吸着，有滋有味。难怪南北朝骈赋大家庾信要为螺蛳写下"香螺酌美酒"的诗句。

水乡人爱在清明吃螺蛳，除了这时螺蛳好吃外，还另有原因。以前我们水乡人的房子都是用土瓦盖的，到了梅雨时节瓦片里外潮湿，生出一种叫“马辣子”的虫儿在瓦上乱爬。虫儿跌下来碰着人的皮肤，痛痒难受。为了对付这种讨厌的虫儿，大家想出了高明的办法：将清明那天吃剩的螺蛳壳撒向自家房子的瓦上，“马辣子”虫儿爬进螺蛳壳做了窠，就不会跌下来蜇人了。我至今还记得小时候在清明这天，多次和邻居家孩子比赛谁将螺蛳壳掷得高的情形。“沙拉拉，沙拉拉”，螺蛳壳落在瓦上的响声很动听。

现在，我们水乡人家都翻造了水泥楼房，到梅雨天再也不用怕“马辣子”虫儿蜇人了。清明这天自然也不再向房子上撒螺蛳壳了。不过如今的水乡人生活富裕，吃惯了鸡鸭鱼肉，偶尔来碗酱爆螺蛳什么的，也仍不失为一道下饭佐酒的佳肴。因此清明吃螺蛳的风俗就沿袭下来了。

南山金泉炭梅

王跃田

又到夏至杨梅满山红的时候了。

说实话，我原本对杨梅毫无兴趣，恰合一句俗话，“白吃杨梅嫌嘴酸”。自从认识了南山的“金泉炭梅”，才对杨梅有了好感。

俗话说，好吃的果子树难种。金泉炭梅身为杨梅中的上品，它的难种度就更高了。抛开苗难育不说，单就施肥之难，就足以说明金泉炭梅的娇嫩。金泉炭梅虽有旺盛的根系，但它不受大肥大补。可是生嘴要吃，生根要肥，果农只能在金泉炭梅的树根边，撒一些草木灰、地垃圾之类似肥非肥的东西，以维持它娇滴滴的生命。大概是它不受大肥之故，因而生长十分缓慢，栽种十年不见果是常事。十五年之后果挂枝头算是绝顶的好事了。

由于金泉炭梅树特别脆弱，上树采果时还有许多讲究。既不能穿草鞋布鞋，更不能穿塑料鞋和皮鞋，如果穿了这些鞋上树，不出三天，树身上就会长出黑疤来。果农上树采果，若是年轻人，可以赤脚上树；若是老年人因脚皮硬，赤脚也不行，只能用梯子采果。

每当吃着甜透心的金泉炭梅，很想知道它的栽培者是谁。可南山人往往以摇头代替回答。也有人告诉我，说是很早很早以前，有一位去南山打工的金泉伯，东家一连给他吃了十多天的蚕豆煮腌菜，他一气之下，在上山疏果时摘掉了枝头上的大多数小杨梅，只留下少数几颗。谁知，待到夏至杨梅满山红时。被金泉伯摘多留少的的几棵杨梅树上果子，看过去红里透紫，个头特大，摘一颗在嘴里一尝，嘿，简直是甜透了……

我不知道这个故事的真假，但我信一条，金泉炭梅这个优良杨梅品种，是普通而辛勤的果农培育出来的。

夏至杨梅满山红

姚贤德

到了崇贤南山，便会望见一座高高的山峰，这就是地图上标的余杭最高处，叫皋亭山，海拔 381 米，本地人都称它为凤凰山，我的家就坐落在这个山脚下。学生时对于二十四节气总是搞不清楚，但其中的夏至却让我印象深刻，不是因为它是一年中白天最长的一天，而是由于家乡有一句民谚："夏至杨梅满山红。"

很多人一定见过和品尝过杨梅，因为它的果实形似水杨子，味道像梅子，因而得名。杨梅又名龙睛、朱红，它的果实色泽晶莹似玉，滚圆体大，所以被称为果中玛瑙。杨梅的品种很多，最优良的有炭梅、荸荠种、东魁等。杨梅有很多药理作用，可帮助消化、利尿益肾、去暑解闷，具有养胃健脾，排毒养颜之功效。《本草纲目》中记载，杨梅"止渴，和五脏，能涤肠胃，除烦溃恶气"。

民间挑选上等杨梅浸于白酒之中，称"烧酒杨梅"，赤日炎炎之夏，吃上几颗能消暑开胃，令人气舒神爽，不但能清热解毒，还可治腹泻、消除疲劳、增进食欲。每逢夏至时节，满山杨梅熟红枝头，凝翠流碧，闪红烁紫，远看是绿叶丛中万点红，近前却似一颗颗红色的玛瑙镶嵌于枝繁叶茂间，边摘边吃，酸中带有七分甜，甜中还有三分酸，让人欲罢不能，别有一番风味。

杨梅曾给我留下了许多美好的回忆，二三十年前的一些童年趣事，宛如就发生在昨天。记得读小学时，每家每户都圈养着几只羊，放学后，同龄的玩伴都会背着竹篰去割草。那时候还没有工厂，山坡上，山脚下，到处都是果树地，地上有梅树、桃树、梨树、柿树、杨梅树，这些地方都是我们玩耍的好去处。我们在地上割好半篰草，就去找一棵最大的杨梅树，先吃个半饱，然后就开始玩捉迷藏。玩到快天黑了，又吃了些杨梅，割满草，约好了第二天继续玩，才恋恋不舍地回家。除了玩游戏，和大人一起上山采杨梅，也给我童年生活增添了许多乐趣。

生命中走得最急的，总是最美的时光。无论岁月如何变迁，杨梅总还是能勾起我对最美时光的无限回忆。我爱家乡的杨梅，更爱我美丽的家乡！

九月重阳老菱香 | 陆云松

九月重阳老菱香。其实，水乡人在农历七月就能吃到老菱了。九月重阳老菱香，不过是这一天的老菱分外香罢了。

生在河泊、漂在水面的菱蓬，有家菱、野菱两种。家菱个大角软，靠人工栽培繁殖；野菱个小角尖，自然生长而成。家菱中还有红菱、元宝菱、环菱等多个品种，以元宝菱产量最高，品质最佳。

菱苗的生长极旺盛，小满时节在河泊中稀稀拉拉地种几棵，不到夏至，满河满泊全是绿油油的菱蓬了。这时，水乡菱农最怕发洪水。暴雨一夜，涨水两尺，绿油油的菱蓬便全没在深水中了。若洪水接着再来，菱苗就无出头之日了。若是雨过天晴水退的快，露出水面的菱蓬很快就会开出白花花一河一泊的菱花，丰收在望。

头茬菱花开过半月有余，心急的菱农便要背只菱桶到河边，下河采摘头茬菱了。头茬菱角软壳薄、肉白脆嫩，生吃为佳。这时，在市场上菱以生卖者为多。

采菱是很惬意的。人坐在圆圆的菱桶中，双手拉着菱蓬，边前进，边采菱。口干了，剥一只又大又嫩的菱角，塞进嘴里，润口滋喉。遇有熟人船过采菱处，主人一把菱角抛过去，满船一片谢谢声。若是阿妹背只草篮在菱滩旁割草，采菱的阿哥抛的菱角更多，不是一大把，而是半草篮。阿哥得到的是轻轻一笑。

老菱好吃却难烧。水放多了，烧熟的老菱不糯；水放少了，菱未熟，水已干，皮焦肉生。火候过头，熟了的老菱也不香，火候不到，生菱不会变熟菱。但对菱乡的人来说，烧老菱很是容易。三碗菱，一碗水，一张湿纸贴锅盖。纸干了，菱也就熟了，阵阵香气扑鼻而来。老爹开锅，奶奶找盘，伢儿洗手，一家人围坐一起，开开心心吃老菱。不过这种天伦之乐，只有在九月重阳这一天，才能家家户户享受到。因为植菱的水面，不像种稻的水田家家户户都有。水面的拥有权，大多是近水楼台先得月，圈一块，种上菱，国家不收税，村里不收费，但一到九月重阳这一天，菱蓬就没了主人。于是，家不植菱的就可以大大方方去采菱，否则，植菱的主人会提上一大篮送上门来，叫你好不难为情。当然，这绝不是哪朝哪家的规定，是菱乡世世代代传下来的风俗。我想，九月重阳的老菱分外香，恐怕就香在这里。

崇贤蹄髈余味绕舌

吴龙宝

江南吴地水乡崇贤，这片肥沃的土地，我到过两个半天。

1989 年下半年某日上午，我随大伙参观崇贤乡镇企业，进出两家工厂，走马观花而已。

1991 年上半年某日上午，我又随大伙到崇贤参加著名作家居再华创作座谈会，在会上发了言。会后，随大伙在乡机关食堂就餐。开吃后稍一会儿，服务员端上来一盘红烧猪蹄髈，同桌有人举筷指点说："这红烧蹄髈，是崇贤美味，趁热吃，趁热吃。"于是我便筷子调羹齐努力，把一块块肥厚蹄髈肉占为己有。蹄髈有"精"有"油"，食之，便觉其肉酥而不烂、油而不腻、鲜嫩喷香，真乃崇贤美味也。

蹄髈有红烧和白烧两种，我们临平老辈子称之"座臀肉"。我八岁那年春天上小学（当时学校春秋两季都招生），家里烧了红烧蹄髈给我吃，母亲说："吃了座臀肉，读书坐定了"。蹄髈是一道大菜，平时不吃，在婚庆、过年、上梁（建房）、启蒙（小孩子上学）宴席上才有这道大菜，以示隆重。

崇贤蹄髈余味绕舌。从崇贤回来以后的二十年中，我除了在婚宴上吃过几次红烧蹄膀外，自家也烧过两三次红烧蹄髈吃。自家制作的崇贤蹄髈，更对我的胃口。一是辅料之一黄酒改为啤酒，因为我不喝酒，啤酒虽为“酒”，但其酒味毕竟没有黄酒那么浓。二是少放白糖，白糖只用来提鲜而已，因为我不喜欢又咸又甜的菜肴。这样烧出来的红烧蹄髈，喷香味美，使我食欲大振。冬天吃红烧蹄髈最佳。冬令时节的冻蹄髈，食之柔韧如膏，却不粘牙，实为冬令佳肴。

崇贤蹄髈的昨天和今天

陆云松

崇贤蹄髈这道名菜，始于何时，已无从考证，但有一则民间传说，说当年乾隆皇帝曾品尝过崇贤蹄髈。由此可见，崇贤蹄髈起码有两百多年的历史了。

相传，乾隆帝初次下江南时，一天，适逢春雨绵绵，乾隆的御轿在沾驾桥边停落之后，雨却下得越来越大了。随众们见天公不作美，前行不能，后退也不能，便扶着乾隆爷，朝离沾驾桥不远的一户农舍走去。这户农家的主人，是一位司公，乡间有红白喜事，都请他去烧酒(烧菜)。司公见来了坐轿子的贵人，便热情地把他们请进堂屋，还拿出一块干净的土布，帮他们擦沾在裤脚上的泥水。当他擦乾隆爷的裤脚管时，发现这位爷长衫里面竟穿着一件龙袍。正在这时，随众将司公拉到一边，给了他三两银子，告诉他今晚要在他家借宿一夜，晚饭也在他家吃了。这一天，司公正好在烧一只猪蹄髈，已烧了一个多时辰了，再过一歇放点盐、洒点酱油就可以上桌食用了。他一听穿龙袍的爷要在他家吃夜饭，心里既激动又紧张。一紧张，他放盐的时候竟错放了白糖，洒酱油的时候竟错洒了绍兴老酒。殊不料，错放了调料的蹄髈尚未端上桌来，满屋子就有了一股香味，穿龙袍的爷连说好香，好香。蹄髈一上桌，内穿龙袍的爷率先动了筷子，品尝了蹄髈，并连说好吃。心情还很紧张的司公也伸出筷子，品尝了一下错放调料的蹄髈，也觉得这只蹄髈比平时烧的蹄髈要好吃得多。从此，他无论在家烧蹄髈还是给东家烧蹄髈，必加白糖和绍兴老酒，吃过他烧的蹄髈的客人，都说特别好吃。从此，崇贤一带上点档次的酒席，都有红烧蹄髈这道名菜。

光阴似箭，转眼到了公元 1985 年，到机关食堂就餐的客人，仍每每是人手大锅饭一碗，大锅菜一勺。大概是当家人觉得再用这样的方式招待有功于崇贤工业的客人，实在有点过意不去，就决定加强政府机关食堂的力量，改变客人就餐的方式。于是，把已过不惑之年，烧得一手好菜的春宝师傅被请进了镇机关食堂。

春宝师傅的大名叫王春宝，是崇贤烧得一手好菜的民间厨师，屈指算来，还是给乾隆爷烧蹄髈的那位司公的第九代徒孙。春宝师傅最拿手的好菜，就是红烧蹄髈。

崇贤红烧蹄髈的名声远扬，是在 1986 年。那一年，《钱江晚报》一位女记者到崇贤采访。就餐时，镇党委分管宣传工作的马大姐在镇机关食堂招待了她。当红烧蹄髈端上桌时，好客的马大姐立马夹了一大块带皮的蹄髈送到了女记者面前的小盘里，并对女记者说，“快趁热吃，快趁热吃，我们春宝师傅烧的蹄髈，吃过的人都说味道特别好。”声明不敢吃猪肉的女记者朝马大姐笑笑，没有动筷子；很会劝吃的马大姐又接着说，原来家在崇贤，现在定居在香港的阿八，前不久回家探亲后回香港时，什么都不带，就带去了春宝师傅烧好的五只蹄髈。马大姐这一说，女记者才提起筷子，但她还是不敢品尝马大姐给的那一大块，她将筷子伸向蹄髈碗里，夹了指甲般大小的一小块，慢慢地送到嘴里。一定是觉得味道真的不错，女记者很快又吃完了马大姐给她的那一大块。几天后，《钱江晚报》上就有了一篇描写崇贤蹄髈的文章：“崇贤蹄髈，酥而不散，端上桌时，看上去像一堆流油的肥肉，夹一块送到嘴里，其味恰似鲜美无比的鮰鱼圆。什么是人间美食，什么叫回味无穷，崇贤蹄髈就是……”这位女记者的描述，一点也不过分，在崇贤，曾有过一桌客人消灭了五只崇贤蹄髈的记录，不是人间美食，能会这样讨人欢喜吗?!

崇贤蹄髈名声远扬的当口，远在临平，很有经济头脑的饭店老板张建伟，看中了崇贤的“蹄髈经济”，抢先注册了“崇贤蹄髈”的商标。可崇贤蹄髈有崇贤蹄髈的烧法，“三步火候”只要一步不到位，就会熟而不酥，“九种调料”只要一种不地道，就会香而不鲜，崇贤蹄髈在临平火不起来。有心振兴崇贤“蹄髈经济”，又苦于没有商标使用权的崇贤崇杭大酒店老板何建欣，在余杭区工商部门的牵线下，终于买回“崇贤蹄髈”商标，并返聘已经退休在家的春宝师傅掌勺，决意要将崇贤蹄膀发扬光大。

如今，崇贤蹄髈的名声已越来越大，不仅杭州人、临平人、塘栖人经常来吃蹄髈，连歌唱家蒋大为、表演艺术家六小龄童、女排教练俞觉敏等“国家级”名人，都先后到过崇杭大酒店品尝蹄髈。

崇贤蹄髈，已成为崇杭大酒店的镇店名菜；“到崇贤吃蹄髈去”，已成为周边县市食客的一句口头禅。

吃喜酒

胡建伟

吃喜酒，是乡村的一大热闹事。

即便是在很穷困的年月，乡村的喜酒都很讲究排场。亲戚朋友，五服内外，只要搭得到边的，都可以参加新人的婚典。这样子，酒席的桌数便多了，二三十桌是一般，五六十桌不算稀奇。婚礼的进程不是一餐或一天，而是三天。起媒、正日、谢媒，分三天进行，再穷的日子，也是雷打不动的。一户人家一年可养两头猪，上半年一头卖了存钱讨媳妇，下半年的，待到好日子，杀了待客；全鸡全鸭基本没有；粉皮自家烫，大蒜炒粉皮是酒席上不可缺少的主菜；还有自家种的花菜、黄芽菜、芹菜、大白菜……好人家还杀一只羊，红烧羊肉，羊头、羊肉、羊下水、羊脚爪一锅煮，放了甘蔗梢头，还有拍碎的老姜，扑鼻的香味，闻歪了一村的鼻头嘴巴。这是东家的排场。

吃喜酒的，不会收到请帖。碰到、捎信或者专人通知，都是口头："某月初几（都是阴历，约定俗称的）来吃酒，不要忘记。"到时，赴宴的绝对不会是一人或两夫妻，而是一个代表队，一张八仙桌基本上坐一户人家，挤不下只好再挤挤。吃喜酒，最重要的是准备一套出客衣裳。人要衣装，在乡村集中体现在春节、清明，还有便是吃喜酒。出客衣裳，新是第一要素，质地、款式却是无所谓的。一年四季田畈里忙，体形几十年不变，箱底起出的出客衣裳便没有不合身的烦恼。吃喜酒，当家人是门面。门面很重要，要剃头，年轻的西发头，年老的和尚头。和尚头可以戴帽子，高高的罗宋帽，还有像邓小平挺进大别山时戴的那种蓝色棉帽子。女人们也是焕然一新，大红大绿，只求喜气，不论新潮无求款式。没有结婚的，有点像新娘子；已结婚的，也是风韵犹存的意味。梳妆盒打开来，棉纱线一遍一遍夹去脸上的细汗毛，鹅蛋粉擦上去，百雀羚抹上去，生发油把头发弄得油光煞亮。吃喜酒的日子，萧瑟的冬日，乡村荡漾的是此起彼伏的喜庆锣鼓，咚咚锵，咚咚锵，咚咚咚咚锵……

喜酒，一般全吃三日的不多。一个东家，吃一到两天差不多了。好多人家去吃各家喜酒，差不多可以吃整整一个冬季，叔叔伯伯、兄弟姐妹、朋友兄弟，村里村外。送的红包，四块钱或六块钱，八块钱已经特别客气了，带一家老小，团团吃转，小孩子们还要接受新娘子的头趟红包，其实是聚会的借口。按现在的时髦说法，便是联络感情。村村坊坊，都在冬闲时节掀起结婚高潮，萧条而沉寂的冬季乡村，因此变得热热闹闹、欢声笑语，同时涌动着一股祥和温馨的人情暖流。

喜酒吃过冬，喜气洋洋有了油水的农村人，又要开始日出而作，日落而息，从春夏以至秋了。

年味

董福英

随着时间的流逝，小村已没有了昔日过年那种热闹场景，村里的人也越来越少了。有的村人买房住在了城里，有的在外地忙于做生意不回家，还有的趁着春节放长假出门旅游了。大部分人家都已选择亲戚之间轮流每年去一户人家吃饭。我儿时的玩伴都已是成家并且是上有老下有小的家庭主妇，见面时，一番寒暄，便急于回家忙家务，没有了童年那天真无邪的快乐。

没有了昔日的热闹，年味也就淡了几分，为了不辜负这场雪景，我拿起相机想找回些曾经的童年。原来的枣树、梨树、桑葚树都找不到了，老树连树桩也没留下。平房都已变成一座座高楼，开满油菜花的美丽田野都已被隆隆的机器声和厂房淹没。只有家门前的那山，家门后的那河，依然保持原样。只不过这山和河已经承载了我这么多年的梦想与回忆，似与我一起慢慢变老了。

突然有点怀念小时候那热闹又饱含浓浓乡土气味的春节。那是一个物资匮乏的年代，在平日里，很少能有肉吃。快过年了，杀头家里已养了大半年的猪，肉都卖了，只留下内脏和血。然后用一个高脚的碗，把内脏和血分成好几碗分给隔壁邻居，剩下的才自己吃。几家人一起开开心心地吃着这难得吃到的好菜，味道真的很好，至今还萦绕我心头。一般在春节的时候，家里才有红烧肉，这肉又叫石塘肉。每家每户都把肉像砖块一样砌起来放在碗里，中间放的是千张，我们都不敢动它，就怕这石塘肉塌了被大人骂，而这肉要等亲戚都来过了并等过正月半祭过祖后才能吃。不过在亲戚家串门的时候，能吃到很多小时候难得吃到的零食。那时候，春节是一年中最快乐的时光，虽然缺少物质享受，但精神上很满足。

随着社会的发展，现在已经不再那么期盼过年了。因为在平日里也能随时可以吃到想吃的东西，所追求的不再是简单的物质生活，很多人也因此丢掉了快乐。于是乎，让人觉得简单很幸福。然而，很多人早已变得不再简单了。

曾在一位好友的日志中看到这样一句话："小时候，幸福很简单，长大后，简单很幸福。"是的，我扪心自问，这个年过得幸福吗？当然幸福！我的家人都很健康，特别是年已古稀的爸妈能健健康康地和我们在一起，真的让我很欣慰。放假在家，没有工作的压力，下雪后没有了闷人的雾霾，我的身心都是那么自由，我是快乐的。但这种快乐又似乎缺少了点什么。

童年对我而言，已是渐行渐远遥不可及的一种青涩……回忆通常都是刻骨铭心的。看着周围密密麻麻的高楼，走在小时候曾走过的小路上，不禁感叹：留下一条路，让它承载我们的记忆吧！

又是一年枇杷时

马云峰

不知不觉，人间五月天，又是一个枇杷成熟的季节。

走在崇贤路边，时不时会看到农民打扮模样的人，摆一两篮新摘的金黄枇杷，置于路边，静等买主前来。崇贤街头有一处十字路口，每年这个时节，枇杷篮子一字排开，人们品尝挑选，讨价还价，煞是热闹，俨然一个小规模集市。再看这枇杷，个头虽不大，但遍体金黄，皮薄肉厚，娇嫩多汁，多看几眼，就叫人口舌生津，垂涎欲滴，轻剥外皮之后，但见颜色倍加金黄，果肉细嫩，入口则甜美爽口，口舌生香，让人停不下口。每年的这个时候，我也总会去品尝挑选一些枇杷，听着我半懂不懂的方言，感受着淳朴民风，体验着这个季节带给人们的欢乐，无形之中拉近了我和这个第二故乡的距离。

我非崇贤人。定居崇贤之前，只闻塘栖枇杷有名，而对一地之遥的崇贤却知之甚少。定居之后，才发现崇贤本地枇杷原来也如此兴盛。因为工作关系，我时常穿梭于崇贤乡间村落田间地头。崇贤不少农家，房前屋后、田间地头皆有枇杷树，每到这个时节，阳光和煦，水乡氤氲，肥厚枝叶之间挂满了累累枇杷，一派和谐宁静景象。穿梭其间，脑海不由浮现“东园载酒西园醉，摘尽枇杷一树金”（戴敏《初夏游张园》）的诗意图画，让人恍若置身图画，身心愉悦。

在崇贤定居，已三年有余，我发现崇贤虽无北方老家高山大河之豪放，却有江南小镇河水环绕之婉约。依山傍水，河道纵横，曲水流觞，水韵娉婷。枇杷成熟的季节，我会到农家的田间地头亲自采摘枇杷，感受与自然亲密接触的乐趣。而在其他季节，我也会行走在小镇村落。春夏之交，我会到崇贤村的茭白田地里，欣赏郁郁葱葱的田地，感受盎然生机；盛夏时节，我到三家村看荷花，感受荷叶田田莲满汀州；更多的时候，我会做一个垂钓客，钓遍小镇水乡。那种初来乍到的陌生感就这样渐渐消失，与本地人的距离感渐渐拉近，亲近感油然而生，我日益融入这个我打算扎根一辈子的水韵小镇。

崇贤虽小，但自有韵味，独具风情，一如本地枇杷，个头小巧但却皮薄味美、鲜嫩多汁、爽甜非蜜、回味无穷，让我这样一个新崇贤人乐享其中。究竟是崇贤枇杷，还是小镇风情让我流连于此扎根繁衍，这个问题或许无解，但美味枇杷和大美崇贤都能让来者无悔，就足够了。

又是一年枇杷时，年年岁岁枇杷甜。

吃面要到沾驾桥 | 孙高平

吃面,当下人们想到的多半是去"九佰碗""神田川",再要老套一点的,当然杭州城里"奎元馆"莫属。其实面馆招牌现在是雾里看花,凡是商业街区几乎都有像"九佰碗"这样的店堂。但我这里却要说一说我们崇贤小地方——沾桥街上的那些无牌无名的面馆。

沾桥的面用的是机制"生面",其实"生面"这个说法我也是自己臆想出来的,因为总觉得放在超市里直挺挺的筒面是成品而潮搭搭的湿面只能算半成品。而且碱汁未干,面条白里泛黄,所以这种"生面"反倒更筋道。要说花色品种,按照配头的不同,一般也有肉丝面、猪肝面、腰花面、鳝丝面、三鲜面等。当然还有最基本的拌面——也就是所谓"上海人的阳春面"。

关于"上海人的阳春面"的典故,完全是一个笑话:说有一个上海人,西装笔挺皮鞋铿亮来杭州"白相(游玩)",肚皮饿了为省钱不去饭店而下面馆,进了面馆居然还是吝惜银子想不好要点哪种面,最后下定决心,喊道:"阳春面有哦?阳春面清爽来兮!"这明显揶揄上海人的段子，在乡下被人用自矜的口气把这故事传了一遍又一遍，在那个城里人才有炫耀资格的年代里，乡下人似乎终于抓到一个反击城里人的把柄，因为哪怕农民出去“白相”，都不屑于去点一碗光面的。

有了配头的面就不算光面了。沾桥的面配头一般多用青菜、雪菜、茭白丝或蘑菇片一类的时令小蔬，肉丝则是每种面里都会放的，除非是你点了拌面。现在外来人口剧增，兴吃辣，如是生客，掌勺师傅照例会问一声要不要放辣。店家很在乎吃客，绝不因每张桌上放着辣酱瓶而省略这一声关照。配头的用量虽不富足但也很对得起那四五块钱一碗的价格了，且也足够对付半斤黄酒——吃面的时候，有些年长客人是要就着配头喝酒的。喝酒，就不是单纯解决一顿早餐的问题了，那或是一天好心情的开始。

值得一说的是，沾桥的面中是不放酱油的，放酱油似乎是城里面馆的烧法，所以沾桥的面没有城里的味道，有的只是乡间味道。而沾桥的面味道，又不是你家里面可以烧出来的，因为灶台火头大概不是一般家里煤气灶所能匹敌的。当然这也只是我的猜测，原因我也总是不敢问，觉得这好像是一种行业秘密而不便透露，问了他们或许也会说。

外地的面我当然也吃过，比如兰州拉面，那种手工面的确很筋道，韧性好据说是因为加入了蛋清，但做法上，全然不同于沾桥的套路，每见一双粗手在面团上又揉又拉，口感于是不爽；河南烩面走出了南阳似乎也丢了些原本的味道，每一家都不一样——用料上有的用菠菜、有的用青菜，有的还用海带——无法用招牌上的“正宗”二字来辨别真伪。我还在杭州一家有点名气的面店吃过一次朝鲜冷面，说了句不要放胡萝卜，马上有被人嗤之以鼻的感觉——“不放胡萝卜会好吃吗？不放胡萝卜那放什么，给你放点黄瓜吧。”——呵，到底是谁来得考究？其实人各所爱，不必偏执，我也是不厌其烦地向吃面的人称道沾桥的面味道好。

至于沾桥的面馆样貌，实在就没那么考究了。这些面馆，大多扎堆在沾桥菜场进出必经的巷弄内，店堂里地上、桌上、灶台上都油腻腻的，桌凳横七竖八，看上去总有些乱糟糟。但去吃的人并不计较，他们在乎的是那美味。食客们经常在同一爿面馆里碰头，叫不出对方人名也混个脸熟，聚坐一起时话题也就离不开吃了，而关于吃的对话也能让旁人耳目为之一新。

那次在面馆，我就听一老农讲如何杀黄鳝，应该掐住什么部位放血，鳝血喂“黄哺鸭”最好之类的经验。他讲的时候，店里的食客都在认真听着，就差拿着笔记下来了。末了他在感叹：“现在哪还有野生黄鳝啊？”我还见过有位退休工人模样的老人，进入店中，点一碗肉丝面，还随手递给掌勺师傅两个蛋，说，这两个本鸡蛋煎煎，放进去。老人在交代时的神态，使我居然联想起鲁迅笔下咸亨酒店里的场景来。

沾桥面馆虽说只做一个早市生意，但店堂里你来我往的食客倒也络绎不绝。他们有的是开厂做生意的老板，有的是在菜场摆地摊的小贩，有的是踏三轮送煤气的伙计，有的是企业里上下班的职工。各式人等但凡到面馆坐下，全都是一样活跃，等面上桌的工夫，你一言我一句，总能知晓电视报纸上所不登的新闻，这种消息中总会有你熟悉的人名、地名，因而显得格外亲切。你从中知道了新近发生的变化，也让你对生活的认知更加深刻。所以当热气腾腾的面条一端上桌，店堂早已洋溢着浓浓乡情味，那是很地道的沾桥的味道，与碗中面韧汤鲜的滋味相得益彰。

在沾桥的面馆里，我总能感到一种慰藉，也替那些常去沾桥面馆“小落胃”的人们感到庆幸。也只有坐在面馆的时候，我才会想起，沾桥，哦，应该叫沾驾桥，骨子里仍是一条淳朴的老街。

识鱼者说

孙高平

老婆喜食鱼，适逢星期天，我趁早去菜市场买到一条据说是刚从野荡里捕到的“老板”鲫鱼，兴奋无比地拎回家里讨好老婆，未料老婆不领情：“明明是鱼塘里捉来的放养鱼嘛，时运真颠倒了哎，鱼儿都要求非转农？”

更有甚者，上次同事老赵游玩塘栖，在长桥堍下路遇一污泥满身的民工老弟，手拎一只甲鱼称卖：“这可是工地上刚刚挖到的野生甲鱼哦！”一心想给老伴补补身体的老赵终以五百元的“快刀价”拿下，送到菜场去剖杀，被鱼摊老板一眼认出是个养殖货，一句“穿了马甲我也照样认得”，气得老赵回家连一块炖熟的王八肉都没有胃口吃。

生于水乡，而不识鱼类，自感有些惭愧。为了不再上当，我从书上、网上开始查找老婆最爱的鲫鱼。查资料，说鲫鱼性甘、温，中医学认为能利水消肿、益气健脾，解毒、下乳。在寒冷的冬季，鲫鱼肉肥籽多，味尤鲜美，故民间有“冬鲫夏鲇”之说。古代《医经疏》也对鲫鱼有极高的评价：“诸鱼中唯此可常食。”所以鲫鱼也成了食客最喜欢的美味之一。

同是鲫鱼，不同的品种品质也是不一样的。鲫鱼的品种，据说国产的就有高背鲫、方正银鲫、彭泽鲫、淇河鲫、龙池鲫，混血杂交的有异育银鲫、湘云鲫，从国外引进的有日本白鲫等。正因鲫鱼分布广、数量多、品种杂，所以它也最难判断是驯养还是野生的了。

这样看来，要让老婆吃上真正的土鲫真不容易。坊间传说一般的区别方法，诸如看大小、体型、体色等，我看都难掌握，倒是有位常从半山杭钢骑车过来，在崇贤一带垂钓的钓鱼佬告诉我一个诀窍。他说真正的野生鲫鱼，身上最中间一排的鱼鳞肯定是廿七片，而且这排鱼鳞都有黑点，除此都是人工选育或杂交的养殖鱼，或是养殖鱼的后代。听他说得那么邪乎，我不免生疑：此说有根据吗？他说："我不懂科学，也不懂什么基因，关键是看祖宗。野生鱼的祖宗生出来的总是野生鱼，品种是纯的。养殖的都是杂交的，品种是不纯的。我钓鱼就是总结出了这一个门道。"

尽管如此，我还是心有疑虑，我虽不识鱼，但鱼的味道，舌头总归是最清楚的。记得有一次我上门做客，主人家端出一盆土鲫，称说如何道地、那般纯正，可我夹到嘴里味觉平平。我说："奇怪不？"这下杭钢钓鱼佬笑了起来："这么简单的道理都不懂！在不同水域生长的鱼，即使同为野生土鲫，品质也是有好歹的。水土不同，生长环境不一样，味道当然也会有差别的呀！像九曲港里的水活草肥，鱼略带泥土气；像京杭运河的机帆船多，鱼多有柴油味；还有些河港被重金属污染，吃鱼等于吃铅、吃铬、吃汞；野生的味道你品不出，弄不好人倒快要结出颗‘舍利子’来了。野生难道就好啦?”

我看他头头是道的样子，故意将他一军:“那我把不同地方钓上来的土鲫放在一起，都是廿七片鳞的，你能看出它的好坏吗?”杭钢钓鱼佬一脸不屑，从容反问一句:“你看街上那么多人，同是两只脚的，你能从外表看出谁是好人谁是坏人吗?我只知道被电触过的鱼是身体扭曲的，一下就能看出来。”

是呀，鱼的肌体受到污染，其品质尚且难以辨别，何况人的内心呢?世事洞明皆学问，看来，这识鱼也同识人一样，也是大有学问呀!